Onódy-Boda Krisztina

Orosz rulett

novum pro

© 2020 novum publishing

ISBN 978-3-99064-965-7
Lektor: Sósné Karácsonyi Mária
Borítókép: Setory | Dreamstime.com
Borító, tördelés & nyomda:
novum publishing
Szerzői fotó: Onódy-Boda Krisztina

A szerző által a kiadó rendelkezésére
bocsátott képek a legjobb minőségben
kerültek nyomtatásra.

www.novumpublishing.hu

I. FEJEZET

Azt hiszem, megbolondultam: időről időre elveszítem kapcsolatomat Istennel. Egy ideig vele tudok lenni, bennem él, aztán hirtelen történik valami, és ismét szárnyaszegett madárként zuhanok a mélybe.

Ki vagyok valójában? – tette fel magának a kérdést Tamara.

Egyik részem tudom, hogy jó, gondoskodó, és mélyen hívő. Bizonyossággal hiszem, hogy életet csakis Isten adhat, és csakis ő vehet el. A másik énem viszont megszegte Isten törvényeit, és életeket oltott ki. Miként vehettem a bátorságot arra, hogy megmondjam, melyik élet ér többet?

Ártatlan lelkeket küldtem a másvilágra csak azért, hogy más életeket megmentsek.

Ha nincs Viktor, ez sohasem történhetett volna meg. Persze ez gyenge magyarázat, de talán majd odafent elfogadják.

– Mit csinálsz, Mama? – kérdezte Oleg. Tamara ijedten kapta fel a fejét, és abbahagyta az írást.

– Ó, de megijesztettél, fiam! És egyáltalán, hogyan kerülsz ide?

– Akkor jövök, amikor úgy érzem, szükséged van rám, mert tudom, még mindig keresel valamit, amit már réges-rég megtaláltál. Az örökös hangzavar a fejedben azonban nem engedi, hogy meghalld a tiszta hangok szimfóniáját. Ne aggódj annyit, Mam, amit tettél, közel sem akkora bűn, mint amekkorának képzeled. Az ember évszázadok óta próbál beavatkozni a természet rendjébe. Míg az állatvilágban egy sérült állatnak nincs esélye az életre, és ez a normális, addig az orvosok felborították ezt a természetes kiválasztódást, és ezzel megbetegítették a társadalmat.

Közben azt hitték, hogy jót cselekszenek. Te valójában csak visszaállítod az egyensúlyt! Szóval ne agyalj annyit, drága Mama, mert előbb-utóbb tényleg becsavarodsz. Gondolj arra a sok szempárra, melyekből kihunyni készült a fény, de a te segítségeddel ma szebben ragyognak, mint az égen a csillagok. Örömöt, boldogságot, reményt és új életet adtál ezeknek a gyerekeknek, és ezzel a hozzátartozóiknak.

Azt is pontosan tudom, hogy mennyire vágytál egy egészséges kisfiúra, és most ezt is megkaptad. Ki merne hibáztatni azért, mert belementél egy olyan játékba, amiben a főnyeremény egy egészséges, látó fiúgyermek? Láttam a fájdalmadat, amely születésünk óta mardosta lelkedet. Látom, amikor összekuporodva, könnyek közt elmerülsz a bánat tengerében, és hallom azt is, ahogy kérdőre vonod a Teremtőt, meddig tartanak még megpróbáltatásaid? Ugyanakkor látom benned az erőt és a kitartást, ami azt súgja háborgó lelkednek: Nyugodj meg, asszony, még dolgod van, és ezt te is tudod.

Most itt hagylak megint, de ne keseredj el, mert örökké melletted leszek. Lehet, hogy a fizikai valómban vak voltam, de higygy nekem, most jobban látok, mint bármelyik ember körülötted. Segítek neked, megígérem. Sokszor hallom a gondolataidat, ábrándozásaidat, hogy vajon mi lett volna, ha mind a három fiad lát. Most legyen elég annyi, hogy ketten már látunk – igaz, én nem a klasszikus értelemben. A gondolatot, mely nap mint nap sorvasztja lelkedet, hogy kioltottál több mint hetvenkét életet, ideje menesztened, hisz' azon szempárokban csak pislákolt a láng. Egyszerű matek az egész, ne bonyolítsd túl a dolgokat. Egy élet kontra másik öt életet jelent, az, ha jól számolom, minimum háromszázhatvan élet. Ennyi embernek adtad vissza a lehetőséget arra, hogy fejlődjön, épüljön, gazdagítsa a társadalmat. Ez a hetvenkét ember tovább él ezekben az emberekben, értelmet, célt adtál az életüknek. Ahogy az enyémnek, hisz' a szívem ott dobog a nővérem mellkasában. El nem mondhatom, hogy milyen hálás vagyok ezért neked, Mam.

– Ó, fiam, ez akkor is bűn volt, mert senki emberfiának nincs joga emberéleteket kioltani. Azt csakis a Teremtő teheti. Ezért vívódom annyit nap nap után, mert már fogalmam sincs arról, hogy mi a helyes és mi a helytelen.

– Igazságot, drága mama, azt ne keress, mert azt senki sem tudhatja. Halld a szíved szavát, ennyit tehetsz, aztán majd a nagy utazás végén meglátod, vagy nem – mondta, és nevetve továbbállt. Tamara szíve összeszorult, szeme könnyes lett. Hisz' fia, Oleg, már nem volt életük része, meghalt. Egészen pontosan áldozati bárány lett.

2. FEJEZET

Zaj, de vajon honnan jön? És miért költözik oly gyakran a szívembe ez a diszharmónia? Belefáradtam. A vallás, a hit biztonságot ad nekem. Amikor Isten jelen van az életemben, minden nehézséget könnyűnek élek meg. Amikor érzem a Teremtő közelségét, nem rettegek a holnaptól. Derűsen, optimistán tekintek a jövőbe. Ha így érzek, megtaláltam, befogadtam őt. Engem a sötétség tanított meg érezni, ízlelni, tapintani, hallani és látni. A sötétség, amelyben világtalan gyermekeim felnőttek. A sötétség által váltam emberré. A sötétség segített kiteljesednem. Születésemtől fogva kerestem a fény felé vezető utat, pedig ott volt a szemem előtt a megoldás. De vak voltam, ahogy a fiaim is.

Titokzatos sötét van itt, a Földön. Leszületni a ragyogó fényességből ebbe a fénytelen, kifürkészhetetlen, végtelennek tűnő üregbe maga a pokol. Rejtőzködöm, mert fényem meg nem mutathatom. Hogy is mutathatnám, hisz' a sötétség azonnal elnyelne és bekebelezne. Már születésemkor is szentjánosbogár voltam, ki a kórházban a fényt a kis lámpásával körbehordta. Akadtak lelkek, kik felismertek, de a szomorú valóság az volt, hogy a család, mely fogadott engem, egy kivilágítatlan tömlöcbe zárta be testem. Ma már pontosan látom, hogy miért nem találom itt a Földön a boldogságot. Sosem leltem kedvem földi örömökben – míg mások szórakoztak, szerelmeskedtek, utazgattak, színházba jártak, és jókat ettek, ittak, én valami mást kerestem. Csodabogár, mondták oly sokszor. Ritkán botlottam hasonlóba, de ha igen, úgy fényem nem pislákolt, hanem egyszeriben fáklyaként ragyogott. Micsoda érzés volt erőre kapni és hinni, hogy a Fény egyszer majd a Sötétséget trónjáról letaszítja! Örömömben szárnyra kaptam és repültem.

Időnként találkoztam olyanokkal, kik fényességemet észrevették, hittek bennem; voltak, kik kezet csókoltak és térdre borultak előttem. Azt akarták, hogy maradjak, marasztaltak. Látták bennem azt, amit én nem akartam. De én megijedtem, nem értettem őket, és ismét az odúmba telepedtem. Annyira megszoktam már, hogy folyton bujdosom és menekülök, hogy fel sem tűnik már, ha mindig elszaladok, mert tudom, más vagyok, és a másság egyszeriben lehet átok és áldás. Ha más vagy, az bizony óriási felelősség, és hogy mikor is állsz készen arra, hogy arcod felfedd a világ előtt, azt neked kell tudnod. Félsz és reszketsz, mert nem tudhatod, hogy a másságod milyen erőket mozgat majd meg. Hiába tudod, hogy amit akarsz, az jó és szép, ha a világ, amiben élsz, nem kész még a fogadásodra.

– Mit csinálsz, Tamara?

Tamara a hang hallatán összerezzent és kirázta a hideg. Naplóját összecsapva úgy tett, mintha csak a reggeli nap fényében gyönyörködött volna.

Tamara, meg sem hallva Viktor kérdését, a férfira meredt.

– Mondd, Viktor, ki vagy te valójában?

– Megbolondultál? Ki lennék? A párod, életed szerelme. A férfi, aki egyben urad és parancsolód.

– Tabula rasa, ugye tudod mit jelent?

– Természetesen tudom.

– Nem, Viktor, ennek vége. El akarlak hagyni.

– Jól tudod, hogy ez nem lehetséges – válaszolt hidegen Viktor.

– Hagyj elmenni, engedd, hogy kiszálljak, nem bírom tovább, kérlek, könyörgöm! Úgy érzem, hamarosan megbolondulok.

– Ugyan, te annál sokkal okosabb és fegyelmezettebb vagy. A gyerekeidnek szükségük van rád, jól tudod. Szóval gyorsan hagyd abba ezt a hisztériát, nem áll jól neked. Egyetlen dolgod van: szállítani a bolondokat, ami nem nagy dolog, hisz' bolondból akad bőven. Azt is pontosan tudod, hogy a közös életünkből csak egyféleképpen szállhatsz ki: ha megölöd magad, de te ugyebár nem vagy önző, gyáva, hitvány ember, olyan, aki önmaga vet véget az életének. Elvégre az bűnnek számít, ha jól tudom, a te Istened szemében.

Cinikus mosollyal arcán belehuppant Chesterfield-foteljába.

– Te harcos vagy – folytatta –, szóval villámgyorsan szedd össze magad, hisz' jó ügyért harcolunk. Jól tudod, hogy mindenki benne van, a minisztertől kezdve a főügyészig, a rendőrségtől a katonaságig. Sőt, még az egyház is. Ez államérdek, babám. Egy új kor kezdete. Ebből a hajóból nincs kiszállás. A csecsszopó megszületett, most az a dolgunk, hogy tápláljuk, hogy felnőjön és megerősödjön. Ereszd el magad, ne feszülj be, és nagyon kérlek, nehogy belekezdj az újjászületés, a karma törvénye, a buddhizmus és egyéb ideológiák és vallások tagolásába, mert magasról leszarom. Mi itt és most történelmet írunk, megváltoztatjuk a világot, új eszméket gyártunk. Ezerszer megbeszéltük már, hogy ez a világ rothadásra van ítélve, be kell avatkozni. Kívülről minden szép és jó, de belülről rohad. A jövő nemzedéke aberrált, beteg, lusta, életképtelen, gyenge egyedekből áll, ezekre akarsz te támaszkodni öregségedre? Mindent tönkretesznek, elpusztítanak majd. Ebbe fogunk mi beavatkozni: megmentjük őket saját maguktól. Esélyt kapnak, hogy ember lehessen belőlük, mert jelen pillanatban a többségük nem más, mint parazita. Isten szabad akaratot adott, és tudod miért? Azért, hogy cselekedj, ha úgy látod szükségét. Mégis mit remélsz, hogy Isten leszáll majd a Mennyek országából, megsimogatja a buksidat és jóváhagyja, amit teszel? A múlt ideológiái, eszméi, vallásai megdőlni látszanak, és mindez tudod miért történhetett meg? Mert az új nemzedék egyszerűen selejtes, férges, beteg. Itt jövünk mi a képbe, ezért hoztuk létre a táborokat. Megneveljük, kiképezzük őket. A minap voltam egy családnál, ahol anyuci varrni tanította a fiát. Ezenkívül büszkén mesélte, hogy takarítania is kell szerencsétlennek. Felfogtad, hogy a kedves mama már most kasztrálta a saját fiát? Ebből a fiúból az életben nem lesz már igazi csődör. Csupán egy feminin pasi, aki majd örömmel vasal, mosogat, és végzi a háztartási munkát az asszony helyett. Na, de az ilyesmi az új világban nem fordulhat elő.

Minden átmenet nélkül magához rántotta és térdre kényszerítette Tamarát.

– Na, elég ebből, drágám, gyere inkább, kényeztesd egy kicsit apát.

Tamara a könnyeivel küszködve térdelt a férfi előtt, kigombolta a nadrágját és elővette hatalmasra duzzadt farkát.

– Úgy van, jól csinálod, nyalogasd, életem, de közben nézz a szemembe! Tudod jól, hogy úgy szeretem, és az egy cseppet sem érdekel, hogy te élvezed-e, csak tégy úgy, nekem az is épp elég. Ez az, istenien csinálod, most szépen vedd a szádba, finoman, és szopogasd. Ízlelgesd, szívogasd, nagyon jól csinálod – lihegte kéjesen. – Igen, mintha a lucskos pinádban lenne, ez az, babám, csináld, erősebben, gyorsabban, igen, ez az. Ne hagyd abba!

Végül egyre hevesebb hörgések közepette Tamara arcára élvezett.

– Hú, ez nagyon kellett. Isteni voltál, drágám.

Tamara szánalmasnak találta Viktort, és enyhe undorral nézte lankadó férfiasságát.

– Félek tőled, ugye tudod?

– És milyen bölcsen teszed! Tudod jól, hogy az én világomban nincs helyük a gyengéknek. Pontosan tudod, mi vár a gyenge, beteg, satnya egyedekre.

– Tápláljuk velük az erőseket.

– Na látod, tudod te jól: légy erős, és életben maradsz. Egyszerű biológia, ez a természet rendje. Elég csak kimenned a szavannára, máris láthatod, ahogy a csorda hátrahagyja a gyengéket, táplálva ezzel az erős ragadozókat. Ez az élet körforgása. Most mit nézel úgy rám, mintha megöltem volna a kiscicádat? Mi a gyengékből is megpróbálunk erősebbet nevelni, esélyt kapnak, nem dobjuk be azonnal őket a ketrecbe. Te is tudod, hogy nem lehet babusgatva, simogatva embert nevelni. Kis buzit, azt lehet, de azokra kinek van szüksége? Félre ne érts, tőlem egész nyugodtan lehet valaki homoszexuális, de akkor is legyen tartása, legyen ereje és jelleme, és akkor magasról letojom a nemi identitását.

– Te egy igazi diktátor vagy!

– Ez a legszebb bók és egyben elismerés is a részedről, kincsem. Mindjárt megint feláll a farkam. Ha ilyeneket mondasz, beindulok tőle.

Tamara Avignonban lakott. Avignon még ma is olyan, mintha a középkorban ragadtunk volna. Nyáron mesés hely a szerelmespárok számára. Tamara ezért is választotta a lakhelyéül, mert életében Istenen kívül egyetlenegy dolog érdekelte, a szerelem. A szerelmet kereste, a szerelmet kutatta, a szerelem után vágyott. Tamara egy letisztult formájú, egyszerű kastélyban lakott, melyet a szerény paraszti élet iránti vonzódása miatt vásárolt. A kastély közelében volt egy kis tó. Az épület már messziről jó látható volt és harmonikusan egybeolvadt a táj részleteivel, és szó szerint csillogott tekintélyes magányában. A kastély viszont csak kívülről emlékeztetett egy parasztházra, ugyanis szalmatetős külseje fényűző enteriőröket rejtett magában. Tamara számára ez amolyan kis erőd volt. A környékbeliek „a messziről jött titokzatos nőnek" nevezték, és ugyan hívatlanul senki sem mert bekopogtatni, mégis titkon mindenki arra vágyott, hogy egyszer majd valami csoda folytán meghívásban részesüljön, és végre-valahára beléphessen ebbe az elvarázsolt kastélyba. A kastélyt körbevette egy láthatatlan kőfal, egy természetfeletti energia, amelyet senki sem látott, de mégis mindenki érzékelt.

Viktor a külvilág szemében a tökéletes úriember volt, minden nő álma. Bármit is tett Tamarával, soha senki sem hitte el, a baráti társaság minden tagja úgy gondolta, hogy minden feszültségért ő a felelős, a szegény nő, az anya, akivel csúnyán elbánt az élet. Viktor mindezt meg is erősítette minden egyes alkalommal, ugyanis Viktor sosem hibázott, sosem kért bocsánatot. Többször hangoztatta, hogy ő maga a főnyeremény. Örüljön, hogy együtt élhet vele.

Milyen beteg, gondolta sokszor magában. Hogy állíthatja valaki, hogy ő maga a tökély? Szerencsétlen hülye. Miként hiheti azt, hogy ő sosem hibás semmiért? Hogy lehet valaki ennyire arcátlanul szemtelen? Tamara hamar felismerte, hogy Viktor mentálisan beteg, de azt is tudta, hogy soha, senki sem hinné ezt el neki, és csak bajba sodorná magát, ha ennek hangot adna.

Ahogy tette is egyszer, aminek az lett a vége, hogy felcímkézték mindenféle kórképpel. Így jobbnak látta, ha hallgat, éppen azért, mert nagyon is helyén volt az esze.

3. FEJEZET

Tamara Párizsban ismerte meg Viktort. Ritkán utazott fel a fővárosba, mert nem szerette a zajos, lüktető várost. Annak ellenére, hogy ő maga is tele volt ellentmondásokkal, és épp oly titokzatos, öntörvényű, és büszke volt, mint imádott városa, Párizs. Itt mindenből sok van. Gazdagságból, dicsőségből, temperamentumból, kozmopolitizmusból, tradícióból. A franciák könnyedek, szellemesek, és tele vannak életörömmel. Tamara ezt véletlenül sem mondhatta el magáról. Magányos volt, és lelke éppen haldoklott. Ekkor, ebben a zavaros, depressziós időszakban ismerte meg Viktort. Valójában, ha nem lett volna lelki beteg, esélye sem lett volna a férfinek. De így nagyon is volt.

Párizsba érve a Hôtel du Louvre-ba vitette magát a taxival. Szobájába lépve egy hatalmas tükör fogadta. A tükörbe nézve hosszasan figyelte a mandulavágású szempárt. A szemét, ami ez idáig elkerülte a figyelmét. Vajon akkor most ez a tükör a lelkem? Amit látok, az a lelkem? Micsoda buta gondolat. De nekem tetszik. Majd, ha lesz rá elég időm, talán bele is mélyedek – gondolta. Vajon miért mondják, hogy a szem a lélek tükre? Hisz' a látássérült embereknek köztudottan elsorvad a szemük, ettől függetlenül többségüknek szebb a lelke bármelyik látó társukénál. Akkor most hogy is van ez? Á, ez is csak egy ostoba butaság, hisz' ilyen megközelítésben máris értelmét vesztette. És mégsem az, hiszen, ha találkozunk valakivel, aki éppen napszemüveget visel, nem szívesen beszélgetünk úgy vele, hogy nem látjuk közben a szemét. Na, jó, kicsit korán van még az ilyen mélyenszántó gondolatokhoz – hessegette el az okfejtést és tovább szemlélte magát. Most már az egész embert vette górcső alá. Hiú volt. Szépnek találta magát, örömét lelte a látványban. Csillogó, hosszú fekete haja hófehér, hamvas vállának bőrére omlott. Izmos lába, feszes combja, melle és tökéletes kerek feneke minden férfi álma volt. Elmosolyodott magán. Hiúság, ejnye, most nyakon csíptelek. A lényeg szemmel nem látható – mondta halkan, és kinézett az ablakon.

A balkon virágokkal volt teleültetve, melyek ezen a kora őszi napon is odavonzották a pillangókat. Kislánykora óta szerette a lepkéket. Ragyogó színeikkel és légies szépségükkel folyamatosan elvarázsolták, ámulatba ejtették. Hosszú perceken keresztül képes volt nézni őket, anélkül, hogy bármit is tett volna közben.

Szerette a természetet, szerette a fákat, a madarakat, a virágokat. Szerette az eget és a csillagokat. Szerette az esőt, amikor elered, szerette, ha a hó befödi a földeket. Szerette a szelet, mely úgy simogatja bőrét, akár a legfinomabb selyem. Szerette a természetet.

De, amit mindennél jobban szeretett, az a madárdal. Hajnalban madárdalra ébredt, és egész nap hallgatta őket. A természet szimfóniája volt ez, melyet a fák, a szél, és a madarak komponáltak. Amikor igazi hangversenyre vágyott, kiment a viharos tengerpartra, és élvezte a víz morajlását. Olyankor behunyta a szemét, és átadta magát a semminek. Vérpezsdítő és katartikus élmény volt ez számára. Úgy érezte, megszűnik létezni: nem volt testtudata, eggyé vált a természettel. Soha semmi és senki nem volt képes ezt az élményt megadni neki. Úgy gondolta, hogy a halál is valami ilyen érzés lehet, épp ezért sosem félt a gondolattól, hogy ő is mulandó. Ellenkezőleg, tetszett neki, hogy egyszer majd elhagyhatja ezt a porhüvelyt, amelybe lelkét egykoron bezárta. Szabad akart lenni, de nem csupán röpke pillanatokra, hanem örökre. Valószínűleg a szenvedélybetegek is valami hasonló után vágynak, amikor az adagjuk – bármi is legyen az – után egy időre megtapasztalják a gondtalan semmit. Tamara is repülni vágyott, akár a madarak. Kedvenc idézete az elmúlásról ez volt:

„A fáradt, a szegény törődött test megszűnt akarni.
A lélek elvált tőle, és belémerült a kék végtelenségbe.
A lélek száll, és végül eloszlik, mint a nyári felhő.
Eloszlik, mint patak vize a tenger határtalanságában.
Elveszíti nevét és alakját...

Csöndet és békét keresett – most ő maga a csönd és a béke...

Ő maga az, bár nem tud róla...
A nemlétet kereste – most ő maga a nemlét.
Ő maga az, bár nem tud róla...

Az egység, a végtelenséggel való egyesülés után vágyakozott –
most elérte. Ő maga az, bár még nem tud róla...

Egy személyiség, egy tudat merült el és
szeretne többé vissza eredetéhez.

Szívesen távozik, örömmel tűnik el,
és szeretne többé vissza nem térni!
Mert jó e világban nem lenni!
Mert jó a szenvedés, a lét bilincseiből kiszabadulni!

Minden múlandó, ami keletkezett,
az Örök Törvény ellen ne zúgolódjunk...

Így hallottam...”

Amikor először olvasta ezt az idézetet, sírva fakadt, és képtelen volt abbahagyni a zokogást. Képtelen volt, mert lenyűgözte, és szó szerint megbabonázta az, hogy mindazt, amit ez idáig csak gondolt és sejtett, végre látta leírva.

Pillangók. Úgy tartják, hogy a szép emberek és az arisztokraták jelképe. Milyen elbűvölőek. A legszebbek mégis akkor vagytok, amikor az erdei tisztáson a nap fényében szárnyaitokat megcsillantjátok, és fent magasan, anélkül, hogy egyszer is leszállnátok a földre, hullámszerűen fel és lesiklotok. Egyszerűen felejthetetlen élmény, amikor eső után az erdő virágain viszszamaradt esőcseppekkel oltjátok szomjatok.

Lenézett az utcára. Az emberek kényelmesen jöttek-mentek. A szemben lévő kávézó megtelt már. Talán ideje lenne, hogy rendbe szedje magát. Lezuhanyozott, és reggelihez készülődött. Haját feltűzte, ruháját az ágyra dobta. Beállt a zuhany alá, szemét behunyva élvezte a forró víz érintését. Mindig olyan melegre állította a csapot, amilyet épphogy elviselt a bőre. Imádta a forró vizet, a hideget viszont gyűlölte. Miután megfürdött, bekente magát testápolóval, majd arcára színezett nappali krémet tett, egy kis pirosítóval kiegészítve. Soha nem használt komolyabb sminket, szerette a természetességet. Időnként megpróbálta kifesteni magát, de minduntalan megállapította, hogy ez nem az ő világa. Festék nélkül volt a legszebb, és erre méltán büszke is volt. Hosszú, hullámos haját leengedte és kifésülte. Kivett a fiókból egy levendulaszínű fehérneműszettet, valamint egy testszínű csipkés harisnyát, hozzáillő harisnyatartóval, majd felvette a kikészített sötétkék ruhát.

Derekára fehér színű övet tett, amellyel kihangsúlyozta karcsúságát. Három dologban számított neki a márka: cipője bordó színű Manolo, táskája Chanel, órája Cartier volt. Ékszerként briliánsokkal kirakott, antik fehérarany fülbevalót és egy briliánsgyűrűt viselt. Szerette az antik ékszereket, általában árveréseken vásárolta őket. Meggyőződése volt, hogy igazán szép ékszereket baráti áron árveréseken lehet beszerezni. Ruháit kizárólag fehér, bordó, és a kék különböző árnyalataiból válogatta össze. Tökéletes – gondolta. Decensen elegáns.

Ahogy kilépett a liftből, mindenki megnézte. Szilfid alkatú, különleges jelenség volt. Letisztult, finom eleganciája arisztokratikus megjelenést kölcsönzött neki. Szép, egyenes tartása, kedves mosolya és kellemes modora ellenállhatatlanul vonzóvá tették. Ennek ellenére mégis rendkívül tartózkodó volt. Valójában bizalmatlan volt, félt az emberektől, ugyanis túl sokat csalódott már élete során. Orosz származása lévén ez érthető is volt. Az orosz ember lelkében egyszerre jelen van a zabolátlan, vad természet, melyet a krisztusi energiák szőnek át, szellemében pedig a káosz mellett ott van a letisztult, egyszerű gondolatiság. Így hiába is van meg benne a vadság, amikor azt a jóság felülírja. Köztudott, hogy egy európai ember számára az erkölcsi értéket a becsület jelenti, míg egy orosz esetében az alázat a legnagyobb erény. Egy orosz, ha hibázik, nyíltan vállalja bűneit, sőt képes még arra is, hogy nyilvánosan, könnyek közt bocsánatot kérjen. Egy európai ilyet sosem tenne, ő inkább elégtételt vesz és megtorolja. Az orosz nép alázatra született, a génjeikben hordozzák, talán ő maga is ezért lett ilyen. Származásából fakadóan. Viktor ezért is tudja őt elnyomni és terrorizálni. Mennyi gusztustalan csúfságot tett vele az elmúlt pár évben, milyen sokszor megalázta! Ő pedig minduntalan csak hagyta. Dacára annak, hogy tudatában volt az erejének és a hatalmának.

Tamara a maga háborúját nem a megszokott hétköznapi eszközökkel vívta. Azokat meghagyta a gyengéknek. A csatákat mindig Viktor nyerte meg, mert Tamara a háborúból szándékozott győztesként hazatérni. Esze ágában sem volt elpocsékolni az erejét semmitmondó játszmákra. Ő a végső összeütközésre készült. Életük történetét úgy alakította, hogy Viktor legyen a vadász, ő pedig a vad. Ez volt a csapda, amibe bizony Viktor szép lassan bele is sétált. Sosem feledi azt a hawaii nyári vakációt, amikor Viktor ordítva, a hajánál fogva végighúzta a szállodai szoba padlóján. Bőre több helyen is felszakadt, a térdén lehorzsolódott és vérzett. Utána egész nap úgy bánt vele, mint egy utolsó senkivel. Legszívesebben meghalt volna szégyenében és bánatában, fogalma nem volt, hogy miért hagyta ezt a megalázást. Gyermekeire gondolt, és arra, ha ezt látnák, hogy miként bánik vele ez a féreg, biztos megtorolnák. Már réges-rég ki szeretett volna lépni ebből a beteg viszonyból, de nem volt rá megfelelő alkalom. Bosszúra szomjazott, a végső döfésre készült, azt pedig nem szabad elkapkodni, pláne nem elhibázni. Így hagyta, hogy újból és újból megtapossa, majd este, mintha mi sem történt volna, szerelmesen mellé bújt az ágyba és meghágta. Fel sem tűnt neki, hogy egész áldott nap alázta és bántotta. De hogy is vette volna észre, hisz' csak magával volt elfoglalva. Viktor nem más, mint egy parazita, első pillanattól fogva befészkelte magát a tudatába. Ott pedig valami furcsa anyagot eresztett ki magából, ami drogként kezdett el hatni Tamara agyára. Hatására egyre csak távolodott önmagától és a szeretteitől. Mindent felfalt, felemésztett benne, aminek a jósághoz volt köze. Ki akarta irtani belőle még a csíráját is az értékes emberi génjeinek. Át akarta alakítani magához hasonló gyarló, szívtelen kannibállá, azt akarta, hogy tagadja meg a gyökereit, adja fel minden szokását, életformáját, vérmérsékletét. Viktor alakváltása volt ez.

Tamara visszaemlékezett, hogy kislány korában milyen nyitott és befogadó volt. Rendkívül kíváncsi leány révén folyamatosan a hímnemű állatok micsodájával volt elfoglalva. Fel nem foghatta, hogy miért, de mindig azt figyelte. Ha nagymamájával elmentek az állatkertbe és megálltak az elefántoknál, a lehető legtermészetesebb módon, gyermeki bájjal fűszerezve kiáltott a tömeg kellős közepén: – Nézd mama, ott az elefánt fasza! A nagymama röstelkedve, nagyon dorgálta: – Ejnye, kislányom, ilyet nem illik mondani. Mire ő: – Na de mama, hát az nem az elefánt fasza? Mindenki kacagott a nagymamán kívül. Később ez mit sem változott, mert érdeklődése továbbra sem lankadt a hímtagok iránt.

Tinédzserként az anatómia atlaszokat bújta, valamint szexkönyveket, és elméletben megtanult mindent, amit a szexről csak tudni lehetett. Aztán amikor eljött az ideje, szigorúan 18 éves kora után, ki is próbálta tudományát. Profi módon tette a dolgát, lenyűgözte a férfiakat. A gond csak az volt, hogy valójában játszott, kísérletezett. A szex színház volt számára. Soha nem tudott igazán megnyílni partnerei felé. Egy bástyát húzott fel maga köré, amit ez idáig még senki sem tudott áttörni, de még megmászni sem. Sok férfi gondolt úgy rá, mint élete asszonyára, a baj csak az volt, hogy az érzés nem volt kölcsönös. Megközelíthetetlen és elérhetetlen volt.

– Reggelizni óhajt, asszonyom?

– Igen.

– Az ablak mellett az a csendes kis hely megfelel?

– Hogyne, tökéletes.

– Mit parancsol?

– Szénsavmentes ásványvizet sok citrommal, zöld teát, és friss gyümölcssalátát.

– Máris hozom, asszonyom!

Milyen kedves ez az ember – gondolta Tamara. A legtöbb pincérnek fogalma sincs arról, hogy a munkája nem csak abból áll, hogy felvegye a rendelést és kihozza az ételt. Egy pincér, ha kellőképpen figyelmes és kedves, bearanyozhatja a vendég napját. Olyan láthatatlan energiák ezek, amelyek oda-vissza működnek. Ha adsz, kapsz is. Ilyen egyszerű. Egy mogorva pincértől elmegy az embernek az étvágya. Milyen tudatlanok az emberek – pillantott körbe a többi vendégen –, már kora reggel dohányoznak, kávéznak, sőt van, aki alkoholt is fogyaszt. Elképesztő. Arról már nem is szólva, hogy miket esznek. Fogalmuk nincs arról, hogy mire van szüksége a szervezetüknek. Milyen kevesen vannak tisztában azzal, hogy a reggelt fél liter víz elfogyasztásával kellene kezdeniük. Ezzel valójában átmossuk a szerveinket, más szóval belsőleg lezuhanyozunk. A többiről már nem is beszélve. Ehelyett kávét isznak. Vajon mit kellene tenni ahhoz, hogy az emberek végre felébredjenek ebből a sötétségből. Semmit. A legjobb példa erre a Názáreti Jézus története. Abból sem tanultak semmit. Millió könyvet elolvasnak, csak azt az egyet nem, amit Bibliának hívnak. Egyszerűen elfelejtették, hogy annak idején milyen csodát tett az Isten, amikor egy szem fiát leküldte az emberek közé, és hagyta keresztre feszíteni. Fel sem fogják ennek a történetnek a jelentőségét, nem értették meg az üzenetet – cikáztak gondolatai, amelyből a pincér érkezése sem zökkentette ki.

– Parancsoljon, asszonyom!

– Köszönöm.

A test a lélek temploma – tűnődött tovább. Milyen közhelyes, mégsem értik sokan. Talán azért nem, mert még soha, senki sem magyarázta el érthetően. Pedig olyan egyszerű. A testünk templom, szent hely... Azzal mindenki egyetért, hogy ha bemegyünk egy templomba, nem áll szándékunkban a közepére üríteni, de még a szélére sem. Ha egészségesen és mértékletesen táplálkozunk, akkor a szervezetünket tisztán tartjuk. Ha az ellenkezőjét tesszük, akkor voltaképpen romboljuk a saját szervezetünket. A legszomorúbb az egészben mégis az, hogy némelyek még büszkék is erre – próbált visszazökkenni a reggelijéhez, de önmagával folytatott párbeszéde egyre csak sodorta tovább.

Gyermekkorában, ha megkérdezték, mi szeretne lenni, mindig ugyanazt felelte: Isten legkedvesebb gyermeke. Hellyel-közzel talán sikerült is neki, de az elmúlt pár évben biztos sok szomorúságot okozott a Fennenvalónak, legalábbis ő így vélekedett magáról. Közel öt évig nem imádkozott, hátat fordított Istennek és hadat üzent neki. Hogy mit ért el vele? Úgy érezte, semmit. Egy tragédia miatt depressziós lett és olyan férfiakkal is összesodródott, akikkel korábban szóba sem állt volna. Ebben az időben marokszámra zabálta a Xanaxot, mintha tic-tac lenne. Élete legpocsékabb időszaka volt ez.

Most már egyre gyakrabban hallotta a belső hangját, újra hitt és imádkozott. Kezdte visszanyerni régi önmagát. Legalábbis ezt hitte, amíg nem találkozott Viktorral. A nehéz évek során bizonyosságot nyert számára, hogy hinni igenis érdemes, és felettébb hasznos dolog. Hiszen, ha létezik Isten, akkor csak jól jár, ha nem, akkor is, hiszen a hite által jól érzi magát a bőrében. A hit olyasvalami a léleknek, mint a testnek a pohár víz: nélkülözhetetlen számára. Gondolataiból ismét a pincér térítette vissza:

– Milyen volt a saláta, kedves hölgyem?

– Tökéletes, uram, köszönöm!

Azzal felállt és távozott. Kilépett a szállodából és elindult sétálni. Első útja mindig a Tuileriák kertjébe vezetett. Szeretett ott sétálni. Leült egy padra a szökőkút mellé és figyelte, ahogy a sirályok és a kacsák játszadoztak a tavacska közepén. A nap fénylő sugarai életre keltették a téli nyugovójára készülődő természetet. Szeretett városára, Szentpétervárra gondolt. A híres, rejtélyes fehér éjszakákra, amikor két hónapon át nem sötétül el az égbolt. Kevesen tudják, hogy 342 hídja van a városnak, amiből 22 felnyitható. A legszebbnek a négykupolás Lomonoszov-hidat tartják. Emlékében felidézte azt a fülledt július 23-i napot, amikor megismerte Konstantint, gyermekei apját. Milyen jólesett az a pohár jégbe hűtött pezsgő, amit az egyik híd kellős közepén fogyasztottak el! Akkor még könnyed és gondtalan volt, minden varázslatosnak, misztikusnak tűnt. Úgy érezte magát, mintha Velencében lett volna, csupán csak a gondolák hiányoztak. Feledhetetlen este volt. Imádta a ragyogást és a luxust, ami körülvette Pétervárон. Milyen misztikus, grandiózus, izgalmas, káprázatos, legendásan beteges hely! Irracionális kísértetváros, hisz' nincs a világon még egy olyan város, ahol egymás mellé temettek volna egy fiúgyilkost, egy apagyilkost, és egy férjgyilkost. Ilyen csak a szentpétervári Péter–Pál-székesegyházban történhetett meg.

Párizs gyönyörű, de hiányoznak belőle az apokaliptikus látomások, a szent őrültek, a ködös mítoszok, a pátosz, a titokzatosság, a mélységes kín, a szenvedés és a fájdalom. Párizsnak számára nincsenek spirituális gyökerei, nincsenek ilyen mélységei. Szentpétervár mocsárra épült, talán azért is van olyan érzése az embernek, mintha kísértetek, holtak, fantomok, szellemek, gonosz erők színhelye lenne. Ködös, nem e világi érzete támad az embernek, Pétervár a fantasztikum és realitás különös elegyének harctere. Itt maga a Sátán az úr, semmi és senki sem az, aminek látszik. Szemfényvesztés, káprázat itt minden...

Szembetűnő a város kétarcúsága, hisz' egy részről olyan érzete támad az embernek, mintha bármelyik pillanatban eltűnne, eloszlana, akár a nyári felhő, illékony mivoltáról már nem is beszélve, másfelől a kőrengeteg szilárdságot, tartósságot tükröz. Dosztojevszkij egy virtuális birodalom fantasztikus képződményének írja le *A kamasz*ban. Egy biztos: a hely magával ragad, beszippant, elvarázsol, és olyan erők veszik körül a gyanútlan, jóhiszemű embert, amit csak misztikus filmekből ismerhet. Résen kell lenni, ha nem akar az ember táncra perdülni az Ördöggel. Észak köztudottan a sötétség birodalma, itt mindent megtalálsz, amitől feláll a hátadon a szőr! Talán ezért is vagyok ilyen elcseszett, mert a hely megfertőzött, megbabonázott, elvarázsolt. Szentpétervár olyan, mint a drog: ha egyszer belekóstolsz, nincs menekvés. Hiányzott neki a város, úgy érezte, ideje lenne hazamenni.

Az őszi virágok pompájával csak a fák, bokrok leveleinek színorgiája vetekedett. A madarak csodás éneke elnyomta a város monoton zaját. Olyan ez a park, mint egy kis oázis a sivatag közepén. Az emberek betérnek ide, hogy feltöltődjenek, kipihenjék magukat. Van, aki olvas, sétál, fut, beszélget, nézelődik, vagy egyszerűen csak napozik. Tamara jó ideig nézte az embereket, majd elment egy sajtos szendvicset venni a közeli büfés kocsihoz. Miután megette, körbesétált a parkon, majd ismét leült a szökőkút közelébe. Épp elő akarta venni a könyvét, amikor leült mellé egy férfi és megkérdezte:

– Francia, kedves hölgyem?

– Nem, orosz, de már nagyon régóta itt élek Franciaországban.

– Merrefelé, ha nem vagyok indiszkrét?

– Avignon.

– Ó, a kultúra fellegvárában. Ha jól tudom, minden évben ott rendezik meg a nemzetközi hírű kortárs színházi fesztivált. Sőt, továbbmegyek, ha minden igaz, Avignon közelében koncentrálódik a környék szarvasgomba termelése. Novemberben már árulják, de az íze januárban a legfinomabb. Legtipikusabb élelmiszerük a pélardon, amely melegen is ízletes előételnek számít, mézzel vagy dióval, de olívaolajban is pirítják különböző fűszernövényekkel. – Tamara tátott szájjal hallgatta a férfi véget nem érő monológját, aki folytatta is:

– De számomra az igazi csemege a Tau medencében található Bouzigues városka osztrigái és kagylói. Nyersen vagy sütve-főzve, citrommal ízesítve, petrezselyemmártásban. No, és ne felejtsük el megemlíteni az isteni tapenade-ot. Pirítósra kenve szeretem a legjobban. Jaj, de faragatlan vagyok, bocsásson meg, Viktor du Luxembourg vagyok.

– Tamara Doronova. Nyilván buta kérdés, de van valami köze a híres Luxembourg-kerthez?

– Nem, nincs.

– Kár, nekem az a kedvenc helyem. A palota is gyönyörű, de a kert az valami csoda. Imádom az impozáns méretű szobrokat. Kedvencem Michelangelo Dávid-szobra Firenzében. Szó szerint lenyűgöz, elképesztő, lélegzetállító az a precizitás, ahogy minden apró részletre ügyelt. Amikor nézem, olyan érzésem van, mintha élne a szobor, jelen lenne benne a lélek. Szó szerint megbabonáz. Vannak olyan művészek, akik valami megmagyarázhatatlan energiát oltanak a műveikbe. Nos, ezekben a parkokban tudok a legjobban ábrándozni. Az a kert egy elvarázsolt hely számomra. Teljesen mindegy, hogy milyen az idő, mert ott mindig remekül érzem magam.

– Ábrándozik... és miről szokott ábrándozni, ha szabad kérdeznem?

– A szerelemről.

– A szerelemről?

– Igen, tudja, még sosem voltam szerelmes. Úgy sosem, hogy az kölcsönös lett volna.

– Soha?

– Soha. Véleményem szerint igaz szerelme csak egyetlenegy lehet az embernek. Ha nem vagyunk elég tudatosak, egy egész életen át kereshetjük a párunkat, mégsem fogjuk megtalálni. Persze az emberek többsége leéli az életét egy olyan ember mellett, akiről pontosan tudja, hogy nem a másik fele. Vagy talán nem is tudja, mert megalkuszik, nem tesz fel kérdéseket, becsapja magát, elfogadja az adott helyzetet. Az emberek rettegnek a magánytól, ezért beérik egy kis morzsával is a bőségtál helyett.

– Soha nem volt még szerelmes. Egy ilyen gyönyörű nő, mint maga? – hitetlenkedett a férfi.

– A mai világ az erkölcstelenségről szól. A nők túl könnyen odaadják magukat a férfiaknak, könnyű prédák lettek. Ezért a férfiak szép lassan kiégnek, és kiábrándulnak a nőkből. Kihalt belőlük a vadászszenvedély, hiszen a zsákmány ott hever a lábuk előtt. Ha a nők tartózkodóbbak lennének, nagyobb esélyük lenne megtalálni életük párját. Először meg kéne ismerniük egymást, fel kéne fedezniük a lelkük szépségét, és csak utána szabadna a testi örömöknek utat engedni. Rossz a sorrend. Aki a testiséggel kezdi a kapcsolatát, az ne remélje, hogy a férfi valaha is kíváncsi lesz a lelkére. Az a kapcsolat homokvárra épül, és az első nagyobb viharnál össze is omlik. Ezért is van manapság az a rengeteg válás. A férfiak már nem tudják tisztelni az élet bölcsőjét, nem érzik már a punci tüzét.

A férfi egyre kíváncsibban hallgatta, a nő gondolatai lázba hozták, Tamara pedig folytatta:

– A tantrikus szex filozófiája szerint a férfi tiszteletét fejezi ki párja nemi szerve előtt és hálás neki a behatolásért, mert ilyenkor megtörténik a csoda, eggyé válhat a végtelen óceánjával. Feltöltődhet a földből érkező, a nő által közvetített jin energiával, amit egyesíthet az univerzumból áradó férfias jang energiával. Az egyesülésnek ez a lényege. De ezt az erőt csak akkor birtokolhatjuk, ha tudatában vagyunk annak, amit teszünk. Ha alázatunkat fejezzük ki a teremtés előtt. Ha megértjük végre, hogy a női nemi szerv egy spirituális csatorna, egy szent hely, egy szentély. Természetesen ezt elsősorban a nőknek üzenem, hisz' ők azok, akik oly könnyen adják manapság oda magukat a férfiaknak, és ezáltal ők maguk oltják ki a férfiak az izzó szenvedélyét. Tiszta szívemből, őszintén kívánom, hogy ébredjenek végre fel lányaink és asszonyaink ebből a soha véget nem érő téli álomból, mert miközben ők tudatlanul alszanak, a világ szép csendesen elpusztul, és vele együtt véget ér az élet is itt a földön. Hatalmas felelősség nőnek születni, ezért nem is bántom a férfiakat, mert ők olyanok, mint a gyermekek, valójában nem tehetnek semmiről – fejezte be kiáltványnak is beillő válaszát a nő.

– Érdekes nő maga, érdekes és izgalmas. Vannak gondolatai, értékrendje. Manapság ezt kevés nő mondhatja el magáról. Szívből örülök, hogy megismerhetem. Mivel foglalkozik, kedves Tamara?

– Intézetvezető vagyok egy szociális otthonban. Általános orvos végzettséggel. Így én végzem el a háziorvosi teendőket is az intézményben. És ön?

– Befektető, de egyébként orvos vagyok szintén.

– Á, akkor üzletember.

– Mondhatjuk úgy is. Elég nagy üzlet ez manapság, ha az ember jól csinálja. Szervátültetéseket végzek.

– Ezt most nem értem. Mit jelent az, hogy jó üzlet?

– Nem is kell ezt értenie.

Tamara ekkor már érezte, hogy ha tovább beszélget ezzel az ismeretlen férfival, rossz útra téved, de mivel világéletében kíváncsi természet volt, így belement a férfi játékába. Végigmérte Viktort. Először is a két legfontosabb dolgot nézte meg: a cipőjét és az óráját. Mindkettő finom, elegáns darab volt. Úgy tartotta, hogy egy férfinak öt dologra kell különös gondot fordítania. Az első a nő az oldalán, a második az óra a csuklóján, a harmadik a cipő a lábán, a negyedik az autója, és az ötödik az otthona. Természetesen tudta, hogy ezek felszínes, kicsinyes külsőségek, melyek belső tartalom nélkül mit sem érnek. Mégis úgy gondolta, hogy egy igényes férfi nemcsak a lelkével foglalkozik, hanem a külsejével is. Tartalomhoz a forma, amfora.

Három dolog már stimmel. Viktor vérbeli úriembernek tűnik. Magázódik, és tisztelettel bánik vele. Ez tetszett Tamarának. Szerette a klasszikus férfiakat. Ahonnan jött, ott egy férfinak erőt és tekintélyt kell sugároznia. Viktor is végigmérte magában Tamarát. Milyen finom, elegáns, szép nő! Gyönyörű ez a tűsarkú cipő a lábán – nyugtázta. Vékony és kecses bokáján is elidőzött, imádta a szép lábú nőket. A keze finoman ápolt, semmi műköröm. A ruhája nem hivalkodó, az ékszerei is igényesen megválasztott darabok. Istenem, de gyönyörű! Esteledett. A park lassan kihalttá vált. Amikor egymás szemébe néztek, szívükben tűz lobbant.

– Kérem, jöjjön velem – mondta Viktor.

Tamara szó nélkül követte a férfit. Úgy érezte magát, mint akit megbabonáztak. Hirtelen elfelejtett minden játékszabályt, amit ezidáig felállított magában. Kimondhatatlan vonzalmat érzett a férfi iránt. Bizsergett az egész teste, az ágyéka lüktetni kezdett. Számára eddig ez ismeretlen érzés volt. Jóképűnek, elegánsnak látta a magas, sportos testalkatú férfit, akinek mellkasa éppen annyira szőrös, ahogyan Tamara szerette. Zavarta, ha egy férfi szőrtelen volt. Viktor haja sötétszőke és hullámos, szeme kék, bőre kreol, szája vastag és húsos. A természet csodája. Tökéletes példány. Épp olyan típus volt, amilyenről minden nő álmodik. Ő viszont kerülte az ilyen férfiakat. Félt tőlük, félt a csalódástól, ezért mindig olyan férfiakkal ismerkedett, akik valójában nem is tetszettek neki. Most viszont elmúlt a félelem és valami különös, ismeretlen érzés kerítette hatalmába. Egyszerűen nem értette, hogy mi történik vele. Talán a telihold, vagy a saját ciklusa hatása, tűnődött el egy pillanatra, de az érzés egyre csak erősödött. Át akarta adni magát a férfinak, kerüljön bármibe is, hisz' olyankor erősebb a nemi vágy, erőszakosabbak az emberek, több a bűncselekmény is.

Tamara ekkor még nem is sejtette, hogy mibe keveredik bele. Élete ott és akkor, a Tuileriák kertjében örökre megváltozott és megpecsételődött. Követte sorsát, amely egyben a végzete is lett. Ősz volt. Esteledett, senki sem volt már a parkban. Viktor megfogta Tamara kezét. A nő egy pillanatra megtorpant, hirtelen elfogta a félelem, mégis szótlanul követte a férfit. Izzó vágy kerítette hatalmába mindkettőjüket.

Tamara azt akarta, hogy a férfi magáévá tegye. Negyvenöt éves volt, de alig tűnt harmincnak. Lelkében ott volt a gyermeki báj és naivitás, mely konzerválta őt az idő végezetéig. Szépségét kortól és nemtől függetlenül mindenki észrevette. Lénye olyan erőt sugárzott, amit mindenki megérzett. Ilyen volt Viktor is, de ő nemcsak érezni, hanem birtokolni is akarta. Magához húzta Tamarát és finoman, de határozottan megcsókolta. Tamara akkor és ott, a Tuileriák kertjében átélte élete első igaz szerelmes csókját. Tökéletesen működött köztük a testek kémiája.

– Lenne kedve velem vacsorázni? – kérdezte Viktor.

– Csodás ötlet, miért is ne, de ha megengedi, előbb felszaladnék a szobámba.

– Hogyne, természetesen, itt lakik a közelben?

– Igen, a Hôtel du Louvre-ban szálltam meg.

Viktor leült a szálloda halljában és a nőre gondolt. *Milyen szerencsés vagyok* – gondolta.

Tamara közben felszaladt a szobájába, hogy pisiljen, utána megmosta a punciját, amit egyébként minden egyes alkalommal megtett, roppantul ügyelt a tisztaságára. Fogat mosott, és feltett egy kis arcpírt. Belenézett a tükörbe, és ismét úrrá lett rajta a kétségbeesés. De mielőtt elhatalmasodhatott volna rajta, becsapta maga mögött az ajtót és sietős léptekkel szaladt a lift felé.

– Már itt is vagyok, mehetünk – mondta mosolygós arccal.

– Nagyszerű, már rendeltem is egy taxit – lelkesedett Viktor.

Az autóban némán ültek egymás mellett, miközben legszívesebben egymásnak estek volna. Viktor így is tolakodónak tartotta magát, amiért úgy lerohanta az imént a parkban. Képtelen volt parancsolni az érzéseinek, egyszerűen meg kellett csókolnia, érezni akarta a nő száját.

Nem csalódott, pontosan úgy csókolt, ahogy remélte. Érzékien, finoman, szomjasan, mégis vadul. Úgy vélte, kevés nő tud jól csókolni.

– Megérkeztünk, kedves, ez a környék egyik legjobb étterme, a Fouquet – mondta Viktor

– Olálá! Maga szerint lesz szabad hely vacsoraidőben? Ide jó előre asztalt kell foglalni...

– Ez a törzshelyem.

– Igazán lenyűgöző. Maga aztán tudja, mivel kell egy nőt elkápráztatni.

– Üdvözlöm, uram, fáradjon az asztalához!

– Köszönöm, Jean.

– Jean, hm, csak így lazán, még a nevét is tudja a pincérnek – mondta elismerően Tamara.

– Hogyne. Tudja, szeretek tisztelettel bánni az emberekkel, és ha megkérdezem a nevüket, máris közvetlenebb a viszony. Számomra ez fontos.

– Milyen italt hozhatok önöknek? – érkezett a pincér.

– Tamara, drága, mit iszik? – vette kézbe a rendelést Viktor

– Köszönöm, azt hiszem, maradok a szénsavmentes víznél.

– Kérem, engedje meg, hogy megismerkedésünk örömére rendeljek egy üveg Dom Perignon-t.

– Nos, talán igaza van. Rendben.

– Előételnek beluga kaviárt ajánlok, tökéletes kezdés.

– Nézze, kedves Viktor, talán még nem derült ki, de meglehetősen otthon vagyok a gasztronómia területén. Tudom, hogy ez manapság egyre ritkább, de képzelje, nagyszerűen főzök és sütök. Mondhatni, igazi gourmet vagyok.

– Ez lenyűgöző. Ismét meglepett. Ne haragudjon, csupán jót akartam.

– Semmi gond, véletlenül szeretem a kaviárt és kedvem is lenne hozzá, tehát elfogadom az ajánlatát.

– Főételnek mit szeretne?

– Örömmel látom, hogy van Szent Jakab kagyló az étlapon. Azt választom. És ön mit eszik?

– Ugyanazt. Nekem is kedvencem a fésűkagyló.

– Micsoda véletlen.

– Igyunk az egymásra találásunkra, Tamara.

– Az egymásra találásunkra!

– Meséljen magáról, hisz' még semmit sem tudok magáról. Van családja?

– A férjem több mint 5 éve meghalt. Van négy gyermekem.

– Sajnálom, nehéz lehet egyedül. Négy gyerek? Egyet sem néztem ki magából! Fiúk? Lányok? Hány évesek?

– Három fiú, egy lány. A lányom 20, a fiaim 17 évesek.

– Milyen szép családja van, ha jól értem, a fiúk ikrek.

– Ezt meg hogy sikerült kitalálnia? Sajnos az én életem ennél kicsit bonyolultabb. A fiaim ugyanis sérülten születtek.

– Sérülten?

– Igen, de most nem szeretnék erről beszélni. Valójában senkinek sem szoktam a fiaimról mesélni. Inkább meséljen magáról!

– Én elváltam, de gyermekem nincsen. A munkámnak élek, valamint az életnek.

– Az életnek, az meg mit jelent?

– Hedonizmust.

– Valóban? És milyen fokon űzi ezt az életformát?

– Azt hiszem, teljesen egészséges kereteken belül. Minimális alkohol, és szeretek időnként az éjszakába belemerülni. Nagyjából ennyi. De nem drogozom.

Mielőtt Tamara megkérdezhette volna, hogy mégis mit jelent az éjszakai lazítás, felszolgálták az előételt. Egyébként sem akart ebbe belemenni, mert az a régi önmaga lett volna, aki, ha nem tetsző választ kap, rögtön befeszül és hazamegy. De ezt most nem akarta. A pezsgő egyébként is kezdett a fejébe szállni, ami segített neki az ellazulásban.

– Tudta, hogy a pezsgő tökéletes választás volt a kaviárhoz? – tért rá inkább Tamara a vacsorára.

– Hogyne tudtam volna.

– Egyre izgalmasabb ez az este. Kíváncsian várom, vajon miben hasonlítunk még.

– Nagyon remélem, hogy minél több dologban, ami jövőbeli szép reményekkel kecsegtet. Talán a kagylóhoz is kéne valami finom bort rendelnünk.

– Nem, köszönöm, maradok a pezsgőnél. Tudja, valójában nem szeretem az alkoholt, és nagyon gyorsan a fejembe száll.

– Ahogy óhajtja, kérése számomra parancs.

Mielőtt nekiláttak volna az előétel elfogyasztásának, Tamara imádkozott.

– Ne haragudjon, de mit csinált az előbb?

– Köszönetet mondtam az Úrnak az elém tett ételért. Oroszországban ez így szokás. De miért kérdezi?

– Manapság nem találkozom olyan emberrel, aki asztali áldást mond. Ilyet ez idáig csak filmekben láttam.

– Hát akkor épp itt volt az ideje, hogy az életben is lássa. Zavarta?

– Dehogyis. Csak tudja meglepett, hogy egy magafajta nő imádkozik.

– Értem. Szerintem lapozzunk, és élvezzük az ízeket.

– Élvezzük – mondta Viktor, miközben enyhe erekciója lett.

– Valóban finom volt az előétel. Köszönöm.

– Én köszönöm, hogy velem tartott. Említette, hogy szeret főzni. Milyen ételeket szeret?

– Lássuk csak, kedvencem a japán, az indiai, a mediterrán, a thai, a kínai, a francia, az európai. Talán csak mexikói ételt nem főztem még.

– Maga aztán valóban érthet a főzéshez, hisz' gyakorlatilag az összes tájegység konyháját felsorolta az imént.

– Fogalmazzunk inkább úgy, hogy bármit elkészítek, amit elém tesznek. Valahogy benne van a véremben, a zsigereimben a főzés. Általában mindig nagy a sikerem, amikor vacsoravendégeket hívok. Több évre visszamenőleg emlegetik a főztömet. Ha szülinapja van valakinek a családban, mindig én sütöm meg a tortát. Vannak barátaim, akik felhívnak telefonon, és megrendelik a süteményeket a családi összejövetelekre.

– Komolyan mondja? Ez egyszerűen hihetetlen. A mai nők többsége nem tud főzni.

– Valóban szomorú, főképp azért, mert fogalmuk sincs arról, milyen felelősség családot vállalni. A táplálék, amit leteszünk az asztalra a családunk számára, nem csak a testnek szól, hanem a lelküknek is. Egy jó anya, szívvel-lélekkel főz, nem pedig kényszerből. Az étellel ugyanis átadja a családjának a szeretetét. Ezt kevesen értik, és még kevesebben csinálják. Itt most nem arról van szó, hogy valami ételkompozícióval álljon elő a kedves mama. Szó nincs róla, hanem a szeretetről. A hangsúly azon van, hogy azt a szelet vajas kenyeret is el lehet készíteni szeretettel, odaadással.

– Íme, a főétel, asszonyom, uram!

– Köszönjük, Jean – mondta Viktor.

– Uramisten, ez valami mennyei! – mondta Tamara.

Márpedig, ha ő megdicsért egy ételt, az valóban tökéletesen volt elkészítve. Kényes és kifinomult ízlése volt. Jó pár évvel ezelőtt elment egy múltszázadbeli lovagi estre, ahol bemutatták a kornak megfelelő ételkülönlegességeket. A leves gyömbéres sütőtökkrémleves volt pirított tökmaggal. Teljesen odavolt érte. Megkérdezte a szervezőt, hogy megkaphatná-e ezt a receptet, mire az hűvös eleganciával közölte, hogy a recept titkos. Mit volt mit tenni, rendelt még egy adagot, és addig ízlelgette, kóstolgatta, míg szép lassan rájött az összetevőkre. Másnap el is készítette, és legnagyobb meglepetésére jobb lett, mint az eredeti.

– Maga szerint miből áll ez a szósz? – kíváncsiskodott Viktor.

– A legfontosabb összetevője a sáfrány és a konyak, no és persze a vaj, minden mennyiségben. Imádom a vajat. Ó, és van még benne valami, ami friss, pikáns, citromos aromájú, kaffercitromlevélnek gondolom.

– Kaffercitromlevél? Sosem hallottam még róla.

– A thai konyha jellegzetes fűszernövénye.

– Maga tényleg tud főzni!

– Talán kétségei voltak?

– Nem, egyáltalán nem.

Viktor mindeközben arról fantáziált, hogyha egy nő ennyire ért az ízekhez, akkor remélhetőleg az ágyban is ínyenc.

– Egyszerűen tökéletes ez az étel, az ízek harmóniája és kihangsúlyozása lenyűgöző, nem tudok betelni vele – mondta elégedetten Tamara.

– Még nem találkoztam ilyen nővel, aki ennyire élvezte volna az ízeket. Elárulhatom, ez izgató számomra.

– Mégis mire gondol? – kérdezte a nő ártatlan mosollyal az arcán.

– Azt gondolom, hogy az étkezési szokásaink valahol a szexuális kultúránkról is árulkodnak. Aki ilyen nyitott a kulináris élvezetekre, az igazán érzéki és finom lehet az ágyban is.

Tamara témát váltott, nem akart a szexuális szokásairól beszélgetni.

– Azt hiszem, ideje lenne megrendelni a sajttálat.

– Valóban jó ötlet. Milyen sajtokat kedvel?

– A penészes sajtokon kívül mindent. Magára bízom. Használja ki ezt a nem mindennapi lehetőséget.

– Ez igazán megtisztelő. Tudta, hogy a sajt felfrissíti az ízlelőszerveket és tisztítja a fogakat is? Ezért is érdemes sajttal zárni az étkezést.

– Természetesen tudtam.

– Lássuk csak, akkor rendelek egy lágy sajtot, egy keményet, egy félkeményet, a kék sajtokat akkor kihagyjuk, és kecskesajtot. Így megfelel?

– Tökéletes, uram.

Mire elfogyasztották a sajttálat, Tamara kissé becsípett. Ettől sokkal oldottabban viselkedett, beszédesebb lett, sőt időnként még hangosan el is nevette magát.

– Tudja, Viktor, mindig arról álmodoztam, hogy egyszer majd megismerem életem szerelmét, és akkor egy szempillantás alatt értelmét vesztik a konvenciók. Semmi sem fog számítani. Sutba dobhatom végre az összes erkölcsnek és etikának nevezett butaságot. Van fogalma róla, milyen ilyen mereven élni? Soha egyetlen pillanatra sem tudok kikapcsolni, ellazulni. Egyszer, még jó pár évvel ezelőtt, kipróbáltam otthon, hogy milyen lehet berúgni. Kíváncsi voltam, hogy vajon miért isznak az emberek alkoholt. Azt gondoltam, talán segít majd kikapcsolni az agyamat. Nos, nekem ez sem jött be.

– Mi történt?

– Megittam egy üveg pezsgőt, viszonylag rövid idő alatt. Nem történt semmi. Elégedett voltam, mondván, milyen jól bírom az alkoholt. Így gyorsan ittam még egy nagy pohár malagát.

– Az egy lórúgás lehetett.

– Ahogy mondja, a hatás nem maradt el. Az egész szoba forogni kezdett velem. Eldőltem a kanapén és arra gondoltam, milyen szánalmas dolog, ha egy nő részeg. Aztán meg arra, milyen jó, hogy nem látja ezt most senki. Arról már nem is beszélve, hogy csak négykézláb tudtam megközelíteni a mosdót.

– Szívesen látnám magát négykézláb – mondta nevetve Viktor.

– De kérem, nem azért mesélem ezt el most önnek, hogy kinevessen.

– Ne haragudjon, kérem, nem azért nevetek, egyszerűen olyan kedves és aranyos, ahogy meséli, és egy ilyen csodanőről nehezen képzel el az ember egy ilyen szituációt.

– Egy szó, mint száz, másnap szomorúan konstatáltam, hogy nincs az az alkoholmennyiség, ami nálam filmszakadást idézne elő.

– Hát ez elkeserít, ezek szerint magát nem lehet leitatni?

– Milyen vicces ma este, uram. Természetesen nem, és azt gondolom, hogy egy úriember ilyet nem is tesz.

– Bocsásson meg, csak viccelődni próbáltam.

– Értem a viccet, de nem szeretem – mondta kacsintva Tamara.

– Mit szeretne csinálni az este hátralévő részében?

– Elszaladt az idő, talán ideje lenne visszamennem a szállodába. Holnap is lesz nap.

– Rendben, mit szólna hozzá, ha sétálnánk a Szajna partján? Egy kis könnyű esti séta vacsora után nem árthat meg senkinek. Aztán visszakísérem a szállodába.

– Jó ötlet, örömmel.

Tamara belekarolt a férfiba. Csendben sétáltak, egyszerűen csak élvezve egymás közelségét. A csend nem volt kínos, mert úgy érezték, hogy a mai napon megtalálták a másik felüket. Milyen régóta vágyott már erre a férfira, erre az érzésre, erre a pillanatra! Milyen sokat álmodozott róla! Most itt van, és mégis félt. Valami azt súgta, vigyázzon.

– És mondja, végül is megtalálta a szerelmet? – törte meg a csendet Viktor.

– Tudja, ahogy múltak a napok, hetek, hónapok, és ahogy a hónapokból évek lettek, szép lassan rájöttem, a szerelmet talán nem is egy másik emberben kell először keresnem, hanem magamban és Istenben.

– Nárcizmus, drága Tamara?

És akkor még nem ismerte ugyan, de később pont ez a kissé cinikus vigyor lesz az, ami Tamarát undorral tölti el.

– Már ne is haragudjon, de ez nagyon ostoba kijelentés. Időnként úgy érzem, hogy teljesen felesleges minden szó, mert az emberek többsége egyszerűen képtelen megérteni, amit mondok. A legrosszabb az egészben az, hogy még nem is hibáztathatom őket ezért, hiszen ami Einsteinnek magától értetődő volt, az a többi körülötte élő embernek közel sem volt az. Itt van példának okáért maga is, aki egyáltalán nem ért engem, bár igazán nem vagyok Einstein. Tudta, hogy Einstein egész életében kereste az utat Istenhez, feltett célja volt, hogy Isten gondolataiban olvasson? Einsteinben és bennem akad néhány közös vonás. Az egyik éppen az, hogy örökös konfliktusban állt a racionális oldala az álmodozó részével. Folyamatos harc volt az élete, éppúgy, ahogy az enyém is. Mindig harcban állok magammal, a környezetemmel, és az egész világgal. Életem minden pillanata arról szól, hogy folyamatosan figyelek, agyalok, mert meg akarom fejteni a titkot.

– És sikerült?

– Részben, talán, de be kellett látnom, hogy az isteni tervet halandó ember az egyszerű kis háromdimenziós agyával nem képes felfogni. Hisz' a világegyetem egy bonyolult, többdimenziós rendszer, épp ezért képtelenek vagyunk fogni a jeleket, mert hiányzik hozzá a megfelelő készülékünk. Sokan úgy vélik, hogy a többi bolygón is létezik élet. Az ember a maga kis együgyű agyával elmegy a Holdra, a Marsra és megállapítja, hogy élettelen az adott bolygó. Nos, ez elvileg nem igaz. Egyszerűen nem vagyunk képesek meglátni a többdimenziós életformát, nem tudjuk befogadni, értelmezni, felfogni a miénktől eltérő civilizációkat. Tudatlanok vagyunk hozzá.

– Ne haragudjon, Tamara, de nekem ez így éjfél körül már nehéz téma. Mi lenne, ha egyszerűen csak arról beszélnénk, milyen szép, csillagos az égbolt?

– Igaza van – helyeselt Tamara, majd szorosan a férfihoz simult.

Ahogy elmerült a ragyogó éjszakai égbolt végtelenségében, Tamara egy váratlan mozdulat után egyszer csak följajdult:

– Ó, a fenébe, ez nagyon fáj!

– Mi történt, kedvesem?

– Azt hiszem, csúnyán kibicsaklott a bokám. Sajnos ez nálam elég gyakran előfordul.

– Jöjjön, gyorsan üljünk le, máris hívok egy taxit.

Tamara egy pillanatra úgy érezte, hogy csapdába esett. Kiszolgáltatottnak és elesettnek érezte magát, ezt pedig nem szerette. Soha egyetlen percre sem volt még ágyban fekvő beteg, soha senkitől sem fogadott még el segítséget. Most pedig itt ül egy padon, egy idegen férfi mellett, teljesen kiszolgáltatva. Agya az éles, hasító fájdalom ellenére lázasan zakatolni kezdett. Egyfelől vonzotta a biztonságot jelentő szállodai szobája – milyen egyszerű is lenne hazavitetnie magát, suhant át rajta az egyik megoldás –, másfelől azonban hiába voltak rossz előérzetei a férfit illetően, mégis vészesen sodródott felé.

– Jöjjön, felveszem, megjött a taxi.

– Köszönöm, de boldogulok magam is – mondta a nő, de ekkor ismét erős fájdalmat érzett a bokájában. – A fenébe is, ez egyre jobban fáj, egyre rosszabb.

– Mondtam, fogadja el a segítségemet, kérem.

– Rendben, a magáé vagyok! – mondta némi iróniával átitatva.

Hát persze, hogy az enyém vagy, csak még nem tudod – gondolta Viktor, és közben bemondta a címet a taxisnak:

– A Bastille-ba, legyen szíves!

– Hová megyünk? – kérdezte Tamara.

– Ne aggódjon, a börtön területén ma már Place de la Bastille, az Opera de la Bastille van. Tudja, régen szegénynegyed volt, ma pedig az elegancia megtestesítője.

Viktor erre elmesélte, hogy az egykori szegénynegyedben, ahol a hírhedt börtön is állt, a gyárépületekben lakásokat alakítottak ki, az asztalosműhelyekben pedig galériák leltek otthonra. A Rue de Lappe egy keskeny kis utca volt, ahol rengeteg divatos étterem nyílt az éjszakai életet kedvelők legnagyobb örömére.

– Holnap, ha netán jobban lesz a bokája, megnézhetnénk. Ideje lenne már belekóstolni a párizsi éjszakai életbe. Gondolom, még nem járt az éjszakában? – szövögetett terveket Viktor.

– Nem, valóban nem, mivel mindig egyedül voltam a fővárosban.

– Akkor ezt meg is beszéltük. Holnap különös élményben lesz része, ezt megígérhetem. Jöjjön, megérkeztünk, segítek.

– Köszönöm.

Tamara agya lázasan dolgozni kezdett. Már egyáltalán nem volt biztos abban, hogy akarja-e ezt a kalandtúrát, de azt is tudta, hogy nincs már visszaút. Követnie kell a sorsát, és ezt a férfit. A vasalt kapu feketére volt festve, rajta bronzból készült kosfőt formázó kopogtatóval. A hatalmas vaskapu áttörhetetlennek tűnt és nyomasztó érzést keltett. Valahogy olyan érzése támadt az embernek, hogy ha ez az ajtó bezárul, akkor többé nem enged be senkit és semmit. Nyomasztó volt számára az egész hely szelleme is. Ugyan minden a gazdagságról szólt, a pompáról és a csillogásról, mégis volt a levegőben valami, amitől meghűlt az emberben a vér. Tamara nem érezte jól magát. Félt.

– Minden rendben? Olyan csendes lett, amióta beléptünk a házba – érdeklődött Viktor.

– Mi ez, valami gyárépület, netán kínzókamra volt hajdanán? – kérdezett vissza a nő.

– Igen, gyárépület volt, de ezt mondtam már a taxiban is ide jövet.

– Ne haragudjon, elkerülte a figyelmem.

– Loft lakások épültek ide, és többségük galéria, illetve stúdió is. A méretek miatt ezekben a lakásokban nagyobb távolságból is szemre lehet vételezni a készülő művet. Számomra terjedelmes alapterülete volt a legvonzóbb, valamint a nagy belmagasság. Individualista vagyok, épp ezért nekem tökéletes ez az életforma. Szeretem ezt a lakást, mert kifejezhetem általa a világról és az életről alkotott személyes nézeteimet. Régen bohéméletűnek tartották azt, aki ilyen lakásban lakott, ma már szerencsére ez a kép túlnőtt a kisstílű státuszán.

– Tény, hogy rendkívül praktikus. Sőt nagyon tetszik az ütött-kopott, szegényes külső, ami meglepő ellentétet alkot az elegánsan berendezett belső terekkel. Ez az én chateau-mra is jellemző. Talán majd egyszer meglátja. Mégis olyan rejtélyes ez az egész ház, ahogy az ajtócsengők el vannak rendezve. Szó szerint futkározik a hideg a hátamon, tuti, hogy tele van az egész épület lidércekkel. A kapualjakban levélszekrények és hirdetőtáblák nagy összevisszaságban a falra szerelve. És az a rengeteg falragasz, idétlen rajzok, azokról a különös, szinte már közönségesnek tűnő üzenőcédulákról nem is beszélve.

– Ugyan, Tamara, maga honnan jött, apácazárdából?

– Nem, vidékről. Életem nagyobb részét ott töltöm. Ritkán látogatom meg a fővárost. Kerülöm a zajos, forgalmas helyeket és a tömeget. Leszívják az energiáimat. A természet, a csend, a nyugalom feltölt. Visszatérve az ön kis lakóterére, ezek a cédulák elárulják a lakók szemléletét, és a világfelfogásukat is sejtetik.

– Mondhatjuk, hogy ön kissé prűd, asszonyom?

– Egyáltalán nem, csak – és akkor Viktor ismét megcsókolta.

Ölelte, csókolta, majd ismét ölelte, csókolta. A száját, a nyakát, a fülcimpáját.

– Hagyja abba, kérem!

Tamara érezte, hogy elgyengül. Remegett az egész teste. Izzott a vágytól, érezte, hogy ágyéka megtelik vérrel és nedvei kicsordulnak. Soha nem érzett még ilyet. Testére azonban reagált az agya is, azt gondolta, hogy ilyen hatással halandó férfi nem lehet egy nőre. Sőt még az is megfordult a fejében, hogy ez a férfi maga az ördög. Belül még segítségért is kiáltott, de kívül már megadta magát.

– Ne haragudjon, de egész este erre a pillanatra vártam. Megőrülök, ha nem tehetem magamévá!

– De Viktor, alig ismerjük még egymást. Jól tudja, hogy mi a véleményem az ilyen kapcsolatokról.

– Hát éppen ez az, itt az ideje, hogy megtudja, nem minden van úgy, ahogy azt magácska a kis fejében kitalálja. Spontaneitás. Nem ezt szerette volna? Próbálja ki egyszer az életben, mi baja lehet? Maximum lesz egy jó sztorija. Az ártatlanságában már úgysem tehetek kárt.

Viktor a karjába vette, majd finoman lefektette a kandalló előtti pamlagra. Tamara egyszeriben tökéletesnek érzett mindent, akár egy mesében, de nem hagyta nyugodni a gondolat, hogy mintha valaki megrendezte volna előre ezeket a jeleneteket. Elhessegette magától ezt a sejtést, nem lehetett, hiszen nem ismerték egymást korábban. Lehet, hogy minden nővel ezt játssza? Lehet, hogy ő a környék Casanovája? Lehet, hogy... – a kérdések özönét azonban elfojtotta a mindent elsöprő vágy.

Az élvezet olyan helyre röpítette, amiről korábban még álmodni sem mert. Viktor profi szerető volt. Épp úgy, ahogy ő is. Egy biztos, ebben párjára talált. A kérdés már csak az volt, hogy vajon Viktor is színészkedik-e, ahogy korábban ő is tette.

Tamara kéjesen felsóhajtott, amikor Viktor elkezdte szívogatni a mellbimbóját. Először csak finoman, majd egyre erősebben, majd jól benyálazta melleit, és az ujjaival egyszerre kezdte el izgatni mindkét bimbóját. Húzogatta, csavargatta őket. Ez egyenesen őrjítő volt, zihált, kapkodta a levegőt, és kimondhatatlanul szerette volna már a férfit magában érezni. Szó szerint lüktetett a puncija.

De akkor hirtelen Viktor abbahagyta a kényeztetést és elment egy italért. Tamara akkor már pontosan tudta, hogy egy másik játékossal áll, pontosabban fekszik szemben. Tökéletes, amit csinál – gondolta. Milyen érdekes és kiszámítható az élet. Visszakapom mindazt, amit korábban én is tettem másokkal.

– Mit szólna egy vodkához? – kérdezte könnyedén Viktor.

– Igaz, hogy nem szeretem az alkoholt, de tudja mit, kérek! Jobb, ha iszom, különben képtelen leszek elengedni magam – tette hozzá ezt már magában.

– Egy nap, egy éjszaka mennyi minden történhet velünk, egy nap, egy éjszaka megváltoztatta az életünk, egy nap és egy éjszaka alatt bármi megtörténhet velünk, nem gondolja, Viktor? – tűnödött el Tamara, majd folytatta monológját. – A nő nemi szerve maga a bűnbarlang, ugyanakkor a legtitkosabb szentély is. Valóságos csoda. Az illetőtől függ, mire használja. Isten úgy alkotta meg a világot, hogy legyen választásunk. Elénk tárja a jót és a rosszat. Hagyja, hogy válassz. Nem erőltet rád semmit. Tőled függ, hogy melyik utat választod, mert mindig van lehetőséged választani. A nagy kérdés már csak az, vajon miért választjuk oly gyakran a rosszat. Van egy kis hang mindenkiben, amit, ha nagyon figyelsz, meghallhatsz, megérezhetsz. Ő mindig a jó megoldást sugallja. Lássuk be, a szex is egy nagy csapda. Ha a jó megoldást akarjuk választani, meg kell zabolázni az elménket és felismerni a valódi értékeket, nem hagyni, hogy a testünk és vele együtt a vágyaink irányítsák az életünket! Fel kellene ismernünk ezeket a csapdákat, hisz, ha nem tesszük, káosz és anarchia fog uralkodni az életünkben. Tény, hogy ez a pejoratív értelmezése a szónak, hisz' az anarchia valójában szervezett hatalmat és irányítás nélküli állapotot jelent, na de akkor is, olyan jól hangzik.

Viktor tátott szájjal hallgatta filozófiai értekezését. Csodálta a nőt, amiért ilyen nem mindennapi gondolatai vannak. S ahogy hallgatta, egyre inkább felizgult. Életében először az agyát izgatta fel egy nő, amire korábban még soha nem volt példa.

Tamarából pedig csak ömlöttek a szavak. Talán az alkohol hatása volt ez, ki tudja.

– Szeretem érezni az életet. Szeretem érezni a hó csontba hatoló hidegét, szeretem érezni a tűző nap forróságát, szeretem érezni a tavaszi szellő bársonyos leheletét, szeretem érezni a nyári zápor langyos melegét. Szeretek szeretni és szenvedni. Szeretek boldog és szomorú lenni. Szeretem az életet és tisztelem a halált. Ohsawa szerint az élet az ellentétek találkozásának színtere, s az élet titka az ellentétek boldog egységében, ügyesen megteremtett egyensúlyában rejlik. Az egyensúly teremti meg a harmóniát és a szépséget, s az egység eredményezi a békét és az erőt. Eljutottam oda, hogy képes vagyok élvezni az élet minden pillanatát. Jót és rosszat egyaránt. Végre átláttam maya fátylán. A hindu vallás szerint maya fátyla az, ami minket a képzelt világhoz köt. Maya három sajátosságból, más néven gunából épül fel. Ez a három guna a szattva, ami a tisztaságot és tudást jelképezi, a rajas, amely a tevékenység és mozgás megtestesítője, valamint a tamas, ami pedig a tehetetlenséget és tunyaságot hordozza magában. A különbség az emberek között az, hogy éppen melyik sajátosság erősebb bennük. Ha bármelyikhez is ragaszkodunk, örök rabságra ítéljük magunkat. A legnagyobb csapdát a szattva jelenti, hisz' ez a guna a tisztaság, a boldogsághoz való ragaszkodással köti gúzsba az egyént. A szattva az iránytű, segít megmutatni nekünk a helyes utat. Igen ám, de ahhoz, hogy szabad lehess, tőle is búcsút kell venned. Azt hiszem, ez a legnagyobb kihívása az életünknek. A rajas az anyagi világ adta gazdagsággal vakítja el képzeletünket. A tamas téveszméinkért felelős, amelyek szép lassan tönkreteszik életünket. Egy kis tudatossággal nagyon könnyű felismerni a rajast és a tamast. De mi van a szattvával, ami tisztaságával, ártatlanságával csalogat minket a helyes útra? Ott állsz, elégedetten fürdőzöl éppen a boldogságban, nem is sejtve, hogy saját csapdádba estél bele. Nos, amikor ezt is felismered, végleg lehull maya fátyla a szemed elől, és megláthatod a benned lakó Istent, Atmant. Atman által Brahmant is, a végtelent, az ősokot, a behatárolhatatlant, a mindenséget.

– Mesélj még erről, esküszöm, kezdem magam úgy érezni, mint gyermekkoromban, amikor a mamám leült az ágyam szélére mesélni, én pedig beleéltem magam a történetbe. Mese felnőtteknek. Ez nekem bejön! De közben puszilgathatnám a popsidat, ha megengeded – tett javaslatot a folytatásra Viktor.

– Hm. Csak tessék, szolgáld ki magad.

– Úgy tartja a hindu mitológia, hogy Brahman és Atman egyek. Brahmant nem lehet imádni, mert ő megfoghatatlan, felfoghatatlan. Ezért az emberek kitaláltak különböző istenségeket, az ishwarákat, akikhez imádkozhatnak. A keresztények Jézust, a hinduk egyszerre több istenséget is, a muszlimok Mohamedet és Allahot imádták, és még sorolhatnánk. Egyébként meg kell, mondjam, a muszlimok állnak legközelebb az igazsághoz, hisz' Allahot nem festették meg, nem öntötték formába. Ők úgy imádják Istenüket, hogy leborulnak a mindenség előtt, és a végtelenbe imádkoznak. Azt vallják, hogy Allah Mohamedet küldte prófétának.

– Na de Istent mi sem formáztuk meg, csak Jézust. Itt jegyezném még meg, hogy kurvára finom a puncid.

– Miről beszélsz? Azt mondja a Biblia, hogy „Isten az embert saját képmására, az Isten képmására teremtette". Micsoda nagyképűségre vall ez a kijelentés! Ha már a Mindenről és a Semmiről beszélünk, elmondom az én saját kis gondolatomat erről. Ne kérdezd honnan jött, mert magam sem tudom, egy este, amikor leültem írni, szó szerint lediktálták fentről ezt a kis esszét. „A semmiről írni nem könnyű dolog, mert a semmi a semmivel hasonlatos. De a furmányos emberi elme a semmit formába önti, és a lényeget közben elfelejti. A lényeg pedig oly egyszerű, hogy elméjébe be nem illesztheti. A forma a lényeget megöli, a világot pusztulásba vezeti. A lényeg pedig ott áll és nem érti, miként lehet az, hogy az ember nem érti? Miként lehet a semmiből eszméket gyártani? Félelmekből, ragaszkodásból, fájdalomból, gyűlöletből fellegvárat építeni? Miért kell a semminek valami, miért kell a valamihez úgy ragaszkodni? A semmi a minden, a minden a semmi! Tudsz követni?

– Bevallom, nem könnyű így popsicsókolgatás közben, álló farokkal, de azt hiszem, kapiskálom a lényeget. Amint fent, úgy lent, gondolom, ez valami ilyesmi, akar lenni – mondta büszkén Viktor.

– Most, hogy mondod, igen! Na látod, nekem ez ebben a megközelítésben eszembe sem jutott! Akkor folytatom. A semmi a léted, a lelki üdvösséged pedig a minden, csak a semmi ezt időnként elfelejti. Ami pedig nincs, az határtalan, és a végtelenben, mint olyan, meg nem fogható. Ha pedig meg nem fogható, akkor a forma minek való? Mi az, mit az ember hosszú léte során birtokolni akar? Miért akarjuk a semmit nevén nevezni, hiszen nincs neve, sem pedig formája, amelyet birtokolni szeretnél. Ne keresd, mert erőlködéssel meg nem lelheted. Hagyj fel a kereséssel, akkor talán megleled a végtelenben, hisz' szíved legmélyebb vágya belemerülni a végtelenbe, a semmit magadba fogadni, és vele egyesülve mindenné válni.

Ez a lét egyetlen, igazi értelme: a Semmivé válás egysége utáni vágyakozás. Az egység utáni vágy, melyet a minden táplál. A Minden, melyre lelked mindig is vágyott. Amikor egy kisded megszületik, az első lélegzetvétellel magába fogadja a Mindent! A minden ebben a szent pillanatban formát ölt. A játék célja az, hogy felismerd, a Minden nem függ a formától, a forma függ a Mindentől! Ne azonosulj a formával, hisz' a Minden, a Semmi azon túl van! A te nagyságod és erőd a Mindenben és a Semmiben rejlik! Amíg ezt fel nem ismered, a formába elmerülve és fuldokolva vívod haláltusádat szüntelen. Ez az élet, melyet élsz, a lélek – ami egyben a semmi – jajkiáltása. De egyszer csak jön egy fénysugár, mely egy pillanatra a Semmit megvilágítja.

S akkor a Semmi hirtelen elkezdi a forma falait megrepeszteni. S aztán szép lassan a forma résein keresztül a Semmi kicsordul a Mindenbe. Majd, érezve a Minden erejét, a formát egy szempillantás alatt megrepeszti, s a forma ekkor kettéhasad, és a Semmi Mindenné terebélyesedik. Ez a végső cél, az igazi egyesülés, amikor a Semmi a Mindennel összekeveredik! A Minden befogadja őt, és a Semmi többé már nem is létező, hanem örökkévaló! Ne akarj semmit, és akkor megleled a Mindent! A Semmit vágyni nem lehet, s ha ezt megérted, akkor majd megleled, hisz' mint Semmi, ő ott van mindenhol. A forma pusztán csak azért kell, hogy felismerd a Semmit! A Semmit forma nélkül nem tudnád felismerni. De amint felismered, meg kell szüntetned a ragaszkodásodat a forma béklyóihoz, hisz' a Semmi alapvető lételeme a szabadság, a formáé pedig a rabság. A szabadság az égbe emel és feloldozza a lelket a nyomorúság bilincse alól, míg a rabság láncba veri. S míg láncra vagy verve, a szenvedés körforgásából ki nem szállhatsz. A szabadság az, amely képes ezt a köteléket elszakítani, mely által a Semmi a Mindennel frigyre léphetik, s akkor a körforgás megszűnik tovább létezni, és te magad leszel a mindenség! S amikor a Semmi tudatára ébred a Mindennek, beteljesül és eloszlik, mint a nyári felhő. Szeretem a Semmit, jó benne megfürödni. Szeretem, ahogy átölel, és ahogy általa semmivé leszek.

Csodás dolog a semmivel nászra lépni, és őt hű hitvesemnek elfogadni. A Semmivel együtt élni a világ legnagyobb boldogsága és a legcsodálatosabb szerelem, amit az Univerzum csak adhatott nekem. A Semmi az én igazi tanítóm és az én oltalmazóm. A Semmi megvéd engem minden szenvedéstől, a Semmi az én jóakaróm. Ha vele azonosulok, soha többet nem csalódhatok. Válj Semmivé, és a problémáidat is éld meg semmiségeknek!

Időnként, egy-egy őrült pillanatban azt gondolom, hogy ha képessé válnánk a semmivel azonosulni, a világ is egyszerűen semmivé válna! Semmi, édes kis semmiség, ó, ha tudnád, hogy milyen régen megérintettél! Rád várok amióta első lélegzetemmel magamba, fogadtalak. S most szép lassan felébredek és veled nászra léphetek. S akkor abban a pillanatban enyém lesz a semmivel együtt az egész végtelen! A Semmivel egyesülve én is Semmivé válok, és a gyönyör pillanatában megláthatom a végtelen világot. S akkor beteljesítettem a Minden akaratát!

– Ha jól belegondolok, egyetlen dolgom az volt, hogy gyermekiségemet megőrizzem, és a világot egy gyermek szemein keresztül szemléljem. Az volt a feladatom, hogy egyszerűen csak legyek. Csak legyek, mint egy ma született kisded. Vanni, lenni, és a világot őszintén szeretni! Szeretni mindent, mit a világ nekünk adott, szeretni a földet, eget s a csillagot! Szeretni embertársaimat, szeretni minden élőt és holtat. Csak lenni és szeretni. Ez volt az én feladatom, ez volt az én küldetésem! Egyszerűen csak lenni, és ismét csak szeretni. Minden, ami körülöttem zajlott, csak álca volt, hogy elfedje és bonyolultnak tüntesse fel ezt a végtelenül egyszerű kis semmiséget. Elnézem most a rengeteg embert magam körül és sajnálom őket, amiért azonosulnak az életükkel, a munkájukkal, és minden egyéb, önmaguk által létrehozott problémával. Ha eme problémákon túlnézek, rájövök, hogy az életem nem erről szólt. Az életem arról kellett, hogy szóljon: nincs fontosabb dolog, mint a szeretet. És ha ezt megértem, egyszerűen minden probléma eltűnik és édes kis semmiséggé fog válni.

Légzés és csend, ez a két dolog szükséges ahhoz, hogy megértsd, mit is jelent a Mindenség, a végtelen részévé válni. A tökéletes meditációhoz csupán erre a két dologra van szükséged. A levegő az összekötő elem az Isteni részeddel. Bizonyos légzéstechnikákkal euforikus állapotba tudod hozni magad. Olyan természetesnek vesszük, hogy van levegő, hogy fel sem tűnik, hogy a légzés maga az élet. Hunyd be a szemed és érezd át, ahogy befogadod az életet. Érezd át, ahogy kitölt, ahogy részévé válsz a nagy egésznek! Közben élvezd a csend szimfóniáját! Ha erre valaha képes leszel, olyan élményben lesz részed, ami örökre meg fogja változtatni az életedet. Más dimenzióba kerülsz általa, egy olyan ismeretlen világban találod magad, ami maga a valóság. Ezt keressük szüntelenül, egész életünk során. Én megtaláltam, és ezért most megosztom veled, hogy te is részese lehess ennek a csodának. Amikor belemerülsz ebbe a végtelen kékségbe, nehezedre esik majd visszajönni. Jó hír, hogy kellő gyakorlás és elmerülés után folyamatosan fürdőzhetsz benne. Ha ebbe az áldott állapotba kerülsz, azt mindenki észre fogja venni rajtad. Valószínűleg az a baj, hogy ingyen van a levegő, ezért nem becsüljük, és ezért nem él a lehetőséggel az ember, hogy épülhessen, fejlődhessen általa. Minden, ami túl egyszerű, azt eldobjuk magunktól.

Törekedj a lassú és mély légzésre, ez percenként maximum négy légzésvételt jelent. Nincsenek gondolataid, lebegsz a légüres térben. Mindenkinek meg kellene ezt tapasztalnia. Hatására fellibben a fátyol, ami megakadályozta, hogy magasabb szinten is tudjunk érzékelni, valamint, hogy láthassuk a valóságot. A légzés nem más, mint a híd a tudat, tudatos és tudattalan területei között. Megfigyelték, hogy azok az állatok, akik lassan lélegeznek, hosszabb életűek. A lassú, mély légzés egyértelműen meghosszabbítja az életet. A lassú és mély légzés által kitárul a tudatfejlődés kapuja, ami által magasabb dimenzióba juthatsz. Ilyen egyszerű. Tudja, Viktor, milyen csodás dolog semmit sem tenni!

– Már hogyne tudnám, igaz, most lázasan próbáltalak kizökkenteni a szónoklatodból, de úgy látom, ez lehetetlen küldetés volt – nevette el magát.

– Jaj, olyan bolondos!

– Te meg annyira komoly! Imádlak, amikor így magyarázol! Imádom, ez nekem nagyon bejön!

– De a semmi azt is jelenti, hogy még elfelejtesz gondolkodni is. És ha ezt valaha megérted, a világ fellélegezhetne végre. De mi folyamatosan csak teszünk-veszünk, és közben elfelejtjük, hogy azért jöttünk, hogy semmik legyünk! Úgy képzelem, hogy talán ezt az érzést egy igazi orgazmus során tapasztalhatta meg néhány szerencsés közületek. Abban is az a gyönyörű, hogy hirtelen semmivé válsz a gyönyör közepette. Viszont ezt csak igen kevesen élhetitek meg, hiszen a nagy beteljesülés éppolyan ritka, mint az igazi égi szerelem. Csak az a művész tud igazán nagyot és maradandót alkotni, aki tudja, mi a szerelem. Talán ezért keresem szüntelen, mert csak szerelmesen lehet igazán nagyot alkotni. De mi a szerelem? A szerelmet tévedésből személyhez kötik, holott az igazi szerelem, az valami egészen más. A szerelem az egekbe emel, a szerelem magasabb szférákba röpíti lelkedet. A szerelemnek különböző fokozatai vannak. A legalsó, amikor megismersz valakit és szerelmes leszel. Ez az állapot múlékony, illékony mivoltáról már nem is beszélve. A tartós szerelmet akkor ízlelheted meg, ha meglátod magad körül mindazt, amit az élet jelent. A szerelem a természetnél kezdődik.

– Vágy és vezeklés – szólt közbe Viktor.

– Az, pontosan erről szól az egész életünk. A szenvedélyek hajszolásáról. De akkor miért is csodálkozunk azon, ha az életünk csupa szenvedés?

Viktor Tamara lábai előtt heverve hallgatta a nő hosszú perceken tartó monológját. Hallotta minden szavát, de figyelmét valójában a nő kecses bokája és szép lábfeje kötötte le. A farka is reagált, és Tamara minden egyes szavától egyre keményebb és keményebb lett.

Viktor ebben a pillanatban nem bírta tovább.

– Felizgattál. Mutasd a puncidat! Szeretném megnézni, szeretném látni, érezni, szagolni. Szeretném látni, amint szép lassan megtelik vérrel, és duzzadni kezdenek az ajkaid.

Tamarát felizgatta Viktor kérése. Olyat tett, amit korábban még soha: életében először megmutatta egy férfinak a punciját. Rettentő szégyenlős volt. De most valami különös erő hatása alatt állt és nem tudott, de nem is akart nemet mondani a férfinak. Széttárta lábait és hagyta, hogy megcsodálja csupasz punciját, melynek dombocskáján csupán csak egy keskeny kis szőrcsíkot hagyott.

– Micsoda szépen ívelt domborulat, festői a látvány. Igen kevés nő dicsekedhet ilyen álomszép szeméremdombbal. Az illata is tiszta, friss, üde. Az íze finoman édes, mennyei – áradozott Viktor.

Tamara élvezte, ahogy a férfi nézte, kóstolgatta, amitől egyre jobban lüktetni kezdett a vaginája. Viktor a szemével izgatta fel. Finoman megérintette az orrával a szeméremdobját, hogy beleszagoljon szentélyébe. Majd a nyelvével éppen hogy csak megérintette külső szeméremajkait. Tamara kapkodva vette a levegőt, és egyre szaporábban vert a szíve. Úgy érezte, menten megőrül. Élvezni akart! Élvezni! Ekkor Viktor belenyúlt, jó mélyen felnyúlt a puncijába, lassan és lágyan masszírozta belülről. Közben nyálát csorgatva áztatta csiklóját, és nyelvével körkörös, apró érintésekkel izgatta olyan keményre, hogy szó szerint ágaskodott, mint egy pénisz. Tudta, mit csinál, mindeközben Tamara a saját mellbimbóját masszírozta, és időnként előrehajolva felváltva nyalogatta őket. A kéj elborította testét, remegett, vonaglott, és néhány pillanatra nem érzékelte a külvilágot. Soha életében nem volt még ilyen élményben része. Látszik, hogy Viktor orvos. Látszik, hogy jártas az anatómiában – állapította meg magában, de a férfinak ezt nem mondta, nehogy elbízza magát.

– Hogy érezted magad? Remélem, tudtam egy kis örömöt okozni – helyezkedett Viktor az elismerésért.

– Finom volt – mondta kicsit közömbösen.

Finom volt. Ennyi. A többi nő elájult, hörgött, zihált, és könyörgött, hogy újból csinálja. Istennek nevezték. Ez a nő most vagy játszik, vagy valóban „csak" finom volt neki – töprengett Viktor, mindenesetre elhatározta, hogy összeszedi magát, miközben konstatálta, hogy elélvezett a nadrágjába, amire kölyökkora óta nem volt példa.

– Elmennék zuhanyozni, ha megengedi, merre találom a fürdőszobát?

– A folyóson jobbra, a szekrényben talál tiszta törölközőt, fogkefét és fürdőköpenyt is.

Tamarának imponált ez a felkészültség.

Eközben Viktor azon mulatott, hogy a nő ismét magázódik. Nem értette Tamarát, viszont úgy ítélte meg, hogy van egyénisége, stílusa, és nem utolsósorban okos is. Ritka zsákmánynak tartotta, amelyiket élvezet felfalni.

Ahogy magára maradt, Tamarát kérdések özöne támadta meg: mit keres itt, mi ez az érzés, mi ez az erő, ki ez a férfi, miért pezseg tőle a vére, sorjáztak másodpercenként az újabb és újabb kérdések. Egyvalamiben biztos volt: a férfi ereje nem emberi, ahogy egyébként a saját magából sugárzó energiáról is tudta ugyanezt. Úgy vélte, a különbség csupán az eredetében keresendő: Viktor ereje démoni, míg az övé angyali volt. Találkoztak. Talán itt volt az ideje. Álmában gyakran meglátogatta ez az erő. Minduntalan magával akarta ragadni. Most viszont az álomból valóság lett.

Tamara közelségétől minden férfi megrészegült. Az első pillanattól foglyai lettek puncijának. Függőségben éltek, szomjazták a testét, és ő tisztában volt a hatalmával. Sosem élt vissza vele, pedig számtalan alkalma volt rá, hogy megtegye. Egy pillanatra elgondolkodott rajta, hogy jobban tenné, ha hazamenne a szállodába, de aztán erősebb volt a kíváncsisága, hogy milyen is lehet a férfit magában érezni. Elhatározta, hogy marad még.

– Gyönyörű ebben a fehér köntösben is. Jól áll magának a fehér, ugye tudja?

– Azt hiszem. A nagyim mindig azt mondta, hogy fehérben vagyok a legszebb.

– Milyen igaza volt. Ha megengedi, én is lezuhanyozom, azután aludhatnánk is egy kicsit.

– Igaza van, lassan hajnalodik.

– A hálószobát a galérián találja. Feküdjön le nyugodtan.

Hamar reggel lett, szokatlan módon azonnal elaludt az idegen férfi ágyában. Ez számára ismeretlen élmény volt, hisz' korábban még a férjével sem volt képes egy ágyban aludni. Egyedül szeretett aludni, meggyőződéssel hirdette, hogy igazán feltöltődni csak akkor lehet, ha az ember egyedül alszik. Szüksége volt az egyedüllétre, létszükséglete volt. Talán a régi öregek is ezért aludtak külön szobában. Vagy nem.

Másnap a teraszon reggeliztek. Kellemesen fújt a déli szél, a felhők mögül időnként előkukucskált a nap. Tökéletes napnak ígérkezett.

– Mi lenne, ha kimozdulnánk? Ideje lenne kiszellőztetnünk a fejünket egy kicsit.

– De nekem nincs váltóruhám, fel kellene szaladnom a szobámba.

– Semmi gond, megoldjuk. Bújjon bele a ruhájába, elviszem vásárolni.

– Ne haragudjon, de nem szeretnék vásárolni. Menjünk a hotel felé, gyors leszek, megígérem.

– Észrevette, hogy az esti kis incselkedésünk után ismét magázódni kezdtünk?

– Igen, ugyan magam sem értem az okát, de nekem nincs ellenemre.

– Akkor menjünk a szállodába, utána pedig a Louvre-ba, ha már úgyis ott vagyunk a közelben, megnézhetnénk Leonardo Lisáját.

– Örömmel. Egyik kedvenc festményem, hasonló módon beindulok tőle, mint a Dávid-szobortól.

Tamara kivételesen egy gyönyörű sötétbordó ruhát választott a szekrényből. Maga sem értette, hogy miért csomagolta be, hisz' igen ritkán öltözött kihívóan. De most már értette. Az a fránya tudatalatti. Ő tudta, hogy szüksége lesz ma erre a ruhájára. A bordó ruha alá fekete színű, vörös csipkével szegélyezett fehérneműt vett fel. A harisnya kivételesen egy egyszerű, testszínű combfix volt, nem volt kedve harisnyakötőhöz. Cipője és táskája sötétkék volt. A táskát egy vörös színű kis masni díszítette, melynek színe tökéletesen megegyezett a ruha színével. Ékszerként finom fehérarany fülbevalót választott, rubinkövekkel kirakva. Arcát gyorsan bepúderezte, feltett egy leheletnyi pirosítót, majd szempilláját gyorsan áthúzta a fekete színű spirállal. Két csepp Chanel, és már indulhat is a nap. Amikor Viktor meglátta, lélegzethez is alig jutott. A ruha úgy hatott rá, mint bikára a vörös posztó.

– Maga folyamatosan meglep. Ez a ruha lélegzetelállító. Eszméletlen. Szóhoz sem jutok. Maga álomszép.

– Ne hozzon zavarba! – szerénykedett Tamara.

– Hihetetlen, hogy itt a Louvre-nál mindig kilométeres sorok állnak. Gyűlölök várni. Ez a gyengém, a várakozás. Vezetés közben képes vagyok kerülőutakon menni, hogy ne kelljen a lámpáknál megállnom.

– Ezzel én is így vagyok – mondta Viktor.

– Milyen gyakran jár ide?

– Ha tehetem, havonta egyszer biztosan.

– Nem mondja, ugye csak viccel, havonta?

– Nem, nem viccelek. Komolyan mondtam. Sokan nem is tudják, hogy annyi műtárgy van itt kiállítva, hogy ha mindegyik remekmű előtt csak egy fél percet töltenének és megállás nélkül végig akarnák nézni az egészet, akkor az, három teljes hónapot venne igénybe.

– Azért az egy kicsit túlzásnak tűnik – mondta Tamara.

– Utánaolvashat, nem én találtam ki.

– Hm, elhiszem. Mindent elhiszek önnek, uram – incselkedett a nő.

– Ugye tudja, hogy ez a ruha elképesztően feltűnő? Még ha akarna, sem tudna elveszni a tömegben.

– Ha maga mondja, bizonyára így van. Mondja, járt már a Téli Palotában? Sőt, egyáltalán Oroszországban? A keresztneve meglepett, nem megszokott, hogy egy franciának orosz legyen a neve.

– Dédnagyapám orosz származású volt, őt hívták Viktornak, de ettől eltekintve nincs semmilyen kapcsolatom a nagy orosz honnal. Ebből következik, hogy nem jártam még a Téli Palotában.

– Egyszer látnia kell, ahogy Szentpétervárt is, magának való hely. Nagy Katalin cárnő eszméletlen mennyiségű műtárgyat és festményt halmozott fel. Ha jól emlékszem, több mint 4 millió műkincsről van szó és 8 ezer nyugat-európai festményről. A híres Aranyszobában pedig kivételesen gyönyörű drágakövekben lehet gyönyörködni, sőt a világ egyetlen irániezüst-gyűjteményét is itt találhatjuk meg, valamint a szkíta ékszerkollekcióját. Ha valaki elszánta magát és be akarja járni az egész épületet, közel 22 kilométert kell gyalogolnia. Aztán még ott az orosz Versailles is. 20 hektáros a park, benne 64 szökőkúttal, aranyozott szobrokkal. Páratlanul, leírhatatlanul szép az egykori cári pihenőhely.

– Most reklámozni akarja a szülőhelyét?

– Talán előjött belőlem a hazaszeretet, időnként honvágyam lesz. Hazavágyom.

– Hé, Viktor! – kiáltotta valaki.

– Á, salut, William!

William 50 év körüli, őszes hajú, kék szemű, elegáns megjelenésű férfi volt. Tamara szerette az ilyen típusú férfiakat.

– Bemutatom neked Tamara Doronovát.

– Üdvözlöm, Tamara, William Hemingway vagyok.

William mélyen Tamara szemébe nézett és a szokottnál kissé tovább fogta a kezét, amitől egy pillanatra zavarba jött. Tamara testét átjárta egy jóleső meleg érzés. Meglepődött.

– Mi járatban itt, barátom? – szakította félbe Viktor a kissé meghittre sikeredett bemutatkozást.

– Semmi extra, beugrottam az étterembe, tudod, itt is vannak érdekeltségeim. Erről jut eszembe, lenne kedvetek este a Guy Savoy étteremben vacsorázni?

– Guy Savoy? Neki van három Michelin-csillagja, ugye? – jegyezte meg Tamara.

– Milyen jól informált, asszonyom, bár az utóbbi két évben csak kettőt kapott.

– Kettő vagy három, nem mindegy? A lényeg, hogy egy elismert, híres szakács.

– Nos, barátom, jöttök?

– Tamara, mi a véleménye, van kedve jönni?

– Hogyne, micsoda kérdés ez! Imádok új ízeket felfedezni. A világ minden kincséért sem hagynék ki egy ilyen lehetőséget. Ha megbocsátanak, egy pillanatra magukra hagyom az urakat, be kell púdereznem az orrom.

– Ki ez a nő, hol ismerkedtetek meg, mivel foglalkozik, van családja? – tört ki Williamből.

– Lassíts már, barátom, majd alkalomadtán elmesélem.

– Micsoda észbontóan szép nő, csak nem ő a te kis doktornőd?

– De igen, de most nincs időm erről beszélni. Már jön is.

– Akkor este nyolckor találkozunk. Örültem a szerencsének.

– Jöjjön, Tamara, a görög és római régiségek érdekelnek minket?

– Ó, igen. Nézzük meg a milói Vénuszt. Tudta, hogy egy egyszerű földműves találta a Milosz nevű görög szigeten még 1820-ban? Azért elképesztő, hogy ez a Louvre egyik legértékesebb darabja.

– Milyen szabályos, megtestesíti a kor akkori emberábrázolás érzéki finomságát, méltóságát, tökéletességét.

– Észrevette, hogy az arca milyen férfias?

– Nyilván azért, mert abban a korban leginkább a férfiszépséget méltányolták.

– Nézzük meg a koronaékszerek egyik felbecsülhetetlen darabját.

– Régenre gondol?

– Talált, süllyed.

– 137 karátos gyémánt, azért ez nem semmi. Imádom a régi, finom, elegáns ékszereket. Soha nem viseltem és nem is szerettem a bizsut.

– Nem is illik önhöz! És íme, a múzeum legnagyobb büszkesége, Leonardo Lisája.

– Immáron csak vitrin mögött, hiába, egy 500 éves alkotásról van szó. Tudta, hogy Leonardo soha nem festett ecsettel?

– Miért, mivel festett, a farkával?

– Jaj, maga bolond! Az ujjával festett, ugyan az utólagos vizsgálatok egyetlen ujjlenyomatot sem találtak a képeken.

– Azért ez kicsit elgondolkodtató, nem de?

– De, valóban. Majd utánanézek, hátha találtak már rá magyarázatot.

– Milyen érdekes, hogy hosszú ideje mindenki csak Mona Lisa titokzatos mosolyával van elfoglalva, miközben, ha jól szemügyre vesszük Leonardo többi művét is, akkor ugyanezt a titokzatos mosolyt felfedezhetjük Keresztelő Szent János című alkotásán is.

– Azért egy biztos, ez nem egy egyszerű kép, ezzel sokan egyetértenek. Ez egy kultikus tárgy – mondta Viktor.

– Ez egész biztos. Anno, amikor olvastam róla, megmosolyogtam ezt az egész nagy felhajtást a kép körül. Úgy gondoltam, hogy sok hűhó semmiért. Nevetségesnek találtam, hogy titokzatosnak, megfejthetetlennek tartották. Aztán eljöttem megnézni és megfogott, magával ragadott, egyszerűen nem tudtam otthagyni a képet. Csak álltam előtte és néztem. Megbabonázott, rabul ejtett.

– Hihetetlen, hogy 1503-ban kezdte el festeni, és csak 1517-ben jelent meg Párizsban. A képen szereplő nőről úgy gondolják, hogy épp áldott állapotban volt. Gherardini volt a neve. Lehet, hogy ez a misztikus kisugárzás nem más volt, mint a gyermekét váró asszony varázsa.

– Nézze csak jól meg a képet, látja, hogy mennyire nem figyelünk a részletekre.

– Mire gondol Viktor?

– Arra, hogy észre sem vesszük, hogy a háttér milyen furcsa. Hisz' nem a korabeli Toscanát ábrázolja, hanem valami képzeletbeli tájat, egy régi kort elevenít meg. A tó, amely a képen látható, a Trasimeno-tó Firenze közelében, melyet egy a valóságban nem létező híd köt össze az Arno folyóval. Feltűnő Mona Lisa dísztelensége, ami a korabeli festményekre egyáltalán nem jellemző. Nem visel semmilyen ékszert, ruhája is nagyon egyszerű, semmi sem utal a társadalomban betöltött szerepére. Sokak szerint ez azért van, mert a kép vallásos töltetű, mint például az Utolsó vacsora. Egy biztos: misztikus a festmény. A táj az időtlenséget szimbolizálja, míg Mona Lisa a múló időt, a fiatalságot, az elillanó női szépséget. Talán ez kelt bennünk egyfajta jóleső feszültséget.

– A két pólus, a harmónia és diszharmónia, az időtlenség és a múló idő. Arasse szerint a Mona Lisa nem más, mint meditáció az időről. Szerintem pedig az áldott állapot misztikumát próbálta meg Leonardo megfesteni. És nekem nagyon úgy tűnik, hogy ez sikerült is. Ez a kép titka, szerintem!

– Hogy igaz-e, nem tudom eldönteni, de mindenesetre lenyűgöző gondolat, Tamara. Ha jól megnézed a képet, talán feltűnik még valami.

– Micsoda?

– Hogy a megfestett hegyek kaotikusak, szétcsúszik a táj: a táj bal fele nem folytatódhat a jobb felében. És ezt a diszharmóniát oldja fel a mi Lizácskánk. Az ő lénye teszi harmonikussá a képet. A maga áldott állapotban lévő asszonya!

– Nos, azt hiszem, egy művészettörténész is megirigyelhetné a mi értekezésünket a képről – mondta Tamara.

– Igen, én is elégedett vagyok. Egész jól kielemeztük Leonardo festményét. Hogy elszaladt az idő, már nincs értelme hazamennünk. Van kedve sétálni a parkban? Nem fáj a lába a sok gyaloglástól?

– Hazudnék, ha azt állítanám, hogy nem fáj a bokám, de nagylány vagyok már, túlélem. Persze nem bánnám, ha egyszerűen leülnénk a parkban egy padra, és ott folytatnánk a diskurálást.

– Kérése parancs, asszonyom, keressünk egy félreeső helyet itt a parkban.

– És íme, ez megfelel?

– Honnan tudta, hogy szeretem a csendes kis eldugott helyeket?

– Ennyire már megismertem.

– De visszatérve a Mona Lisára...

– Na, ne mondja, hogy még eszébe jutott valami, asszonyom!

– De, talán érdekesnek fogja találni. Egyesek szerint, és ez a legbotrányosabb variáció, Mona Lisa valójában Leonardo önarcképe. Ez a felvetés egy lopási ügy kapcsán született. 1911-ben egy Vincenzo Peruggia nevű olasz, a Louvre alkalmazottja elemelte a képet, hogy visszajuttassa Olaszországba. Évekig rejtegette a festményt, aztán természetesen lebukott. Az újra előkerült képet röntgenvizsgálatnak vetették alá, hogy megállapítsák a hitelességét. Ekkor vált láthatóvá, hogy Mona Lisa portréja mögött egy másik, szakállas arc „rejtőzik". A számítástechnika fejlődésével lehetőség adódott Leonardo önarcképének és a Mona Lisa-arc arányainak összevetésére. Az eredmény megdöbbentő egyezést mutatott. Sokan úgy vélik, hogy Mona Lisa hermafrodita, és Leonardo egyik meleg szeretőjét ábrázolja. Én úgy gondolom, hogy Leonardo aszexuális volt, nem érdekelte a szex, ezért sem voltak női modelljei, csak férfiak, mert a saját nemiségét jobban tudta tolerálni.

– Nyilván ez abban a korban félreérthető volt, ezért megbélyegezték, hogy homoszexuális.

– Ettől függetlenül én továbbra is kitartok Mona Lisa áldott állapotának varázsa és titka mellett.

– Mi a legtitkosabb vágya, Tamara? Van olyan magának?

– Hm. Mi is a vágy tulajdonképpen? – tette fel a kérdést magának is.

– A vágy életünk mozgatórugója. Vágy nélkül nem lenne élet ezen a bolygón. Vágy nélkül képtelenek lennénk bármit is létrehozni és elérni. Gondoljon csak bele, mi kellett ahhoz, hogy megfoganjunk? A vágy maga egy nagyon komplex dolog. Rengeteg féle vágy létezik. A lélek legpotenciálisabb impulzusa a vágy. Mégis a vágyak alfája és ómegája az, amikor két test, láthatatlan biokémiai folyamatok eredményeképpen, akcióba lép egymással, s ezzel felszítja azt az ősi primer ösztönt, mely arra készteti, hogy szaporodjon. Ezt rendszerint a peteéréssel hozzák kapcsolatba, de lássuk be, manapság ezt a folyamatot valami egészen más erők irányítják. Kutatók felfedezték, hogy a peteérés ciklusait felülírhatja az elsöprő vágy által indukált spontán peteérés. A vágy a legkreatívabb energia, és a vágy mámorában a lény megismétli kicsiben a teremtést. Valami oknál fogva kényszeresen vágyunk a szexuális együttlét után.

– A luciferi csábítás ereje hajt bennünket a másik nem karjaiba. A nemek harcát tápláló erotikus vágynak a hátterében a feromonok – azaz biokémiai folyamatok állnak –, aminek csak nagyon kevesen vannak tudatában. Végig sem gondoljuk, hogy a lelki vívódásaink során a vegetatív idegrendszerünknek vagyunk kiszolgáltatva. Gondolta volna, hogy a szexuális vágy energia tekintetében felér egy atombomba erejével?

– Gondoljon csak bele, annak idején a nagyvezérek és királyok háborúba indultak az ágyékukban lüktető energiától vezérelve. Micsoda idők voltak! Egy szó, mint száz, ahhoz, hogy felizgasson minket egy másik ember, először vágyakoznunk kell utána, ezt követi az izgalmi állapot, mely férfiak esetében igen jól látható.

– Már akinél – mondta nevetve Viktor.

– Ejnye már! Szóval a vágy csúcspontja nem más, mint maga az orgazmus, ami egy sor biokémiai és biofizikai folyamat halmaza. A vágy páratlan érzelmi intenzitással képes hatni az elmére. Szerelem, gyűlölet, bosszú, e fogalmak mind a vágy produktumai. Lássuk be, vágy nélkül meg sem születhettünk volna. Sőt, továbbmegyek, talán még maga Isten is ismeri ezt az érzést, hisz' vágy nélkül nem teremthette volna meg a világot, pláne nem Évát!

– Heuréka! Most lebukott az Öreg, hisz' Isten maga a vágy! A vágy pedig maga az Ördög. Akkor most, hogy is van ez?

– Az ön vágya egyesülni velem, ha jól érzem.

– Maga elpirult. De édes! Ilyet sem lát manapság túl gyakran az emberfia.

– Miket beszél, szó sincs róla, csak egyszerűen a vágy, mint téma, ezt hozta ki belőlem.

– Ugyan már, tudat alatt maga igenis erre vágyik, kár is tagadnia. Most lebukott, ahogy a szeretett Istene is.

Tamarán hirtelen átsuhant, hogy van a férfi mosolyában, valami cinikus és önelégült. És a kérdést ismét feltette magának: mit keres itt ezzel a férfival, mit is akar valójában tőle? De az események láncolata magával ragadta, így nem volt ideje gondolkodni. Ő most a kis falevél, aki lehullott a fáról, és a csordogáló patakban találta magát. Ebben az esetben a leghelyesebb, ha hagyja magát a víz által sodorni, és egyszer talán az ár segítségével kijut majd a partra. De addig is a legbölcsebb dolog, ha nyugodtan fekszik a víz színén, szemléli a kék eget, megfigyeli a fákat és bokrokat, résen van, és semmiképp sem úszik szembe az árral. Azzal úgyis csak az erejét fogja elveszíteni.

– Nagyon elhallgatott, valami rosszat mondtam volna?

– Ó, dehogy. Az idő viszont nagyon elszaladt. Ideje indulnunk, nem gondolja?

– Tudja, hogy mi, franciák híresek vagyunk a késésünkről. Szinte már az életünk része. Szóval egy pár perc késés szinte már kötelező.

– Ahogy gondolja. Mi, oroszok viszont betegesen pontosak vagyunk. Azt vallom, hogy késni tiszteletlen dolog azzal szemben, akivel találkozunk. Így ezzel a szemlélettel nem szeretnék azonosulni.

– Rendben, induljunk. Legalább meglepetést fogunk okozni William barátomnak, hisz' ő egy vérbeli angol úriember, és mint olyan, ő is a pontosság híve.

Tamara kissé feszélyezve érezte magát az étteremben. Itt minden a luxusról, az eleganciáról szólt. Amikor meglátta az étlapot, melyen kétféle menüsor is fel volt sorolva, az egyik 310, a másik potom 460 euróért, szinte leesett az álla. Arról az apróságról már nem is beszélve, hogy ez az ár az italokat nem tartalmazta. Szerette a finom ételeket, rendkívül igényes volt arra, ami a tányérjára került. Mégis, mint mindenben, ebben is volt egy határ. Számára mindennek megvolt a reális értéke. Sosem szerette a féktelen és esztelen költekezést. Úgy gondolta, hogy az ő gazdagsága – szembeállítva mások szegénységével – elég indok arra, hogy odafigyeljen, mire és mennyit költ. Szeretett jótékonykodni. Rendszeresen segítette a halmozottan sérült, vak fiatalok otthonát. Rendszeresen adott pénzt az utcán koldulóknak.

Nem szerette az olyan érveket, melyek arról szóltak, hogy úgysem ételre költik, és hogy az állam a megsegítésükre bizonyos összeget minden hónapban levon a bérből és fizetésből élőktől. Nem akart ítélkezni, hisz' fogalma sem lehetett arról, hogy az illető mi miatt került az utcára. Az meg, hogy a kapott pénzt netán alkoholra költi… Tegyük a szívünkre a kezünket, lehet, hogy mi is azt tennénk. Legalább ideig-óráig sikerül enyhítenünk az üresség, a bizonytalanság és a kilátástalanság miatt érzett fájdalmunkat. Apropó, hány olyan ember futkos jelen pillanatban is az utcákon, akinek mindene megvan, mégis ugyanezt teszi és érzi? Folyamatosan csak pálcát törünk embertársaink felett, miközben mi magunk sem vagyunk különbek. Most meg itt ülök a tökéletesen megterített kerekasztal mellett, nézegetem a több száz eurós étlapot, és már nem is vagyok éhes. De itt van William, aki tökéletes ellenpólusa Viktornak. Ha másért nem, miatta érdemes volt eljönnöm. William jóságos, nemes lélek. Nem ismerem még, de úgy érzem, hogy rokon lelkek vagyunk.

– Kedves Tamara, maga az esti fényben még sugárzóbb, mint délután a múzeumban – jegyezte meg William.

– Maga pedig este is épp oly kedves, mint délután a múzeumban – mondta mosolyogva Tamara.

Viktornak cseppet sem volt ínyére ez a flörtölgetés, ezért minél gyorsabban rendelni szeretett volna.

– Szerintem rendeljünk, személy szerint én farkaséhes vagyok!

– Nem mondja, szerintem, ha az ember farkaséhes, ne ilyen étterembe jöjjön.

– Mi a baja az étteremmel, asszonyom? – kérdezte William.

– Igazán semmi. Majd alkalomadtán elmondom önnek, most nem szeretnék hosszas értekezésekbe kezdeni.

– Szép estét, hölgyem, uraim! Mit hozhatok önöknek?

– Egy üveg Dom Perignon-t kérnénk, kedves Jerome.

– Milyen előételt szemelt ki magának, Tamara? Képzeld, William, a hölgy nagy szakértője az ételeknek.

– Nem mondod! Akkor máris van egy közös témánk, hisz' én is szeretek főzni.

– Valóban? Én sajnos a régi vágású nők közé tartozom, akik szerint férfinak nincs helye a konyhában.

– Nem mondja! Miért?

– Úgy gondolom, hogy a férfinak nincs dolga a háztartás körül. Ez a nő dolga.

– Ez nekem tetszik, nem hiába Oroszországból származol, ott tudják, hogy mi az asszonyok dolga – mondta Viktor.

– Én ezzel nem értek egyet, én mindenben segítettem a feleségemnek. Eljártam dolgozni, utána bevásároltam, megfőztem, amíg kicsik voltak a gyerekek, éjszakánként felkeltem hozzájuk.

– Megkérdezhetem, William, hogy a kedves felesége mégis mit csinált?

– Biológus.

– Ennyi?

– Igen, szerinte ez neki épp elég feladat volt. Amikor hazajött, mindig fáradt volt. Rengeteget aludt, még napközben is lefeküdt pihenni.

– Nyilván a szexhez is fáradt volt.

– Honnan tudta?

– Én mindjárt leesem az asztal alá. Ne haragudjon a kérdésért, de együtt vannak még?

– Nem, már elváltunk.

– Bocsásson meg, de nem csodálkozom. Gondolom, volt bejárónő és bébiszitter is?

– Jól gondolja.

– Látja, William, erről beszéltem. A férfiak teljesen elnőiesednek. Soha egyetlen nő sem fogja tisztelni azt a férfit, aki kiveszi a fakanalat és a porszívót a nő kezéből.

Ez egy cseppet sem férfias. Véleményem szerint a nők ne panaszkodjanak amiatt, hogy sok a dolguk. Derogált a háztartást vezetni, nem elégítette ki a vágyaikat a család körüli teendők ellátása. Most szakadjanak meg, ők akarták. Képtelenek voltak

átérezni a felelősségét annak, hogy ők az otthon melegének az
őrzői. Az én értékrendem és felfogásom szerint ennél feleme-
lőbb feladat nem létezik a világon. Tudom, most sok nő felhá-
borodna, ha hallaná, amit mondani fogok, de szerintem a sze-
relmeskedés is egy olyan dolog a nő életében, ami házastársi
kötelessége. Ha a férfi szexre vágyik, igenis a nőnek azt meg
kell adnia. Nekem sincs mindig kedvem hozzá. Sőt, valójában
felizgat, ha a férfi nem hagyja magát lebeszélni az együttlétről,
hanem igenis elveszi mindazt, ami jár neki! Ez szerintem na-
gyon férfias dolog. A férfi használja a nőt, a nő pedig szolgálja
a férfit. Amíg ez így működött, sokkal kiegyensúlyozottabb és
harmonikusabb társadalomban élhettünk.

– Ebben igaza lehet – jegyezte meg William, majd folytat-
ta. – Az én véleményem is az, hogy a nőnek az a sorsa, hogy
született feleség legyen. Biológiailag úgy lettek kódolva a nők,
hogy valójában csak peteéréskor kívánják igazán a szexet. Ez
csupán néhány nap egy hónapban, de olyankor kétségkívül na-
gyon kívánósak. A férfi viszont mindig kívánja, tehát ha a nő
meg akarja tartani a kedvesét, a kedvében kellene járnia. Vagy
újra be kellene vezetni a piroslámpás negyedeket, a kultúra ré-
szévé kellene tenni. Úgy vélem, hogy sok házasságot megmen-
tene a széthullástól.

– A nők a világ megrontói, nem a férfiak! – folytatta Tama-
ra. – A feministák a nők egyenjogúságáért harcolnak. Én azt
gondolom, hogy ez ostobaság, hiszen a nők soha nem voltak,
és soha nem is lesznek egyenrangúak a férfiakkal. Remélem,
hogy hamarosan eljön az idő, amikor a nők ráébrednek erre. A
nő mindig is több volt, mint a férfi. Nyilván az a megfogalma-
zás, hogy „több, mint a férfi", ismét egyfajta feminista vonást
jelez, éppen ezért mondjuk inkább azt, hogy MÁS, mint a férfi,
nagyon más. Tulajdonképpen össze sem hasonlítható. De van-
nak az életben olyan dolgok, amiket egyszerűen nem lehet ösz-
szehasonlítani. Ez ilyen dolog. A nő híd a teremtő és az anya-
gi világ között. Egyfajta dimenziókapu, melynek segítségével a
férfi eljuthat a magasabb szférák világába, nyilván akkor, ha nyi-
tott erre. Itt a Földön egyedül a nő képes arra, hogy teremtsen,

életet adjon. A férfiak a történelem során csak az élet elvételében jeleskedtek. Az anyagi és a szellemi világ között egy nagyon fontos láncszem a nő, ha úgy tetszik, több mint egy földi jelenség – és itt használnám most azt a szót, hogy egy Istennő! Sajnos az anyagi és a szellemi világ elszakad egymástól. A nő folyamatosan igyekszik megfelelni a férfivilág elvárásának, őrülten pörög az anyag szirénhangú vonzásában, és ez a pörgés egyre gyorsabb és gyorsabb. Persze mondhatnánk azt is, hogy ez legyen az ő baja, hiszen ő akarta azt a fene nagy emancipációt. A részemről jogos is a dolog, mert én soha nem akartam egyenrangú lenni a férfival. A baj csak az, hogy ez már nemcsak az ő baja, hanem az egész világé is. Nőnek lenni a legcsodálatosabb dolog a világon, és ezt még ezerszer el fogom mondani! Nyilván az sem véletlen, hogy a föld is női princípium, ebből következik, hogy csakis ezekkel a női energiákkal tudjuk megmenteni a mi Földanyánkat a pusztulástól. Amióta az istennőt megfosztották a trónjától, pontosabban megfoszttatta saját magát, azóta a világ romlásnak és pusztulásnak indult. A férfinak az a dolga, hogy az anyagi világban teremtsen, nevezhetnénk úgy is, mint az anyagi világ robotosát. A férfinek tenni, a nőnek lenni kell! Harmóniában lenni az anyagi és a szellemi világgal, az élet igazi célja. Olyan ez a világ, mint egy tudathasadásos elme. Ha nem vagy szupersztár, vagy befutott, sikeres üzletember, akkor szerencsétlennek érzed magad, sőt, ha az vagy, akkor is szerencsétlennek érzed magad. Ez egy James Bond-világ, mely fikciókra épül, és a következmény mindenfelé látható a világban. Háborúk, éhínség, prostitúció, járványok, kábítószerkereskedelem, gyermekprostitúció, és még sorolhatnánk.

– És szerinted mi a megoldás? Van megoldás? Mert amiről beszélsz, valóban létező probléma, erről már mi is sokat beszélgettünk néhány igen befolyásos barátommal, sőt már a gyógymódot is elkezdtük keresni erre a kórságra – próbált okosnak látszani Viktor.

– Harccal és erőszakkal nem oldható meg semmi. Kizárólag csak finom eszközökkel, lágysággal, szeretettel, odafigyeléssel, türelemmel, megértéssel, harmóniával, mindazon dolgokkal, amikkel egy nő rendelkezik. Ami a női lét jellemzője. Nem az uniós tagság fog a gyermekeinken segíteni, hanem hogy ráébredünk végre-valahára arra, hogy kik is vagyunk valójában, és hogy micsoda erő van bennünk, nőkben, és hogy ez a szikra ott van mindenkiben. Ehelyett szép lassan elkurvul az egész társadalom, és olyan szinten hagyjuk magunkat megalázni, hogy az már vérlázító. A média, az újságok és az egész világ semmi másról nem szól, mint hogy miként legyél egyre romlottabb és erkölcstelenebb. Ha kimegyünk az utcára, az olyan már, mint egy húspiac, mindenki kiteszi, amije van. Erkölcstelenek és szégyentelenek a mai nők. Nincs bennük semmi szeméremérzet és erkölcsi tartás. Kiábrándító, ahogy viselkednek. A férfiak árucikként kezelik a nőket, teljesen lealacsonyítják és megszégyenítik magukat a nők. Éppen itt lenne az ideje, hogy ráébredjenek isteni mivoltukra. Természetesen először a szűk családi környezetben kell érvényesíteni és meghallani ezt a hangot, s ezt a szikrát lángra lobbantani. Majd pedig folyamatosan tágulhat, bővülhet ez a kör, mígnem egyszer talán elérjük, hogy kiterjed az egész Földre, és akkor harmóniában és boldogságban élhetünk végre. Nem a földöntúli boldogságban kell hinnünk és kergetnünk, mint ahogyan nagyon sok vallás ezt helyezi előtérbe. Hanem most, a jelenben éljünk, most teremtsük meg a harmóniát! Ezt csak szeretettel lehet elérni. Talán ezzel megmenthetjük a világot a pusztulástól. A természeti katasztrófák is teljesen normálisnak tekinthetőek, hiszen képtelenek vagyunk összhangban és harmóniában élni Földanyánkkal. Ő pedig kiveti és elpusztítja a betolakodót, hisz' nem tartjuk tiszteletben az ő törvényeit. Ez is az emberi butaság netovábbja, szembeszállni egy ilyen erővel. Ideje lenne már behódolni neki és a kedvére tenni, hisz' a Földanya nem más, mint egy nagy bölcső, amiben mi, emberek biztonságban élhetjük szánalmas kis életünket. A Földanyánk úgyis elveszi, ami az övé. A testünk pedig az övé, hiszen porból lettünk és porrá leszünk. Persze én sem tartok még ott, hogy azt mondhassam magamról, Istennő vagyok.

– Számomra maga az! – mondta Viktor. Tamara elmosolyodott, majd folytatta.

– Mindenesetre folyamatosan dolgozom rajta, mert felelősséget érzek minden embertársam iránt! A félelmeim, sajnos, nem alaptalanok. A mai lányok élete nem szól másról, mint hogy a mai híres popdívák, fotómodellek, manökenek és milliárdoscsemeték felszínes és semmitmondó életéről álmodozzanak. Egy olyan álomvilágban kezdenek élni, ami a későbbi életüket teljesen megnyomoríthatja.

Sikertelennek és boldogtalannak fogják érezni magukat, ha nem lesznek szépek, szexisek, híresek vagy netán dúsgazdagok. Pedig ezek az élethelyzetek semmilyen értéket nem képviselnek, hiszen a sajtó folyamatosan arról tudósít, hogy az ismert és sikeres embereknek a magánélete folyamatos válságban van. Kábítószereznek, alkoholisták lesznek, szexfüggőségben szenvednek, netán öngyilkosok lesznek.

Sajnálatos módon lányaink csak az érem egyik oldalát látják, a másikat nem hajlandóak észrevenni. Maximálisan meg vannak győződve arról, hogy az élet nem más, mint siker, pénz és csillogás.

– Igen, a mozivásznon – jegyezte meg William.

– De mi van az élettel, a való világgal, mely körülvesz minket? – folytatta Tamara. – Mi van a lelkünkkel, a testünkkel, a családdal, a természettel, az egészségünkkel, a testvéreinkkel, a környezetünkben élő idős emberekkel, betegekkel, sérültekkel, az állatokkal? Hát igen, ezek azok a dolgok, melyekkel a korunk embere, pontosabban fiatalja, már nem foglalkozik. Talán még hibáztatni sem lenne szabad érte, hiszen nem látja a követendő példát, nem látja, mert a családja a mindennapi megélhetési gondok vagy netán a ranglétrán való felemelkedés közepette elfelejti, hogy a gyerekkel is kéne foglalkozni, beszélgetni.

– Egyszerűbb megvenni a számítógépet, a divatos, szép ruhákat és egyéb más olyan dolgokat, amelynek a segítségével elérhetjük azt, hogy van is, meg nincs is gyerekünk. Félreértés ne essék, még a szülőket sem hibáztatom ezért, hiszen ez általános problémája az emberiségnek – mondta William.

– Fogalmazhatnék akár úgy is, hogy ez nem más, mint a sötétség kora. Ez egy olyan időszak, amikor önmagunkon kívül senki mással nem érünk rá foglalkozni. Egy biztos, jó példát a mai fiatalok nem a popsztároktól és a hírességektől fognak kapni, hanem a hétköznapi emberektől, akik ismerik az élet sötét oldalát is. Ők a mi kis hőseink, ők a mi bölcseink, ők azok az emberek, akiket megérinthetünk, és akik megérintenek minket. Élő példára van szükségünk ahhoz, hogy elhiggyük, léteznek még csodák! Élő példákra van szükségünk ahhoz, hogy lássuk, másoknak sem könnyebb – folytatta elképesztő elszántsággal Tamara.

– Visszatérve az előző monológjához, kisasszony, egyetért azzal, hogy a hálószobában a nő játsszon, színészkedjen, csapja be a társát? – kérdezte William.

– Nem. Nyugodtan megmondhatja, hogy ma nem akar elélvezni, csak játszani akar és örömöt okozni. Soha ne csapd be a párodat azzal, hogy orgazmust színlelsz! Természetesen ez csak azon férfiaknak jár, akik tisztelettel és szeretettel bánnak a párjukkal! Elkeserítőnek és felháborítónak találom, ahogy a mai nők gondolkodnak és viselkednek. Gyakorlatilag büszkék arra, hogy nem tudnak főzni. Sőt továbbmegyek: manapság ez sikkes dolognak számít, mi több, felszínességüket és ürességüket erényként élik meg. Fogalmuk nincs arról, hogy milyen nagy jelentősége van az ételkészítésnek egy család életében. Fogalmuk nincs arról, hogy a nő feladata őrizni a családi tűzhely melegét. Fogalmuk nincs arról, hogy a főzés alkímia, amely arra való, hogy a családunk tagjait feltöltsük szeretetünkkel, és ez által a boldogság állapotába juttassuk őket.

– Boszorkánykonyha? – kérdezte Viktor.

– Valami olyasmi. Minden ember megérzi, hogy az adott ételt szeretettel és örömmel készítették, vagy pedig kényszerből, és egyszerűen csak elé dobták. Nagyapám soha nem ette meg az anyósa főztjét, mert azt mondta a mamámnak, hogy tele van negatív energiával az étel. Szegényre úgy néztek, mint egy bolondra. Pedig milyen bölcs és okos dolgot mondott. Bizonyára maguknak is vannak kellemes élményei gyermekkorukból, amikor vasárnap a nagymamánál ebédeltek.

– Hogyne lennének! Még most is érzem a rántott csirke illatát. Boldog békeidők! Imádtam a nagyikámat – mondta William.

– Láthatatlan, tiszta energiák, amelyek a testet, a lelket, a szellemet egyaránt táplálták. Manapság ezt egyre ritkábban kapjuk meg. Nos, ezért az energiáért a nők a felelősek. Ezek után nyíltan ki merem jelenteni, hogy az a nő, aki nem szeret és nem is tud főzni, valamint mirelit és mikrós kajával mérgezi a családját, nem méltó a feleség és anya titulusra. A legelkeserítőbb dolog számomra, amikor azt hallom, hogy az édesanya a néhány hónapos babáját már nem szoptatja, mondván, nincs teje. Ha valaki, hát én tudom, hogy ilyen nincs. Nekem sem volt igazán sok tejem, sőt a fiaim nem is szoptak. Mégis képes voltam egy évig fenntartani a tejtermelést egy fejőeszköz segítségével, egy mellszívóval. Az egész csak elhatározás és kitartás kérdése volt. El sem tudtam volna képzelni, hogy a gyerekeim tápszeren nőjenek fel. Véleményem és személyes tapasztalatom szerint az anyaság itt kezdődik, ez szent meggyőződésem. Hagyjuk a sok buta magyarázatot, hogy miért nincs teje egy anyának. Nincs, mert hiányzik az a valami, amit feltétel nélküli szeretetnek, önfeláldozásnak hívunk. Ez az erő szó szerint felülírja a fáradságot és minden egyéb szarságot, a nyűglődést, amivel egy kismama a gyermekágy ideje alatt és után szembesülhet.

– Milyen igaza van, rengeteg nő büszkélkedik a diplomájával, miközben teljesen alkalmatlan arra, hogy életben tartson egy családot – értett egyet Viktor.

– Jól látod, olyan dolgokra büszkék manapság a nők, ami miatt inkább le kéne sütniük a szemüket és fordítva. Ha nem vagy sikeres, befutott üzletasszony, csak anya és feleség, már szégyelled magad. Elég volt az ostobaságból! Ideje lenni felébredni és meglátni, hogy az igazi értéket ezek a nők képviselik a mai világban! Ez az érték, és ez, ami igazán számít! Hisz' ezek a nők olyat tesznek, amit ama bizonyos nők soha nem fognak: embereket nevelnek! Szeretetet, otthont, biztonságot nyújtanak egy életen át más lelkeknek.

– Ez is egyfajta misszió – mondta Viktor.

– És mondja, Tamara, vajon miért van az, hogy miután egy férfi elvesz egy nőt feleségül, és az gyereket szül neki, utána elhagyja magát? Ez a kérdés már nagyon régóta foglalkoztat engem. Mi a véleménye erről? Hisz' itt van maga, aki négy gyermeknek adott életet, szenvedett velük, mégsem lett túlsúlyos és ápolatlan. Miért van az, hogy a legtöbb nő depressziós lesz, ha otthon kell maradni a gyerekével?

– Viktor, maga feldúlt lett!

– Igen, mert ha valamitől, hát ettől kinyílik a bicska zsebemben. Régen a nagyanyáink miért nem voltak depressziósak?

– Nos, a mai nők azt hiszik, hogy miután férjhez mentek, nyert ügyük van. Pedig ez koránt sincs így. Épp ellenkezőleg. A házasság után kezdődik csak igazán a tánc. Felelősségem teljes tudatában kijelentem, hogy minden nőnek kötelessége megtartania azt a formáját, amivel a házasság előtt elcsavarta a párja fejét. Egyetlen nő se csodálkozzék azon, ha a férje megcsalja, miután elhízik, ápolatlan, és az ágyban dupla nulla az alakítása. Nőnek lenni nagyon nagy feladat, de ugyanakkor igen felemelő dolog is. Gondolj csak bele! Egy életen át figyelned kell magadra, a gyerekeidre, a párodra. Sőt továbbmegyek: egy igazi nő pontosan tudja, hogy a férjét nem csak férfiként kell szeretnie, hanem a gyermekeként is. Az ideális nő ilyen. Ha ezt szívvel-lélekkel teszi egy nő, nincs ideje a depresszióra. Ez huszonnégy órás elfoglaltság. Képezheti magát a gasztronómia, a gyermeknevelés és a szexuális kultúra területén. Ideje lenne már felfogniuk a nőknek, hogy férjhez menni hatalmas felelősség! Pláne gyermeket vállalni! Babát szülni csak úgy szabadna, ha azt tiszta szívből és örömmel akarjuk. Maximálisan felháborít, amikor azt látom, hogy pár hetes babával nyaralni indul a kedves anyuka. Legszívesebben jól felpofoznám. Milyen anya lesz így belőle, ha már most képtelen arra, hogy áldozatot hozzon a babájáért? Egy kisbabának élete első évében nyugalomra van szüksége, nem pedig arra, hogy összevissza hurcolásszák. Az ilyen nőnek nem való gyerek, mert önző. Ez nem egy állás, amit elvállalunk, majd nyolc óra munkaidő leteltével félretesszük. Itt nincs szabadság. Valószínűleg az a probléma, hogy ezt is csak egy dolognak fogjuk fel a sok közül, pedig ez nem EGY dolog, hanem A dolog! Véleményem szerint egy nő elsősorban anyának és feleségnek született. Ha megfelelt, mint anya és feleség, csakis ezután lehetnek egyéb más tervei. Hisz' egy nő művészi fokon is lehet anya és feleség. A legüdvösebb, legáldottabb feladatnak tartom. Régen azért nem voltak depressziósak a nők, mert számukra a család volt az első és legfontosabb. A férfiak is tették a dolgukat, nem voltak szerepcserék. Számomra nagyon kiábrándító, amikor azt látom, hogy egy férfi mosogat és takarít. Soha, egyetlen pillanatra sem tudtam elviselni, mint ahogyan azt sem, hogy egy férfi kiszolgáljon és körülugráljon. Az én szememben ez a nő dolga. A nő kiszolgálja a család összes tagját, miközben a férfi megteremti a teljes anyagi hátteret ahhoz, hogy a családja bőségben és jólétben élhessen. Számomra az ideális nő a következőképpen néz ki: külsőre önmaga fiatalkori képmása, kiváló anya, csodás háziasszony, és a hálószobában pedig istennő. A tökéletes férfi számára a minden a családja. Sármos, sikeres a munkájában, szereti, tiszteli és becsüli a feleségét, akit egy életen át a tenyerén hordoz.

– Ne haragudjon, de ez álom, ilyen nem létezik! – szúrta közbe William.

– Ön szerint az, szerintem meg abszolút megvalósítható. Csupán a nőknek kéne öntudatukra ébredniük, de ahhoz meg kéne hallani a tudatosság hangját. Fel kéne már fogniuk, hogy a család az első és legfontosabb dolog! Mindig lesznek modellek és színésznők, akiket egy pillanatra sem szabad irigyelnünk, hisz' ők feláldozták a boldogságukat a többi ember szórakoztatásáért. Ne akarjunk vállalatokat igazgatni és olyan állásokat betölteni, ami férfiaknak való. Ne akarjuk elvenni a férfiaktól a munkát, hisz' nekünk otthon van a helyünk. Ha egyszer képesek lesznek erre a nők, akkor részük lesz a teljes megbecsülésben és tiszteletben. Addig pedig pont azt kapják, amit megérdemelnek.

– Ez nem semmi. Szerinted hány nő gyűlölne ebben a pillanatban, ha ezt hallaná? – kérdezte Viktor.

– Nyilván rengeteg, de ismeri a mondást: „Akinek nem inge, ne vegye magára!" Tehát amennyiben bárki is dühöt érez szavaim hallatán, az csakis egyet jelenthet, hogy sok benne az igazság! Épp ezért egyáltalán nem érdekel, mert annak, amit mondtam, sajnos, nagyon is van alapja.

– Na, mit szólsz, William, ezt mondtam. Ha egyszer elkezd beszélni, olyan dolgokat mond, ami után elgondolkodik az ember, nem fecseg összevissza buta női dolgokról.

– Egy biztos, most gondolkodóba ejtett, Tamara – válaszolta William.

– Ott tartottunk, hogy előétel – szakította ismét félbe a beszélgetést Viktor.

– Tamara?

– Articsókalevest fekete szarvasgombával.

– Viktor?

– Én osztrigát jégen úszva, hidegen és melegen. Háromféleképpen tálalva.

– William, maga mit választott? – kérdezte Tamara.

– Ugyanazt, amit maga.

– Ez hihetetlen, ti összebeszéltetek?

– Ugyan, Viktor, csak nem féltékeny?

– És ha igen?

Mindeközben Tamara és William között olyan erők kezdtek el munkálkodni, melyről még maguk sem tudtak. Egy pókocska kezdte el szőni hálóját körülöttük. A hálót, ami mint tudjuk, olyan erős, mint az acél és ellenállóbb, mint a kevlár nevű szintetikus anyag. Láthatatlan pókfonál volt ez, mely rugalmas, erős és ellenálló. Köztudott, hogy a pókháló jól bírja a rá nehezedő nyomást, vagyis a környezeti stresszhatásokat. Nos, későbbi kapcsolatukban erre szükségük is volt, mert nyomás és környezeti ártalom akadt bőven az életükben. Akkor még egyikük sem tudta, de a múzeumban egy életre szóló barátság vette kezdetét.

– Szokatlanul csendes vagy ma, barátom – szólt Viktor.

– Úgy gondolod? Lehet, élvezem az ízeket és kedves Tamara társaságát.

Viktor ekkor már biztosan érezte, hogy William és Tamara között elkezdődött valami, és ezt egy cseppet sem akarta. Féltékenysége határtalan nagyságú hullámokat gerjesztett szívében, és egy pillanatra kezdte elveszíteni a fejét. Most, hogy megjelent a színen egy másik vadász is, Viktor még jobban akarta a kiszemelt zsákmányát. Eddigi ártatlan vonzódását felváltotta a beteges birtoklási vágy.

– Egy kicsit elkezdett fájni a fejem, szerintem rendeljük meg gyorsan a főételt, hosszú volt a tegnap este, nagyon későn feküdtünk le. Talán ma korábban kellene. Nem gondolja, Tamara?

– Nem gondolom, én személy szerint nagyon jól érzem magam.

Tamara eme megjegyzése olaj volt Viktor féktelen dühére.

– Ennek igazán örülök, én mégis azt mondom, rendeljük meg a főételt.

William meglepődött barátja reakcióján, talán még soha nem látta ilyennek. De mivel jó megfigyelő volt, pontosan tudta, hogy mi váltotta ki belőle ezt a heves reakciót. Nem is szólt semmit, hagyta, hogy a dolgok a maguk ritmusában történjenek. Nem tett fel kérdéseket. Ez volt az ő stratégiája.

– Rendben, barátom, rendeljünk.

– Tamara, mit szeretne főétel gyanánt?

– Saint-Pierre-t.

– Viktor?

– Le paleron de boeuf-öt.

– Príma, én szintén halat kérek, és nem azért, mert Tamara is. Egyszerűen csak úgy tűnik, hogy egyezik az ízlésünk.

– Micsoda véletlen – mormogta az orra alatt Viktor.

– Talán rendelhetnénk valami bort is.

– Én most kihagyom – mondta Viktor arrogánsan.

A főételt hihetetlen gyorsasággal fogyasztották el. Viktornak mehetnékje volt, így az előző esti kellemes vacsora élménye mára csak egy emlék maradt Tamara számára. Milyen érdekes, hogy egyetlen ember miként tudja a többi ember hangulatát egy szempillantás alatt tönkretenni – gondolta.

– Desszertet?

– Köszönöm, nem kérek. – Már elment az étvágyam – ezt már nem mondta ki hangosan Tamara.

– Hát, barátom, köszönjük a meghívást, remélem, hamarosan beszélünk majd! Gondolom, te még maradsz és végig kóstolod a sajtkínálatot egy jófajta vörösbor kíséretében – búcsúzkodott Viktor Williamtől.

– Jól gondolod! – bólintott William. – Tamara, igazán örültem a találkozásunknak, egy élmény volt – tette hozzá.

– Az érzés kölcsönös. További szép estét, William!

– Önnek is! Jó éjszakát!

– Jó éjt!

Tamara és Viktor kiléptek a kellemesen zsibongó párizsi estébe.

– Hogy ti milyen kis cukik voltatok az imént. El sem hiszem, hogy elviszlek vacsorázni, és te kikezdesz a barátommal – horkant fel Viktor.

– No, álljunk csak meg egy szóra! Mi ez a lekezelő stílus? Mi ez a számonkérés? Tudtommal alig ismerjük még egymást, és kikérem magamnak, hogy azzal gyanúsítson, hogy kikezdtem a barátjával!

– Ne haragudjon, hirtelen úgy éreztem, hogy elveszíthetem.

– Hát, ha továbbra is így viselkedik, elveszíthet.

– Zavarja, ha egy férfi féltékeny?

– Azt nem mondanám, de mint mindenben, ebben is fontos a mérték, no és a stílus. Megrémülök, ha egy férfi arrogáns, erőszakos és modortalan.

– Hogy engesztelhetném ki?

– Felejtsük el, nem történt semmi. Ez kétszer fordulhatott elő.

– Akkor még van egy lehetőségem.

– Nem, téved, kétszer fordulhatott elő: először és utoljára.

– Már viccelődik, ennek szívből örülök.

– Nem viccnek szántam, hanem figyelmeztetésnek.

– Felizgat, ha így beszél velem, szeretem, ha egy nő határozott.

– Mit szólna, ha benéznénk egy szórakozóhelyre?

– De hisz' az imént még fáradt volt.

– Az imént volt, most viszont szeretnék magával táncolni.

– Rendben, menjünk. De én nem tudom magamat elengedni, csak ha iszom.

– Megoldjuk, drágám, jöjjön. Olyan estében lesz része, amiben még sosem volt, ezt megígérhetem önnek.

– Hova megyünk?

– Nem hiszem, hogy ismeri, ez egy zártkörű klub. A Castel. Jól ismerem a vezetőjét, Jean Castelt. Castelt a párizsi éjszaka királyaként is szokták emlegetni. Még Monica Beluccival is találkozhat, ha szerencséje van.

– Nagyon bizarrul hangzik. Ilyen helyen még valóban nem jártam, de tudja mit, nekem mára elég volt az ilyen sznob helyekből. Menjünk el egy szórakozóhelyre, ami kulturált, de nem hivalkodó.

Viktor tudta, hogy hova vigye. Amikor beléptek, épp Jane Birkin és Serge Gainsbourg híres slágerét játszották, a Je T' aime-et. A Moi Non Plus-t, majd Sarah Brigthman és Fernando Lima dalát, a Passion-t. Ez Tamarára nagyon erős hatással volt, pezsegni kezdett a vére. Vágyta a szerelmet, és ezt Viktor pontosan tudta. Viktor mesterien tudta manipulálni az embereket. Jó orra volt ehhez. Nagyon ügyesen ráérzett mindenkinek a gyenge pontjára. Tamarának egyértelműen a romantika volt.

– Szeretném, ha ma este elengedné magát. Szívott már marihuánát?

– Ne vicceljen, erre semmi szükségem. Elegendő lesz néhány vodka tonikkal.

– Azért szippantson egyet-kettőt, higgye el, nem lesz semmi baja.

Tudta, hogy nem lesz semmi baja, mert egykor egy barátnője révén kipróbálta már. Igaz, nem túl jól sült el a dolog, hisz' süteményt sütöttek belőle, megkóstolt egy darabkát, aminek az lett a vége, hogy azt sem tudta, melyik bolygón van. Torka hihetetlen módon kiszáradt, és az egész szombatot átaludta. Miután elmesélte a barátainak, ők azt mondták, ez azért volt, mert nem társaságban próbálta ki. Így egy esti vacsora során ismét megpróbálta. A hatás nem maradt el: még rosszabbul lett, úgy fejbe vágta a drog, hogy keményen össze kellett szednie magát ahhoz, hogy méltóságteljesen elhagyhassa az éttermet. Akkor megfogadta, hogy soha többet. Neki ez nem jön be. Erre is megvolt a válasz: azért nem jött be, mert te nem füves vagy, hanem kokainos – mondták a barátok. Hát persze, gondolta. Természetesen a kokaint soha nem próbálta, valójában félt ezektől a szerektől. Pedig sokszor megkínálták vele. Igaz, egyszer a szóban forgó barátnővel evett egy kis „varázsgombát", és hazugság lenne azt állítani, hogy rossz volt. Egyáltalán nem, hisz' legalább nyolc órán keresztül kacagott, jó kedve volt, és elfelejtette minden baját és bánatát. Szüksége is volt rá abban az időben. Ettől függetlenül soha többet nem kért belőle, mert utánaolvasva rájött, hogy ennek a méreganyagának lebontásához hosszú hónapokra van szüksége a májának. Ő pedig nem szerette bepiszkolni lelkének templomát.

– Rendben, miért is ne, talán egy-két szippantás még segít is ellazulnom.

És valóban. Tamara teljesen elengedte magát, nem elmélkedett, nem filozofált, egyszerűen csak élvezte a zenét. Időnként egy-egy pillanatra eszébe jutott William, de aztán az események olyan gyorsan kezdtek el pörögni, hogy nem is volt ideje a férfira gondolni.

– Jöjjön, táncoljunk!

Viktor tánc közben nem tudta levenni a szemét Tamara nagy kebleiről, melyek az ital, a marihuána és a zene hatására egyre erősebben és egyre láthatóbban emelkedtek fel s alá. Hosszú haját kiengedte, ami a mellére omlott, és blúza a melegtől kezdett vizessé válni. Ez még izgatóbbá tette Viktor számára a látványt. Imádta a mediterrán típusú nőket. Tamara tökéletes példánynak számított a szemében. Tamarára felfigyelt a többi férfi is, de nemcsak a férfiak, hanem a nők is. Izzott, forrt körülötte a levegő. Peteérése volt. Párosodni akart. Tánc közben hátulról megérintette valaki a mellét, majd elkezdte finoman szívni a nyakát, de ez a valaki nem Viktor volt, hisz' ő ott állt vele szemben és csak nézte. Amikor megfordult, egy félvér lány állt ott. Gyönyörű szép afroamerikai nő. Tamara szerette a szép nőket, mert szexuális hovatartozása tekintetében biszexuálisnak számított. Ez a nő pedig épp kedvére való volt: dús keblű, vastag szájú, karcsú, kerek fenekű, szép arcú. Igazán izgató látványt nyújtott. Pólója alól hetykén meredeztek mellbimbói. Tamara legszívesebben megérintette volna őket. A lány száját csókra tárta, de nem viszonozta, mert nagyon félt a betegségektől. Hipochonder volt. Így maradtak számára a leszbikus erotikus filmek, melyek során gondolatban megélhette mindazt, amire a valóságban nem adott magának lehetőséget.

Pontosabban egyszer adott. Igen. Az optikusával ágyba bújt. Suta volt, és fogalma nem volt, miként kell egy másik nőt szeretni. Barbara annál jobban tudta, így hogy ne vegye észre, menynyire kezdő, jobb híján utánozta a lányt. A végeredmény, hogy Barbara szerelmes lett belé. Udvarolt neki és azt mondta szeretkezés után, hogy nagyon finom, intelligens nőnek tartja. Furcsa érzés volt hallani, ahogy kivételesen egy nő udvarolta körbe. Most is kívánta a lány érintését, de nem tudta magát annyira elengedni, hogy megcsókolja. Valójában az örökös önkontroll volt az, ami megkeserítette és megnehezítette életét. Parallel viszont nagyon sokszor épp ez a tulajdonsága volt az, ami át segítette őt az élet valódi nagy megpróbáltatásain. Hisz' ahhoz, hogy a földön maradjon, igen nagy önkontrollra volt szüksége. Más a helyében már megőrült volna, ő viszont büszke volt a feladatra, melyet az élet rá rótt. Tudatos volt, de most nem akart az lenni és érezte, hogy ma éjszaka minden megtörténhet, és képes lesz elveszíteni a fejét. Ellökte a lányt magától, mert nem akart Viktorból adni neki. A férfi egész lényét magáénak akarta. Éhes volt, farkaséhes, ahogy Viktor is, hisz' régóta vágyott már egy ilyen nőre.

– Gyere, menjünk haza!

Viktor már a liftbe beszállva megcsókolta. Hevesen és vadul csókolták egymást. Szomjasak voltak egymás nedveire. A lift közvetlenül a lakásba vitte fel őket. Lámpát sem gyújtottak, mert a hatalmas ablakon át beáradt a Bastille fénye. Viktor szó szerint letépte Tamara méregdrága ruháját, és úgy kezdte el harapdálni a testét, mint egy vadállat a zsákmányát. Tamara türelmetlenül vette elő a férfi hatalmas farkát. Meglepődött, és egy pillanatra még a szava is elállt, amikor meglátta, csak nézte és nézte a nem mindennapi méretű szerszámot. Majd elkezdett a kezével dolgozni rajta, szinte át sem érte. Úgy érezte, hogy most jött csak meg az igazi étvágya, és ezt valahogy csillapítani kell.

– Gyere, ülj a számra, édes, hadd nyaljalak ki! Érezni akarom azt a finom nektárt, ami ilyenkor a kelyhedből csordogál.

Korábban mindig kérette magát ilyenkor, mert szégyellős volt, de most szó nélkül követte a férfi utasításait. Viktor úgy használta a nyelvét, mint korábban még senki. Tamara közben a saját mellbimbóit simogatta és húzogatta. Egész teste beleremegett az izgalomba. Már egész közel volt az orgazmushoz, amikor hirtelen leszállt a férfiról, mert nem akart elélvezni. Tudta, hogy ha most elélvez, nem lesz már kedve tovább szerelmeskedni.

Megfordult, és beleült Viktor férfiasságába. Kissé szűk volt egy ilyen mérethez, és fájdalmat is érzett, de egy új érzés kerítette hatalmába. Felidézte eddigi életét, a rengeteg megalázó pillanatot, felidézte gyermekkorát, a sok verést és lelki megalázást. És akkor ebben a pillanatban valami csoda folytán elkezdte élvezni ezt a fájdalmas szexet. Lelke mélyéről feltörtek az elnyomott érzések. Miként is lehetne elégedett és boldog ember, amikor az évek során felhalmozódott keserűség a vérében droggá alakult át? Kívánta és kereste az olyan szituációkat, ahol bántották. Végre felismerte, hogy ez szenvedélybetegség, és mint olyan, aberrált állapot.

Azt akarta, hogy még jobban fájjon, azt akarta, hogy Viktor megalázza. A fájdalom hatására testében kitört a vulkán, és a forró láva elöntötte minden porcikáját.

– Kicsit erősebben csináld! – kérte.

– Erősebben?

És akkor olyan történt, ami soha nem felejt el. Fájdalmában hirtelen elélvezett, miközben véres lett az egész lepedő. Ez a vér előhozta belőlük az állatot, és előcsalogatta lelkük sötét bugyrából a démoni erőt. Tamara kérni akarta, hogy hagyja abba, de nem tette. Ez egy új élmény volt, ismeretlen ízzel és érzéssel, kíváncsi volt lelkének sötét oldalára is. Elvégre felfedező természet volt.

– Minden csupa vér, mit tettél, nem zavar?

– Nem, az enyém vagy most már, testünk és lelkünk egyaránt összeforrt. Vérszerződést kötöttünk. Tudod, nem akartam ilyen állat módjára szexelni veled. Fogalmam nincs, hogy mi történt, soha életemben nem éreztem még ilyet. Olyan dolgokat hozol ki belőlem, melyekről ez idáig nem is volt tudomásom. Ahogy befejeztük, már újra akarom csinálni. Amint látod, az erekcióm folyamatos. Képtelen vagyok betelni veled. Szomjazom a testedre, a lelkedre, az egész lényedre. Teljesen megőrjítesz.

– Megengeded, hogy lefürödjek? Rossz a komfortérzetem – mondta Tamara.

– Persze, menj csak.

Belépett a fürdőszobába, ahol egy hatalmas tükörrel találta szembe magát. Tiszta vér volt mindene. Csupa vér, mintha menstruálna. Jézusom, mit csinálok? Mi történik itt velem? Azt hiszem, elment a maradék józan eszem is. Úgy viselkedem, akár egy utcaszéli, nem, mint egy többgyermekes édesanya. Még csak nem is ismerem ezt a férfit, de már a lakásában vagyok, megalázva, véresen. Ez nem én vagyok. Gyorsan letusolok és elmegyek, ez többet nem fordulhat elő – tipródott földúltan magában, majd belépett a zuhanykabinba. Tűzforró vizet engedett magára, és megpróbált relaxálni. Ekkor a háta mögött megérezte a férfi jelenlétét. Nem szólt egy szót sem, egyszerűen összefogta a haját, előredöntötte, és egy hirtelen mozdulattal behelyezte péniszét a puncijába. Keményen, szó nélkül, kíméletlenül ismét magáévá tette. Tamara a fájdalomtól olyat élvezett, hogy csaknem elájult. Ezután Viktor magához húzta és elkezdte finoman csókolgatni, majd megfürdette. Miután kiléptek a zuhanykabinból, leültette egy székre, kifésülte a haját, bekente a bőrét valami csodaolajjal és fürdőköpenyt adott rá. Tamara szóhoz sem jutott, sok volt ez neki mára, sokk, a szó szoros értelmében. Úgy érezte, mintha valami sötét, titokzatos erő lengné körbe egész lényét.

– Nem értem, hogy mi történt velem, nem szeretnék magyarázkodni, de... – hebegett valami magyarázkodásfélét Tamara.

– Ne mondj semmit. Tudom, hogy nem vagy egy olyan nő. Nincs miért elnézést kérned. Ami az imént történt, egyszerű pszichológia. Nincs ebben semmi ördögi – válaszolta Viktor. – Tudod, ha gyermekkorodban sok fájdalom és keserűség ér, az olyan, mint a kábítószer: életed végéig szükséged lesz rá. Akarva-akaratlan, de úgy alakítod az életed, hogy valamilyen úton-módon megkapd. Emberek milliói élik így a mindennapjaikat. Megalázó kapcsolatokban élik le az életüket, és ez mind azért, mert gyerekkorukban a fájdalom jelentette a biztonságot, a szeretetet – foglalta össze Viktor.

– De hát ez klinikai eset – tűnődött el Tamara.

– Valójában igen – értett egyet a férfi.

– Rendben, de ha ezt felismerjük, akkor már látjuk a fényt az alagút végén, nem? – próbált a gondolatmenet végére érni Tamara.

– Végül is, igen. De ahhoz nagyon tudatosnak kell lenned, fel kell ismerned a problémát és meg kell szakítanod a folytonosságot – magyarázta Viktor.

– Köszönöm – mondta csendesen Tamara.

– Mit köszönsz? – vonta föl a szemöldökét Viktor.

Hogy ezt elmondtad. Most már tudom, hogy miért keresem a konfliktusokkal teli kapcsolatokat. Miközben pontosan tudom, hogy ez nem jó nekem. Most már értelmet nyert ez az este is – foglalta össze Tamara.

– Nem igazán értelek. Talán jobb lenne, ha aludnánk, késő van már – hagyta rá a férfi.

De Tamara pontosan értett mindent. Ő mindig mindenből megpróbált tanulni. Ő mindig minden helyzetben kereste-kutatta a tanulságot. Talán ez volt az utolsó olyan fekete lyuk az életében, amit nem értett és nem tudott megoldani. Nem értette, hogy miért állt szóba olyan férfiakkal, akik tulajdonképpen csak bántották és megalázták, miközben lényének másik oldala a békét és harmóniát kereste. Most már mindent értett!

Viktor szorosan átölelte, és azt súgta a fülébe:

– Ne félj, biztonságban vagy mellettem.

Tamara úgy érezte, mintha agymosásban lett volna része. Képtelen volt már józanul gondolkodni, sőt egyáltalán gondolkodni. Elégedetten hunyta le a szemét, és mindketten mély álomba zuhantak.

Viktor a szülői házban látta meg egykori önmagát. Talán nyolcéves lehetett. Betegen feküdt az ágyában, és iszonyatosan fájt a torka. Úgy érezte, mintha menten megfulladna, úgy érezte, mintha a múltbeli ki nem mondott szavak feszegetnék a torkát. Az a rengeteg elfojtott szó. Szépek és csúnyák egyaránt. Anyja ott ült az ágya szélén és borogatást tett a nyakára.

Fekete retkes mézzel ápolgatta az ő drága, kicsi fia torkát. Simogatta, ölelgette, csókolgatta. Ő pedig képtelen volt megszólalni, pedig meg szerette volna köszönni a jóságát, de nem jött ki hang a torkán. Rémisztő és kétségbeejtő volt.

– Mama, úgy szeretlek!

– Hallod, mamikám, szeretlek!

De anyja semmit sem hallott, hisz' csak némán tátogott. Üvöltött, sírt, a padlót csapkodta elkeseredésében, de még akkor sem tudta kimondani a szót: szeretlek! Anyja egyre távolodott és ő pontosan tudta, hogy soha többet nem fogja látni és tudta, hogy a szó, mely torkán akadt egykor, hamarosan megfojtja őt.

Tamara is álmodni kezdett. Teste bilincsbe volt verve. Repülni akart, de erőtlen és gyenge volt. Mellette feküdt egykori önmaga, Viktor. Érezte – itt az idő –, meg kell tennie. Kezébe kést fogott és Viktorhoz lépett. A férfi nem ellenkezett, ő is tudta, hogy meg kell történnie. Tudta, hogy véget kell vetni ennek a rémálomnak. Tudta, hogy eljött az idő. A vajúdás túlságosan elhúzódott, ideje végre megszületnie. A kést a férfi szívébe döfte. Pontosan tudta, hogy mit tesz, megforgatta benne a pengét, miközben az arcát nézte. Nézte, majd egy pillanatra megijedt. Hirtelen megsajnálta, és vissza akarta fordítani az eseményeket. Aztán szép lassan magához vonta a férfi haldokló testét, hogy nyugodtan és békességben távozzon. Ürességet érzett magában, majd az ürességet felváltotta a nyugalom és a remény érzése. Tél volt, de az ő szívében már készülődött a tavasz.

KÜLDETÉS, AVAGY ISTENI RÉMTETTEK

Iván szerette a naplementét nézni. A benne lévő tüzet, mely időnként életre kelt benne, a Nap kozmikus erejének tulajdonította. Meg volt győződve arról, hogy ennek így kell lennie. Meg volt győződve arról, hogy a tüzessége isten adománya, azért, hogy rendet és egyensúlyt teremtsen ebben az őrült világban. Meg volt győződve arról, hogy ez a küldetése.

Visszahúzódó, csendes fiú volt. Apját még kiskorában elveszítette, legalábbis anyja ezt mondta neki, meg azt, hogy II. világháborús hős volt. Anyja mindig olyan áhítattal és tisztelettel beszélt apjáról, hogy úgy érezte, soha még a nyomába sem érhet. A vágy persze ott volt a lelkében, hogy megfeleljen anyjának, és egyszer róla zengjen ódákat az anyja. Ez a vágy különös dolgok elindítója volt Iván életében.

Történetünk egy szép nyári napon kezdődött, amikor is anyja vidékre utazott. Ebben nem is volt semmi furcsaság, hiszen minden hónap harmadik napján elutazott. Azt, hogy valójában hova is ment, senki sem tudta, még Natasa sem, aki évek óta a bejárónőjük volt. Natasa szociális munkás volt a szeretetszolgálatnál.

Iván sokat gondolkodott azon, anyja miért olyan rideg és szívtelen nő. Soha nem szerette, pontosabban soha nem adta jelét semmi érzelemnek. Pedig ő is vágyott a jó szóra, simogatásra, dicséretre, bátorításra. Ehelyett az anyja folyamatosan megalázta és bántotta. Mintha élvezte volna fia kínzását. Igen, ez a legjobb szó rá, élvezte! Mindenért bántotta, mindenben hibát keresett és talált, egyszerűen képtelenség volt megfelelni az elvárásainak, pedig nagyon szeretett volna, de anyja csak apja emlékével volt elfoglalva és mindig azt szajkózta, hogy „ha élne apád, talán te is férfi lehetnél". Férfi, vajon mit jelent férfinak lenni? Ahogy serdülőkorba lépett, elkezdte tudatosan figyelni a férfiakat. Vajon mitől férfi egy férfi? Először Natasa barátját kezdte el figyelni. Oleg magas, jóképű, izmos testalkatú volt.

De vajon a micsodája mekkora lehet? Ez a kíváncsisága annyira magával ragadta, hogy éjjel-nappal figyelte, hátha egyszer kint vizel a kertben a fa tövénél. És egy napon kitartása meghozta gyümölcsét, mert kint vizelt a fa tövénél. Elképesztő volt számára, amit látott, mivel kissé bőkezűen bánt a természet, és hatalmas hímtaggal áldotta meg!

Talán ez volt minden későbbi problémájának okozója, az óriásira nőtt hímtag...

Ivánnak ugyan átlagos volt a pénisze, mégis, attól a naptól kezdve meg volt győződve arról, hogy anyja azért nem tartja férfinak, mert neki nem nőtt ekkorára. És attól a naptól kezdve kezdetét vette valami őrület, ami megmagyarázhatatlanul megváltoztatta a fiú életét.

Kezdetét vette még valami más is, ami rémtetteit összekötötte apja múltjával. Érdekes, de addig a napig egyáltalán nem érdekelte, hogy anyja vajon mit rejtegethet ott, ama bizonyos szobában.

Viszont azon az augusztusi napon különös erő kerítette a hatalmába, és valami azt súgta a fülébe, hogy menjen be a titkos szobába. Anyja mindig azt mondta, hogy ez az ő kis közös szentélyük az apjával. Ekkor érezte először, hogy nem önmaga, hogy cselekedeteit nem ő irányítja, hanem az a belső hang.

A hang, mellyel azonosult és úgy érezte, hogy apja szól hozzá. Igen, nem is volt kétséges számára, hogy apja utasítja most őt! Igen, az apja szeretne most bemenni abba a szobába, és neki kötelessége beengedni. Hiszen apja volt az egyetlen férfi, akit szeretett és tisztelt. Régi fényképeket nézegetve mindig büszkeség töltötte el, hogy apja egy hős volt, igazi férfi!

Bement anyja szobájába, és a matrac alól kivette a kulcsot.

Anyja szobája és a szentély között csupán néhány méter volt, ő mégis egy örökkévalóságnak érezte, míg elért odáig.

Hirtelen görcsbe rándult a gyomra, és félelem lett úrrá rajta. Reszketett a keze, amikor a kulcsot behelyezte a zárba. Istenem, gondolta, vajon mi vár rám odabent?

Amikor kinyitotta az ajtót, szó szerint beleborzongott abba, amit látott. Tulajdonképpen még nem is látott semmit, de ott volt valami, amit csak úgy hívott: a gonosz energiája. Sokat foglalkozott misztikus, elvont dolgokkal, szerette a metafizikát és az okkultizmust is. Tudta, hogy vannak szép és jó dolgok, melyek energiával töltik fel a lelket – ilyen volt Natasa is –, és vannak olyanok, melyek elszívják a testtől az energiát, ezáltal éli meg a lélek a poklok poklát.

Ilyen volt az anyja, és most már Oleg is, aki az ő Natasájának a lelkét sorvasztja.

A szobában sötét volt, mint a pokolban, és furcsa bűz járta át: a pokol szaga, kénkőszag.

Kiment, hogy gyertyát hozzon, mivel a függönyt nem merte elhúzni és a villanyt sem akarta felkapcsolni. Egyébként sem akart bemenni ebbe a kénköves bűztanyába.

A torkában dobogott a szíve, amikor visszatért. A látvány, mely elé tárult, elborzasztotta. Első látásra talán nem is volt olyan szörnyű, hiszen rengeteg könyv és dosszié volt a polcokon, valamint különös képek, régi fényképek a falakon. Közelebb ment, hogy megnézze őket. Egyszerűen nem hitt a szemének: embereket látott, akiket orvosok kínoztak és gyermekeket, akik meg voltak csonkítva. Fájdalom és kín, ez a két dolog volt, amit ebben a pillanatban érzett. A szobában volt valamiféle furcsa ágy is.

Bele kellett ülni, és széttéve a lábakat a kengyelbe kellett őket helyezni, szíj is volt az ágyhoz rögzítve, le lehetett szíjazni a kezeket és a mellkast. Ha jól belegondol, mintha az egyik képen látott volna valami hasonlót.

Ebben a székben nőket kínoznak, szétvetett lábakkal fekszenek benne, és az orvosok a lábuk között matatnak. Megalázzák a nőket, megszégyenítik, megszentségtelenítik. Istenem, gondolta, akár az én Natasám is feküdhetne benne. De vajon az anyja miért tart ilyen kínzóeszközt a házában? Miután belenézett a vastag aktába, mely az íróasztalon volt, választ kapott a kérdésére. Anyja orvos volt, mint ahogy az apja is. Apja egyáltalán nem volt háborús hős és katona. Mészáros volt az anyjával együtt. Öszszeomlott, úgy érezte, hogy rosszul van. Hirtelen valami megszállottság lett úrrá rajta, egy gondolat, mely azt sugallta neki, hogy anyján bosszút kell állnia. Apját nem tudta gyűlölni. Úgy érezte, azért akarta, hogy ide bejöjjön, mert megbánta bűneit.

A hang kérte őt, hogy segítsen neki, mert amíg nem áll bosszút az orvosokon, akik ezt tették, ő nem nyughat.

Amikor kilépett a szobából és bezárta az ajtót,majd bement anyja szobájába visszacsempészni a kulcsot, véletlenül belenézett anyja fésülködőasztalánál lévő tükörbe és megdöbbenve tapasztalta, hogy a szobában eltöltött két óra alatt teljesen megőszült.

Agya gyorsan dolgozni kezdett, és elkezdte megtervezni a küldetését, ami az orvosok megtalálásából és férfiasságuk megcsonkításából állt. De nemcsak őket kereste, hanem minden olyan férfit és nőt, akik életüket üresen, hasztalanul, méltatlanul, nem ember módjára élték.

Így az első áldozata Oleg lett.

Ahogy bement a szobájába és lefeküdt a kanapéra, anyjára gondolt. Arra, hogy mindig is érezte, valami szörnyű titok birtokosa. Tudta, hogy szépségét és fiatalságát valamiféle démoni dolognak köszönheti. Szilfid alkatú, különleges jelenség, egyszerűen tökéletes nő volt. Bőre porcelánsima, haja korát meghazudtoló módon a mai napig nem őszült, bronzvörös volt. Elérhetetlen, rideg, hideg szépség volt. Semmi másra nem tudott gondolni, mint hogy anyja titkát felfedje. Biztos volt benne, hogy abban a titkos szobában rengeteg kérdésére választ találhat. Ha jól belegondol, az anyjához rendszeresen jártak fiatal lányok, késő este érkeztek, és hajnalban vagy reggel távoztak. Időnként még sikításokat is hallott, amit elfedett a gramofonról szóló zene hangja. Ami mindig ugyanaz volt.

Vajon kik voltak ezek a lányok? Vajon miért jöttek az anyjához az éj leple alatt? Vajon mi közük van anyja boszorkányos szépségéhez? Vajon a minden hónap harmadikai kirándulások összefüggnek a történésekkel? Rengeteg kérdése volt még, amikre tudta, hogy meg kell találnia a választ.

Iván féktelen és nyughatatlan volt. Sokat és sokszor tűnődött azon, hogy mi is valójában az élet értelme. Hiszen a mindennapi tevékenységek, a napi bosszúságok, és ott vannak a múló örömök a maguk illékony mivoltukkal, nos, ezeket nem tartotta olyan fontos dolgoknak, amiért érdemes volt leszületnie. Sokszor érezte úgy, hogy tévedésből jött erre a világra. Soha nem volt igazán felszabadult, soha nem tudott úgy örülni a dolgoknak, mint a környezetében élő emberek többsége.

Igen, Iván magában hordozta a másságot, és annak minden nyűgét és baját. Mindent közönyösen és egyhangúan reagált le. Barátai sem voltak. Mindenki másnak, furcsának tartotta. Talán nem is véletlenül, hiszen egyáltalán nem volt hétköznapi fiú.

Ivánt a szürke hétköznapok a maguk szürkeségével messzire elkerülték. Hirtelen kinyílt számára a világ, és elkezdte meglátni az élet értelmét.

Eddig sem foglalkoztatták felszínes dolgok, de ettől a pillanattól kezdve megszállottan kereste a kérdésére a választ, és ez a megszállottság hamarosan küldetéssé vált az életében. Úgy gondolta, kötelessége másokon is segítenie, kötelessége felnyitni az emberek szemét, egyszerűen idegesítette az emberi butaság és tudatlanság. Talán ez volt minden isteni rémtettének a forrása. Hiszen meg volt győződve arról, hogy ő egy felsőbb erő kérésére cselekszik. Úgy gondolta, hogy a látomások tulajdonképpen isteni felkérések voltak, éppen ezért nem lehetnek bűnös szándékúak sem. Ő jót akar minden élőnek és holtnak egyaránt, és kötelessége segíteni az emberiségen. Éppen úgy, ahogy annak idején Jézus is tette.

Mindig különös hatással volt rá Jézus keresztre feszítése. A zsigereiben érezte a fájdalmát. Érdekes módon nem a testi fájdalmat, hanem a lélek keserűségét. Jézus élete bizonyosságul szolgált neki arra, hogy szelídséggel és jó szóval semmire sem megy az ember. Éppen ezért úgy gondolta, hogy Jézus fájdalmáért megbünteti a világot.

Iván orvostanhallgató volt, imádta az anatómiát. Lenyűgözte az emberi test szépsége. Kedvenc órája a kórbonctan volt. Apja és anyja bűnei révén eltökélte, hogy minden olyan emberen bosszút áll, akik értéktelen és üres életet élnek.

Natasával gyakran filozofálgattak az élet dolgairól és az első pillanattól kezdve megérezték, hogy valami láthatatlan erő öszszeköti őket.

Natasa különös lány volt. Örök kislány maradt, képtelen volt felnőni. Valójában taszította a szexualitás minden formája. Számára egyedül a csók volt az egyetlen olyan érintkezési forma, melyet elfogadhatónak tartott és jó érzéssel töltötte el. Minden alkalommal, amikor Oleg magáévá tette, undorodott a testétől. A lelke mélyén ott volt az a kislány, aki sírt, és nem akarta magában érezni azt a mocskos hímtagot. Olyan érzése volt, hogy őt nem erre teremtette az Isten, valamiért úgy érezte, hogy rossz helyre született és neki Istent kéne szolgálni, nem pedig tudatlan és ostoba férfiakat, akik soha nem látták meg benne az értéket. Számukra csak egy cseléd volt és egy lyuk, amit betömhettek. Gyűlölte a férfiakat. Egyedül Iván volt az, akihez bizalommal tudott fordulni, mert ő soha egyetlen jelét sem adta annak, hogy be akarná őt mocskolni. Akárhányszor találkoztak, tisztelettel és csodálattal közeledett felé, és ez számára ismeretlen és szokatlan érzés volt.

Iván szentnek tartotta a lányt, és soha, egyetlen percre sem gondolt rá nőként. Az érintetlen tisztaságot testesítette meg számára, ezért is döntött úgy, hogy Oleget mielőbb eltünteti a lány életéből. Agya lázasan elkezdett dolgozni, hisz' szüksége volt egy helyre, ahol zavartalanul dolgozhatott.

Még tizennyolc éves korában kapott egy öreg Mustangot az anyjától, mivel imádta a régi autókat. Ebben az időben ismerte meg Bent, az öreg háborús veteránt, akinek egy hatalmas roncstelepe volt. Ben vak volt már, és nehezen tudta csak ellátni a napi teendőit, ezért örömmel elfogadta Iván segítségét, aki megígérte neki, hogy rendben tartja a portáját, bevásárol, ha cserébe megengedi, hogy a szerelőaknában bütykölgethesse az autóját.

A két férfi között hamar kialakult a rokonszenv, és rövid időn belül Ben fiaként fogadta Ivánt, míg ő apjaként tisztelte Bent.

Iván gyakran felolvasott Bennek, rengeteget beszélgettek. Ivánnak mindig megvolt a magához való esze, ezért időnként a beszélgetést a náci haláltáborokkal kapcsolatos téma felé terelte, beleértve az ott elkövetett szörnyűségekre. Pontosan tudta, hogy Ben is járt ott.

Arról viszont hallgatott, hogy a szüleinek köszönheti rokkantságát és keserű sorsát.

Beszélgetéseik során kiderült, hogy Ben tökéletesen egyetért Iván fikcióként előadott terveivel, sőt kimondottan támogatta. Így már nemcsak egy hang volt az, ami vezette őt céljai megvalósításában, hanem egy élő, valóságos személy is!

Ben nemcsak vak volt, hanem kicsit nagyot is hallott, ezért rendszeresen ordított nála a rádió vagy a lemezjátszó. Valójában sosem tudta, hogy Iván mikor jött vagy ment.

Ezt szándékosan alakította így ki. Sokáig figyelte Ben életét és szokásait. Ben gyakorlatilag soha nem hagyta el a házat. Megelégedett azzal, ha időnként meglátogatta, és egy jó marhasült mellett, egy üveg vörösbor kíséretében elmerengtek a múlt történésein. Iván ilyenkor igyekezett Bent leitatni és ágyba fektetni.

Natasa is kijárt Benhez, hiszen szociális munkás volt, így hetente két alkalommal meglátogatta. Főzött, mosott, takarított a vén veteránra.

Ezen a fülledt augusztusi estén is ez történt, csupán annyi különbséggel, hogy Iván autójának csomagtartójában ott feküdt Oleg, elkábulva a formalintól. Könnyű eset volt, hisz' a helyi kocsmában találkoztak, ahol Iván egy kis fiolányi kábítószert csempészett Oleg italába. Könnyen hozzájutott ezekhez a szerekhez, hisz' ezt a koktélt minden műtétre váró beteg megkapta, lazítóként. Iván megvárta, míg Oleg magától hagyja el a helységet, majd látva, hogy meglehetősen illuminált állapotban volt, felajánlotta neki, hogy hazaviszi.

Iván alkatilag mezomorf volt, de intellektusát tekintve ektomorf. Csodás kombinációja a természetnek ahhoz, hogy tökéletes bűntényeket követhessen el. A kriminológia nagykönyve szerint a bűnelkövető szülőktől származó felnőtteké vált személyek körében hétszer több az elkövető, mint a nem bűnözőktől származók köréből. De a kriminológia nagykönyve szerint Iván nem volt átlagos egyén, ezért besorolni sem tudták sehova. Megtévesztő volt. Rengeteg álarccal rendelkezett, amiről csak az tudott, aki nagyon jól ismerte őt.

Öntudatos, magas intelligenciájú, meglehetősen érzékeny fiú volt. Sajátos elképzelése volt a világról és a benne élő emberekről. Gyarlóknak és bűnösöknek tartotta az embereket.

Csodálta a világot, amely nap, mint nap körülvette őt. Szívében ott élt az örök gyermek, aki mindenben csak a jót látta. A fűben fekve órákig képes volt elnézni a felhőket, melyek a legkülönbözőbb alakzatokkal szórakoztatták őt. A madarakról már nem is beszélve, melyek énekükkel rendszerint álomba szenderítették őt. Ilyenkor Natasa ébresztett fel, akinek arcát egy angyaléhoz hasonlította, hisz oly gyermeteg, ártatlan és tiszta volt.

Szinte minden napja így kezdődött, mindaddig, amíg meg nem látta maga körül azokat az embereket, akiket gyarlóknak és semmirekellőknek tartott.

A szerelőaknát évekig alakítgatta, csinosítgatta, mivel rendkívül igényes férfi volt. Úgy gondolta, hogy ez az ő privát klinikája, ahol embereken fog segíteni. Az egyik embert megszabadítja a bűneitől a másiknak pedig életet ad. Szépen kicsempézett mindent, vadonatúj műtőasztalt vásárolt és rengeteg sebészeti eszközt, amit az ő helyzetében minden feltűnés nélkül megtehetett.

Még olyan apróságokról is gondoskodott, hogy az egész helységben kellemes zene szóljon miközben dolgozni fog. Minibár is volt a műtőben, hogy az ijedt delikvenst, ha csak egy pillanatra is, de megtévessze Esze ágában sem volt rémült arcokat látni. A műtőben még egy kamera is volt, hiszen minden egyes áldozatát meginterjúvolta.

Képes volt elérni, hogy az interjú végére az áldozat, el is felejtette, hogy hamarosan meg fog halni. Iván az italukba olyan koktélt kevert, amitől önfeledtek és lazák lettek. Könnyedén beszéltek, és megosztották vele minden mocskos kis titkukat. Amikor véget ért a műsor, saját lábukon feküdtek fel a műtőasztalra. Csupán annyi dolga volt, hogy leszíjazza őket és bekösse a halálos adag infúziót.

A műtőben volt egy hatalmas kemence is, ahol a maradványokat elégette, majd a hamut a közelben lévő tó vizébe szórta, megadva a végtisztességet az áldozatnak. Oleg már fent feküdt az asztalon, vidám hangulatban volt, fogalma sem volt arról, hogy mi fog történni vele.

Iván jó szakemberhez mérten kikérdezte gyermekkori betegségeiről és jelenlegi állapotáról is. Szerencsére tökéletesen egészségesnek bizonyult, így szép lassan elkezdte csepegtetni az infúziót. Oleg hamar álomba merült. Bekapcsolta kedvenc zenéjét, Ray Charles-t és munkának látott. Levetkőztette Oleget. Izmos, szőrtelen, tökéletes testű férfi volt. Viszonylag gyorsan kellett dolgoznia, hiszen a belső szerveket el kellett juttatnia a transzplantációs intézetbe.

Ez nagyon rövid idő, mellkasi szervek esetén 4–6 óra, a máj és hasnyálmirigy esetében 4–8 óra, míg a vese akár kibírja 30 óráig is. Iván kivette Oleg máját és tovább preparálta, majd a szerveket kettős falú nejlonzacskóba csomagolva szállításra előkészítette. Hűtőtáskába tette, amiben jégkása volt. A többi szervvel is hasonlóképpen járt el, hiszen pontosan tudta, milyen sok beteg várja már ezeket a szerveket.

Iván rendszeresen lejárt egy híres pókerklubba, ahova kizárólag csak illusztris vendégek járhattak. Itt ismerte meg dr. Lut, akit egy kis igazságszérum segítségével beszélgetésre bírt. Dr. Lu elmesélte, hogy Kínában egy új holokauszt van kialakulóban, közeledik az emberiség sötét időszaka. Kínában a szervátültetések miatt szisztematikus gyilkosságokat követnek el.

Egy ottawai sajtótájékoztató szerint a Kínában folyó szervátültetés nemzetközi szinten is felkeltette az érdeklődést.

Létezik egy vaskos, 52 oldalas vizsgálati jelentés, amelyben az egykori kanadai parlamenti képviselő és az ázsiai és óceániai övezetért felelős egykori államtitkár, David Kilgour, valamint David Matas emberjogi ügyvéd megerősítik, hogy Kínában a szervátültetések miatt tömeges gyilkosságokat követnek el. Az állam és a hadsereg egészen a mai napig széles körben sem riad vissza attól, hogy nagy számban oltsanak ki azért emberéleteket, hogy ebből nagy hasznot húzhassanak maguknak. Táborokat állítottak fel, ahol rettenetes dolgokat hajtanak végre. Ez a gonosz egy új formája, a holokauszt. Elsősorban a Fálun Gong híveit és gyakorlóit üldözik és zárják táborokba, ahol aztán halálra dolgoztatják vagy kivégzik őket.

A transzplantációs osztályokkal folytatott telefonbeszélgetések lehallgatása során egyértelműsödött, hogy ijesztően sötét és embertelen cselekedettel állunk szemben.

2000 és 2005 között a szervátültetések száma rohamosan növekedett, ami egyértelművé teszi, hogy a Fálun Gong szervezetet folyamatosan üldözik.

A Fálun Gong egy meditációs közösség, akik csak azt szerették volna elérni, hogy hivatalosan elismerjék a szervezetüket. Ehelyett bebörtönözték és munkatáborokba küldték őket.

Az Amnesty International aggódik amiatt, hogy a kínai kormány által üldözött meditációs közösség tagjai „átnevelő munkatáborokban” kínzásoknak vannak kitéve. A közösség szerint Kínában emberi szervek ezreit operálják ki a még élő vallásgyakorlókból, és a szerveket külföldön értékesítik. Kínában minden emberi etikát figyelmen kívül hagyva, gátlástalanul gazdára találnak az emberi testek a transzplantációs piacon. Jelenleg Kínában mindennemű nehézség nélkül juthatunk szervekhez. A weboldalakon könnyen megtalálhatják a szervek listáját, és azt sem titkolják, hogy Fálun Gong-gyakorlók a donorok.

Kínában minden spirituális iskolát megrágalmaznak és üldöznek. Követőiket munkatáborokban tartják fogva, ahol különböző orvosi vizsgálatokat hajtanak végre rajtuk. A táborokban olyan orvosok és berendezések vannak, amelyek lehetővé teszik a szervek eltávolítását az élő foglyokból, majd testüket elégetik. A szerveket aztán nyereségesen eladják külföldieknek. A KKP nyíltan kijelentette, hogy a Fálun Gong osztályellenség, így könyörtelen elnyomásnak vannak kitéve. A szervek eltávolítása az elítéltek testéből törvényes, ezt a kínai kormány nem is tagadja. Ezt a KKP már 1962-ben elrendelte.

– Az embereknek azt szoktuk mondani, hogy csak ellenőrzésre mennek. Az ellenőrzés után aztán a helyi érzéstelenítés következik, és az élő testből eltávolítjuk a szervet – magyarázta dr. Lu.

– Hány évesek a donorok?

– Általában harminc.

– És a donor tisztában van azzal, hogy eltávolítják a szervét?

– Nem, nincs.

– És ha mondjuk egy májtranszplantációra lenne szükségem, arra meddig kéne várnom?

– Mindennapos ajánlataink vannak, nem kell várnia.

– Friss, élő szerveket szeretnénk.

– Nem probléma, mindegyik él még.

– Hány májtranszplantációt végzett már?

– Kb. 400–500 esetünk volt már. Önnek csak az a feladata, hogy jöjjön ide a pénzzel.

– Mennyibe kerül?

– 98 ezer és 130 ezer dollár között.

– Jó biznisz, dr. Lu.

– Mi lenne, ha mi is üzletelnénk?

– Kíváncsi lennék a többi szerv árára is.

– Szaruhártya 30 ezer dollár, tüdő 150–170 ezer, szív 130–160 ezer, vese 62 ezer, vese- hasnyálmirigy 150 ezer dollár.

Oleg fejét levágta, de előtte eltávolította belőle az agyát, hisz' azt nem lehet tartósítani.

Szépen lenyírta kopaszra a haját és betette a formalinos üvegcsébe. Ahogy végignézett Oleg üres testén, szemet szúrt neki hatalmasra nőtt pénisze. Úgy gondolta, hogy ezt kár lenne elégetni, így azt is preparálta és tartósította az utókor számára. Hihetetlen volt a hossza, pontosan 25 cm, az átmérője pedig közel 4 cm. Szegény Natasa – gondolta –, remélem, nem tett kárt benne ezzel a mocskos nagy szerszámmal.

A kemence már javában égett. Először levágta végtagjait, majd gyors mozdulattal bedobta a tűzbe, ezután már csak a törzse maradt, amit szintén elégetett. Precízen feltakarított mindent, kórházi fertőtlenítővel végigmosta az egész helyiséget. Oleg fejét és lőcsét betette egy széfbe, amit egy saját maga által festett kép takart, amelyet még Natasáról festett.

4. FEJEZET

A bor és a filozofálgatás megtette a hatását, mert sokáig aludtak. Aztán egyszerre ébredtek fel, és mosolyogva egymásra néztek.

– Ami azt illeti, nem bánom, hogy végre felébredtem, rémálmaim voltak, meséljen, maga miről álmodott? – kérdezte Tamara.

– Tudja, az álmom első része teljesen reális volt, még én magam is meg tudom fejteni. Anyámmal álmodtam, fájt a torkom, és nem tudtam megszólalni. Meg akartam neki mondani, hogy mennyire szeretem, de sajnos nem sikerült. Elment anélkül, hogy megmondhattam volna neki. Kegyetlenül szenvedtem, úgy éreztem, hogy megfojt a torkomon akadt szó.

– Ha jól értettem, akkor sosem mondta az anyjának, hogy szereti?

– Soha, soha. És már nem is fogom – sóhajtott fel könnyező szemmel a férfi.

– De hát azt mesélte, hogy csodás gyermekkora volt.

– Így igaz, de valamiért soha nem tudtam kimondani ezt a szót, még az anyámnak sem.

– Jézusom! – kiáltott fel Tamara.

– Te még soha nem mondtad senkinek, hogy szereted?

– Soha.

– Olyan szomorú ezt hallanom. Számomra ez a szó a világ legszebb szava. Mindent megadtam volna azért, ha egyszer tiszta szívből, őszintén elmondhattam volna anyámnak, hogy szeretem.

– Akkor te sem mondtad?

– Nem. De ennek nem az volt az oka, hogy szégyelltem volna kimondani.

– Akkor te nem szeretted az anyádat?

– De, szerettem, semmi kétségem, csak...

– Csak?

– Csak nem úgy, ahogy mindig is elképzeltem magamban.

– Ezt nem értem.

– Tudod, én az egész életemet elterveztem és mindent megtettem annak érdekében, hogy minden tökéletes legyen. Nyilván akadtak események, melyek tőlem függetlenül alakultak. Tengernyi kompromisszum megkötésére kényszerültem. A szeretet viszont számomra nem olyan dolog, amivel kapcsolatban meg lehet alkudni. Naponta többször elmondom a gyermekeimnek, hogy mennyire szeretem őket. Nyilván azért, mert ez az én életemből kimaradt, ami nekem holtomig hiányozni fog. A mai napig fáj, hogy annak idején anyám nem tudott úgy szeretni, ahogy szükségem lett volna rá. Ma már belátom, tudom és érzem is, hogy a maga suta módján szeretett ő, csak rosszul.

– Már érted?

– Azt hiszem.

– Tudod, különbözőek vagyunk. Én úgy viszonyulok a szeretethez, mint egy buja virágoskerthez, ahol akadnak kevés törődést igénylő növények és érzékenyebb fajok. Nyilvánvaló, hogy az utóbbiaknak több törődésre és gondoskodásra van szükségük. Sajnos ezt az anyukám nem tudta.

– És te milyen rémségekről álmodtál?

– Ne is kérdezd, tudod, olyan összetett, ám egyben félelmetes álom volt, hogy arra nem is találok semmilyen magyarázatot.

– Mégis.

– Először apámmal álmodtam, aztán anyámmal, és te is benne voltál a történetben.

– Meséld tovább!

– Képtelenség, egyszerűen lehetetlen, nem tudom elmesélni. Zavaros és félelmetes álom volt. Nyilván valami freudi dolog lehetett, hisz' még szexualitás is akadt benne.

– És a másik álmodat sem tudod szavakba önteni?

– Semmi olyat nem álmodtam, amire te gondolsz. Valójában megöltelek.

– Istenem! De mégis miért?

– Majd a történetünk végén megtudod – felelte Tamara.

Viktor egy pillanatra félni kezdett Tamarától. Olyan különös volt a tekintete és a hangjában is volt valami rémisztő. Szerencsére rövid ideig tartott a félelme, hisz' a nő hirtelen témaváltásával elterelte a figyelmét.

– Nézd, milyen szép ez a rózsa! Szagold meg, hunyd be a szemed, és válj eggyé az illattal.

Arcához érintette a rózsa szirmait, majd ő is megszagolta.

– Ez valami csoda. Elkaptad a pillanatot, képes voltál eggyé válni a rózsával?

– Talán. Bár őszinte leszek, amikor te is közel hajoltál a rózsához, én akkor a hajad illatát éreztem, nem pedig a virágét.

– Sajnálom. Ezek azok a pillanatok, amiket bármennyire is szeretnék, de nem tudok megosztani veled. Viszont az álmodra visszatérve, milyen emlékeid vannak az édesanyáddal kapcsolatban? Mesélj nekem róla valamit.

– Hát jó, bár még sosem tettem, de mivel az álom hatása alatt vagyok még mindig, most jólesne beszélnem róla – dünnyögte révedten a férfi. – Anyámra úgy emlékszem, mint egy finom illatra, ami belengte az egész házat, ha otthon tett-vett. Időnként finom rózsaillata volt, máskor pedig mint egy tál melegen sült piténak, édes vanília! Nagyon szerettem, amikor megölelt, szinte alig tudtam betelni az illatával. A bőre puhasága, mint a bársony. A haja tapintása, mint a legfinomabb selyemé. Úgy él az emlékeimben, mint egy jó tündér, aki megszökött egy meséből csak azért, hogy velem egész életemben csak jó dolgok történjenek. Mindig minden pillanatban, a kedvemben járt, gondoskodott rólam, és egyenrangú partnerként bánt velem. Kölcsönösen tiszteltük és kimondhatatlanul szerettük egymást. Azt hiszem, elmondhatom magamról, hogy tökéletes gyerekkorom volt. Emlékeimben élénken megmaradt egy kedves kis történet anyámról. Kíváncsi vagy rá?

– Hogyne, mesélj!

– Tél volt, kint nagy pelyhekben hullt a hó. Én épp az iskolából jöttem haza. Az úton arra gondoltam, milyen csodás lenne, ha anyám meglepne egy tál forrón sült stíriai metélttel. Olyan éhes voltam, mint a farkas. Amikor beléptem az ajtón, megéreztem a finom, édes illatot és rögtön tudtam, anyám olvas a gondolataimban. Elém sietett és megölelt. Kedves mosollyal az arcán azt kérdezte: „Na, kitalálod-e, milyen finomságot sütöttem neked?"

– Természetesen kitaláltam, és degeszre ettem magam. Jól emlékszem rá, hiszen másnap kihagytam a tanítást, mert gyomorrontást kaptam. Talán ezért is maradt meg kellemes emléknek, mert nem szerettem iskolába járni.

Majd Viktor a gyermekkori emlékei felidézését követően visszatért a Tamara szülői mivoltával kapcsolatos kérdésekhez. E furcsa önellentmondást még inkább felerősítette saját idilli gyerekkorának felidézése.

– De azt még most sem értem, miként tudtál jó anya lenni? Az tartja a mondás, hogy a mintát otthonról hozzuk. Vagy félreértettem valamit? – érdeklődött Viktor.

– A mintát otthonról hozod, ha nem vagy tudatos. Épp ezért továbbviszed a szüleid butaságait. Megelégszel azzal, amit ők értek el. Eszedbe sem jut, hogy esetleg új fát kéne ültetned, netán a meglévőt kéne alaposan megmetszened ahhoz, hogy abból tekintélyes tölgyfa lehessen. Nos, ezt nevezem én tudatosságnak. Nekem elég volt tövig visszavágnom az én fámat. Igaz, majdnem elpusztult, de isteni mivoltom tudatában képes voltam megóvni őt az időjárás viszontagságaitól és elérni azt, hogy új hajtásokat hozzon. Nem volt szükségem arra, hogy újat ültessek, hiszen jó emberek voltak a szüleim, csak sajnos nem értettek a facsemeték gondozásához. A kérdésedre pedig a válaszom, hogy igen is, meg nem is. Volt anyám, csak valamiért nem emlékszem rá. Talán azért nem, mert ért néhány sérelem és fájdalom, melyeket jó mélyre elástam magamban, anyám emlékével együtt. Talán azért bántott annyit, mert öntudatlanul haragudott rám, amiért olyan nehezen jöttem világra. Vagy tudom is én, miért. Mindenesetre én voltam az a szerencsés a családban, akin rendszeresen le kellett vezetnie a feszültségeit. Simogatásban és elismerésben sohasem volt részem. Születésemkor mégis kaptam annyi pozitív impulzust, ami elegendőnek bizonyult ahhoz, hogy túléljem életemnek ezt a megpróbáltatásokkal teli időszakát. Csodaszép kislányként láttam meg a napvilágot.

A szülőszobában kézről kézre adtak a szülésznők, egyszerűen nem tudtak betelni a látvánnyal, annyira gyönyörű, angyali arcocskám volt. Anyám keservesen megszenvedett értem, mert eszem ágában sem volt világra jönni, sőt mi több, az utolsó pillanatban még azt is elértem, hogy a köldökzsinór a nyakam köré tekeredjen. Ennek ellenére úgy születtem meg, mintha csak habkönnyen kicsusszantam volna anyám méhéből, nyoma sem volt kínkeserves vajúdásnak! – Tamara elmosolyodott.

– Min mosolyogsz?

– Azon, hogy mennyire igaz ez a történet a mostani életemre is. Rengeteg kegyetlen megpróbáltatáson vagyok túl, és mégsem látszik rajtam. Aki életében először találkozik velem, egy irigylésre méltó, finom nőt lát bennem. Olyasvalakit, akinek mindig minden sikerül. Hihetetlen, hogy az ember idővel mennyivel bölcsebben szemléli élete megpróbáltatásait. Hisz' ma már pontosan látom azt, hogy anyámék kemény nevelése folytán lettem ilyen sebezhetetlen katona. Egyszerűen nincs méltó ellenfelem. Nem tud olyan történni, hogy feladjam, arról nem is beszélve, hogy netán megadjam magam. Most kezdem csak belátni, hogy nekik ez volt a feladatuk: harcost faragni belőlem! És most, életemben először, a könnyeimmel küszködve döbbenek rá, hogy ennek így kellett lennie. Most először hálát, tiszteletet és őszinte szeretetet érzek irántuk. Nem tettek ők mást, mint kiképeztek. Ha nem ilyenek a szüleim, belerokkantam volna az ikrek születésébe. Sőt, már rég felakasztottam volna magam. Ehelyett kőkeményre edzve testem és lelkem talpon maradtam: élek, mégpedig tiszta, sziklaszilárd jellemű, igaz emberként.

– Zseniális, sőt briliáns az eszmefuttatása már kora reggel. Mit szólna, ha lazításképp egy kicsit kényeztetném magát? – váltott ki tudja hányadszor Viktor tegeződésről magázódásra. Tamarában fogadóképes partnerre lelt a formális és informális csevely ilyetén, hol leheletfinom, hol vérkomoly váltogatásában.

– Mire gondol?

– Feküdjön a hasára.

– Csak ennyi?

– Igen, csak ennyi. Aztán majd meglátja.

Ekkor Viktor finoman, alig érezhetően elkezdte csókolgatni, puszilgatni Tamara fenekét.

Majd széthúzta a popsiját és egészen mélyen, finoman, lassan, élvezettel kinyalta selymes végbélrózsáját. A bíborvörös legpompásabb árnyalatában fénylett e kéjesen táguló testüreg. Nyomelemekben sem utalt arra – még pusztán csak egyetlen milliomodnyi, molekuláris lerakódás vágylohasztó formájában –, hogy Tamara eme testrészének elsődleges funkciója a büdös salakanyagok eltávolítása az emésztőrendszeréből. Éppen ellenkezőleg: a férfi nem tudta, de nem is akarta eldönteni, hogy kéjes gerjedelme pusztán az éteri vágy valóságot felülíró képzelgésének következménye-e? Gyermekkora idillikus, legkellemesebb rózsasziromillatát érezte ott is, ahol az tapasztalt, gyakorló orvosként, anatómiai-fiziológiai tudásának pallérozottsága alapján fogalmilag kizárt. Avagy múzsája nem pusztán a művészetekben és gasztronómiában tett szert bámulatosan magasszintű ismeretekre, hanem még oda is képes a legfinomabb rózsaolaj-alapú parfümöt juttatni, amihez foghatóval még sohasem találkozott? Viktor átszellemült altesti izgatásától pulzálva lüktetni kezdett Tamara puncija és eszeveszetten kívánta, hogy lovagja magáévá tegye. De most ő is brillírozni akart az ágyban, elvégre nagy színésznőnek tartotta magát. Hátára fektette a férfit, lecsúszott az ágyékához, és elkezdett játszani partnere meredező férfiasságával. Először bőségesen benyálazta a hatalmasra duzzadt szerszámot, majd ujjával körkörös mozdulatokkal simogatni kezdte, miközben folyamatosan csorgatta rá nyálát. Ezután szájába vette, és kezének segítségével jáde fuvolatechnikát alkalmazva örömökben részesítette. Viktor teljesen odavolt Tamara mutatványától. A finom úrihölgyből osztályon felüli kurtizánná változott végzet asszonya tovább akarta feszíteni a húrokat, ezért az éjjeliszekrényen lévő olajjal finoman megmasszírozta Viktor teljes altestét, beleértve a fenekét is. Ez volt a végszó. Viktor a prosztatamasszázst követően ájultan hevert az ágyon. Életében nem volt még olyan nő, aki hajlandó lett volna ezt neki megcsinálni. Tamara elégedetten nézett ki az ablakon. Régi énje ismét felébredt benne. A régi énje, akit valójában sosem szeretett. A régi énje, aki csak színészkedett, a régi énje, aki nem más volt, mint az egója.

– Ugye tudod, hogy korábban még soha, senki sem csinált nekem ilyet? Talán azt is észrevetted, hogy egymás után kétszer is elélveztem. Ez utoljára harminc évvel ezelőtt fordult velem elő. Te egy szexistennő vagy. A legtöbb nő nem tudja jól orálisan kielégíteni a férfit. Fogalmuk nincs róla, hogy miként kell. Neked ezt tanítanod kellene.

De sokszor hallotta már ezt Tamara! Most először érezte úgy, hogy már nem érdekli, nem hozza lázba, nem büszke rá. Sőt, egyfajta szánalmat érzett önmagával szemben. De minden józan ész ellenére egyre erősebb vonzalmat kezdett el érezni a férfi iránt. Úgy érezte, mintha egy másik nő vette volna át a helyét. Az eszement, a féktelen Tamara. Kicsit félt is ettől az arcától, mert – ellentétben a másikkal – ez kiszámíthatatlan volt. Hová lett a hang, ami mindig figyelmeztette, ha ismeretlen terepre tévedt? Kezdeti félelmét felváltotta vakmerősége és egeket verdeső önbizalma. Végtére is ő egy harcos, a szülei annak nevelték. Élete mindig is telis-tele volt megpróbáltatásokkal, majd éppen ezt nem tudja kezelni. Ideje megismernie azt a világot, amitől mindig is rettegett. Volt egy csúnya mondása: *„Mindenkit arra használjunk, amire való!”* Nemes egyszerűséggel fogalmazta mindezt meg, mert szerinte a világ igenis erre a programra íródott. Végtére is, most önként és dalolva vonulok be az ördög birodalmába, amely egyértelműen hozzánk tartozik. A dualitás része. Mi alkottuk, mi teremtettük meg a magunk kis fejében. Nyilvánvaló tény, hogy egyik felünk a világosságért, az isteni dolgokért felelős, a másik részünk a sötétségért, a bűnös és gonosz tetteinkért. Szabad akaratunk révén döntjük el, hogy melyik oldalunkat hagyjuk elhatalmasodni, melyiket tápláljuk. Egy biztos, valamiért a negatív oldal vonzóbbnak tűnik az emberi elme számára, mint a pozitív. Valamiért szívesebben mártózunk meg a szennyben, mocsokban, mint a tiszta vizű forrásokban. Az emberek többségének bűnben ég a lelke, és képtelenek eloltani ezt a mindent elemésztő tüzet. Pedig a víz ott van a közelükben, bármikor lehűthetnék izzó, nyughatatlan lelküket. De tudatlanságuk folytán ezt észre sem veszik, fel sem merül bennük. Egyre nagyobb máglyát raknak, mely aztán egész életük munkáját hamuvá égeti.

– Kész a reggeli – vetett véget gondolatfutamainak Viktor hívása.

– Máris megyek!

Milyen csodás férfi. Látszólag. Ugyanis már felsejlettek azok az intő jelek, amelyek arra utalnak, hogy valami nincs rendben nála. Viktor pragmatikus és realista. Szemmel láthatóan élvezi az életet. Szerinte mindent imádni kell itt a Földön. Némi túlzással azt is mondhatnánk rá, hogy hedonista, mint általában a franciák. Való igaz, Tamara emlékei szerint ezt már megismerkedésünk napján elmondta. A vallást nemes egyszerűséggel butaságnak tartotta. Szerinte az egyházak a felelősek a világ pusztulásáért, véleménye szerint a teológiai tanok semmi mást nem szolgálnak, mint egyre nagyobb káosz teremtésében az emberek fejében. Ő az életben hisz, nem Istenben. Az életet próbálja teljességgel élni. Most a segítségével Tamara is belekóstolhatott az életnek nevezett bőségtálba. Elvégre mindenkit arra használunk, amire való. Ugyebár? Tamara mindebben a hedonista férfi ellentétpárja. Mindig is félt belemerülni az élet nyújtotta örömökbe. A legjobb akart lenni, de miként lehetne a legjobb, ha sohasem merítkezett meg a silányság mocsarában?

Ahány ember, annyiféle életpálya. Néhányuknak sikerült tisztán végigjárniuk az élet rögös útját, de ők különleges képességekkel megáldott kiválasztottak. Tamara mindig is úgy vélte, hogy gyarló emberként látta meg a napvilágot, ezért eszerint is kell bejárnia az utat. De egyvalamire azért már most is büszke: hogy a szívében felismeri a fényességet, ami élete legsötétebb időszakaiban lámpásként segített megtalálni a hazafelé vezető utat. Talán, ha a többi ember is arra összpontosítana, hogy megtalálja az ő kis fáklyáját, a benne lévő fényességet, sikerülne elkerülniük azt a rengeteg csapdát, mely életük során elébük kerül. Talán akkor nem süllyednének le az állatok szintjére.

– Mit csinál, kedvesem? Jöjjön, kész a reggeli!

– Ne haragudjon, elmerengtem egy kicsit.

– Miért nem csodálkozom ezen? Végre egy nő, aki gondolkodik is időnként. Jöjjön, facsartam friss narancslevet, és készítettem gyümölcssalátát.

– Egyszerűen tökéletes.

– Kávét parancsol?

– Nem, köszönöm, soha nem iszom kávét. Meggyőződésem, hogy a kávé ráncosítja a bőrt.

– Egy biztos, magának tükörsima a bőre. Letagadhatna legalább tíz évet a korából. Biztos vagyok benne, hogy a kávé elhagyása ehhez nem elég. Mi a titka?

– Rengeteg víz, sok gyümölcs, semmi kávé, minimális menynyiségű alkohol, és melatonin.

– Maga gyönyörű szép nő, ugye tudja? Már kora reggel ragyog, pedig semmi smink. Ne haragudjon, amiért kárt tettem a gyönyörű ruhájában, ígérem, kárpótolom érte.

– Semmi gond, van kabátom, majd abban megyek vissza a szállodába.

– Képes lenne egy kabátban hazamenni?

– Miért is ne? Hiszen tetőtől talpig eltakar, senki sem sejtheti, hogy nincs alatta semmi. Valahol még izgalmas is.

Viktor úgy érezte, hogy megtalálta álmai nőjét. Semmi hiszti, csupa báj és természetesség. És ott van még az a különös vonzerő, ami mágnesként vonzotta hozzá. Tamarában egyszerűen minden megvolt, amit keresett egy nőben. Minden!

– Most be kell szaladnom a klinikára, pár óra az egész, szeretném, ha megvárna, kérem! Aztán szeretném, ha beszélne egy kicsit a fiairól, nagyon érdekelne.

– Rendben, megvárom, végtére is egyedül vagyok itt Párizsban, nem sietek sehova. Bár, pár nap múlva haza fogok utazni a gyermekeimhez.

– Akkor pár óra és itt vagyok, aztán elmegyünk valami szép ruhát nézni, ehhez ragaszkodom! Addig pedig érezze magát otthon!

– Semmi gond, azt hiszem, menni fog.

Mikor egyedül maradt, körülnézett a konyhában, össze tud-e ütni valami ebédet. Meglepve tapasztalta, hogy Viktor konyhája milyen jól felszerelt. A hűtőszekrény tele volt finomabbnál finomabb falatokkal. Egy komplett japán menühöz is elegendő alapanyagot talált, sake, rizsecet, udon és mirin is volt a polcokon. Csirke teriyakit szeretett volna készíteni, az gyorsan elkészül és rendkívül finom. Közben arra gondolt, hogy Viktornak talán nincs rejtegetnivalója, máskülönben nem hagyta volna egyedül a lakásban. Ugyan átsuhant rajta, hogy alaposabban körbenézzen, de egyelőre elhessegette magától a gondolatot. Boldog volt Viktor mellett, de a kívülről táplált boldogság rabszolgává teszi az embert. És ha rabszolgává tesz, akkor azt miként lehet boldogságnak nevezni?

Érezte, hogy függőségben fog élni az orvos mellett, belebizsergett, hogy szinte hallotta a bilincsek kattanását a csuklóján. Mégis meg akarta ízlelni ezt az állapotot. Soha egyetlen férfi sem volt képes megülni ezt a fekete kancát, mindig levetette a hátáról a próbálkozókat. Most viszont ő akarta, hogy végre betörjék. Máskülönben soha nem lehet szabad. Mindig az igazságot kereste, vágyott utána, szomjazta az igazságot. Megvetette a világi dolgokat. De miként vethette meg, amikor még nem lépte túl az emberi szintet? Valójában egyetlen dolgon nem volt képes túllépni, és ez a szex volt. Kívülállóként kezelte. Állatias dolognak tartotta, amit szánalmasnak talált. Játszott a férfiakkal. Kísérletezett velük.

De most itt van Viktor, aki felnyitotta a szemét. Át kell adnia magát az élvezeteknek ahhoz, hogy utóbb tiszta szívből megvethesse a kéjt. Elege lett már a kimértségből, az álszentségből. Meg kell tudnia, hogy mitől olyan ellenállhatatlan, mitől olyan szédítő és kábító érzés, miért áldozzák fel emberek az egész életüket ennek az erőnek? Máskülönben soha nem tud megszabadulni a földi rabságtól. Ez lesz az utolsó bevetése, utána révbe ér. Feltéve, ha túléli. De hát ő mindent túlél, egy örök túlélő. Embernek lenni nem egy állapot, azzá meg kell érni, az egy folyamat. Olyan, mint egy gyümölcs a fán. Időre van szüksége, míg beérik, míg ehető lesz. Amennyiben hiányzik a vágy, hogy túllépj önmagadon, hogy tudatossá válj, nem nevezheted embernek magad!

Határtalan béke és nyugalom. Érzései szerint minden emberi lény erre vágyik. És mivel nem találja, ezért különböző pótszerekkel próbálja magát elvarázsolni. Ha valaki ismeri a nő gyötrelmekkel, szörnyű traumákkal terhelt életét, egész biztosan nem érti, hogy miként maradhatott békés és nyugodt. A kulcsszó nem más, mint az elfogadás. Igen, a lehető legegyszerűbb, immár kétezer éves, tiszta forrásból, a Miatyánkból nyilvánvalót, a *legyen meg a te akaratod*-at.

Jó pár évnek kellett eltelnie ahhoz, hogy valóban megértse ezt a mondatot.

Ma már nem tesz fel felesleges kérdéseket, egyszerűen csak teszi a dolgát, Végül is nap nap után felkiálthatna az égbe és számon kérhetné a Teremtőt: – Miért, Uram, miért róttál rám ennyi határtalan és véget nem érő terhet? Miért?

De a kérdés maga ostoba lenne, hisz' mégis ki ő, hogy kérdőre vonja az Urat?

„A Teremtőt elfogadtam, mint alkotót, mint Urát az egész Univerzumnak. Elfogadom azt is, hogy én is egy apró része vagyok a nagy egésznek."

Csupán egy porszem a sivatagból, ami egy szép napon eggyé válhat a határtalan, véget nem érő dűnékkel.

Szeretné megtapasztalni a végtelen lét érzését, de hogy ebben része lehessen, keményen meg kell dolgoznia. Most éppen azt teszi, kőkeményen dolgozik. Tudja, érzi, hogy mi is a feladata. Fejlődni semmittevéssel képtelenség, aki azt hiszi, hogy lehetséges, hatalmasat téved. Ez a gyengék dumája, a rabszolgáké, akik igába hajtják a fejüket és szótlanul teszik a dolgukat. Szíve joga mindenkinek azt hinni, amit szeretne. Tamara számára azonban a hit által vezérelt út végigjárása az, amely elvezet a mindenségbe. Aztán majd odafent kiderül, hogy kinek is volt igaza.

Az örök kérdezőknek, békétleneknek, nyughatatlanoknak, vagy a békés, befogadó, elfogadó embereknek?

„Elfogadás, ez az alfája és ómegája mindennek. Ha sérültnek születsz, ha betegnek, ha olyan élethelyzetben találod magad, melyért nem te vagy a hibás, ha elveszted a gyermeked, el kell fogadnod az adott helyzetet, nem kérdezgetni, elégedetlenkedni, lázadozni, mert azt az utat már jól ismerem, hisz' jártam rajta. Az eredményt egy hasonlattal tudnám elétek tárni. Adott egy virágzó, idilli kert, melyben harmónia, melegség, csend és nyugalom járja át lelkedet, majd egyik pillanatról a másikra a szikrázó napfényben úszó kék eget beborítják a sötét, fekete felhők. Hirtelen elered az eső, villámlik és dörög az ég. Igazi égiháború van kibontakozóban. Az orkán erejű szélvihar kerted minden növényét megtépázza, a tömérdek víz, mely az égből egyre csak szakad, az összes, még a legapróbb kis virágokat is kimossa a földből. A csodás színekben pompázó pillangók is eltűntek. A madárcsicsergést felváltja a halál madarának, a kuviknak hangja. Már nyoma sincs az egykoron varázslatos helynek. Semmit sem értesz, a szemed láttára veszett oda minden, többek között te is. Elvesztetted önmagad, a hitedet, a reményt.

Kétségbeesel, megrémülsz, már nem tudod, ki is vagy valójában. Egyik pillanatról a másikra megnyílik a föld alattad, és te hirtelen egy mély üregben találod magad. Próbálsz segítségért kiáltani, de mindhiába, hisz' torkodat a hang el nem hagyhatja. Csendben tátogsz. Itt most valamit nagyon elcsesztél, mert túl sokat kérdeztél. S a hang szólt: »Ember, most eljött a pillanat, hogy megtanuld a leckét.«

A kezedben van a lehetőség, hogy kimászol a gödörből, vagy egy életen át fetrengsz a sárban. Te döntöd el, hiszen megillet a szabad akarat. Én kimásztam, igaz, rengetegszer visszazuhantam a mélybe, miközben a fény felé törekedtem. Aztán újra megráztam magam, mély levegőt vettem és ismét megpróbáltam, aztán újra és újra és újra.

Mígnem egyszer csak azon kaptam magam, hogy egy hatalmas, virágzó rét közepén fekszem és látom a kék eget fölöttem. Hallom a madarakat, látom a szitakötők gyönyörű nászát.

– Sikerült! – kiáltottam akkor torkom szakadtából a végtelenbe. Tüdőmet átjárta a friss levegő. Végre újra azt éreztem, hogy élek, és ezzel együtt megismertem egy új, számomra eddig ismeretlen érzést: hogy szabad vagyok! Sikerült végre megtanulnom a leckét. A leckét, mely nem más, mint maga az elfogadás."

Tamara talán még önmagának sem vallotta be, de olyan elemi erővel kavarta fel lelkét a Viktorral történő megismerkedés és testi-lelki intim közelségbe kerülés, hogy olyan mélységű összefüggéseket vélt felismerni, mint korábban még sohasem. Majd belső monológja a spiritualitásról, az élet céljának megfejtéséről, a halhatatlanságról, annak valódi értelméről az anyagiakkal kapcsolatos hitelveinek az összefoglalása irányába tolódott:

„A pénz önmagában nem tesz boldoggá. Ez igaz, bár nekem nagyon jó a kapcsolatom a pénzzel, kimondom, nem szégyellem, hogy igenis szeretem. Igaz, hogy egyelőre nincs belőle annyi, hogy elégedett legyek, de ez nem befolyásolja a boldogsági szintemet, hisz' a valódi, igaz értékeket a szívünkben hordozzuk, és halálunk napján – kétség sem fér hozzá – a pénzünket nem vihetjük magunkkal, kizárólag csak azon értékeket, melyek szívünkben halmoztunk fel. Így e szent pillanatban kijelenthetem, ha most meghalnék, dúsgazdag emberként távoznék az élők sorából! Ilyen szemszögből nem is olyan rossz az életem, hiszen az élet bankjában meglehetősen vaskos bankszámlával rendelkezem. Lássuk be, valójában csak ez számít!"

Majd feltárta önmaga előtt, mi, pontosabban ki váltotta ki belőle e magvas összefüggések felismerését:

„Érdekes, hiányzik Viktor. Néhány napja ismerem még csak, de vágyom utána. Hiányzik az érintése, a csókjai, bár ez időnként kissé gyanús. Behunyom a szemem és lüktetni kezd bennem a vágy, életre kelnek bennem a primitív állati ösztönök. Egy biztos: számomra ez egy új módja az igazság megtapasztalásának. Ezelőtt racionálisan, tiszta logika útján döntöttem el, hogy mi a helyes. Most ez a kapcsolat teljesen új megvilágításba helyezi a dolgokat. Különös érzés kerít hatalmába, ha rá gondolok. Az életfilozófiája az, amivel egyetértek, annyira magaménak érzem, úgy gondolom, hogy az én igazságom is, holott korábban homlokegyenest ellenkező elveket vallottam. Ez most nem az elmém szüleménye, hanem a szívem szava. Persze időnként elbizonytalanodom, de ez természetes. Ez most egy merőben új módja az igazság megtapasztalásának. Hát kipróbálom. Felnézek Viktorra. Számomra elengedhetetlen része egy kapcsolatnak, hogy a szívemmel-testemmel-zsigereimmel kiválasztott férfira fel tudjak nézni. Egyetlen dolgot viszont soha nem fogok megengedni neki, mégpedig, hogy megalázzon. Volt egyszer egy fiú az életemben, aki mellett megtanultam, mi az igazi szenvedés.

A tiszteletet, szeretetet, alázatot csak könyvből ismerte. Szívemből átkozom azt a napot, amikor megismertem. Felfordul a gyomrom, ha rá gondolok. Kihasznált testileg, lelkileg, anyagilag. Szeretett a nőkön élősködni. Mennyire gusztustalan, amikor egy férfi kihasznál egy nőt! Persze fordítva is az, de mégis, valahogy más az íze a két dolognak. Örülök neki, hogy belépett az életembe Viktor. Bár meglepő módon rossz érzésem van, valahogy nem kerek a történet, valami nem tiszta, valami nyugtalanít, és ez nem jó előjel.

Ellenben milyen kedves, finom, lelki mélységgel és tartalommal bíró férfinak tűnt William. Azt hiszem, hogy ő meggyőződésből és bölcsességből szereti az élet apró és nagyobbacska örömeit. Amikor egymás szemébe néztünk, egy pillanatra úgy éreztem, mintha szavak nélkül is megértenénk egymást. Persze lehet, hogy mindezt csak beképzeltem. A vacsora közben szerettem volna megsimogatni az arcát, anyai érzéseim támadtak irányában.

Remélem, lesz még alkalmam találkozni vele. Talán Viktor telefonjából kiírhatnám a számát. Igen, ezt fogom tenni. Biztosan érzem, tudom, hogy találkoznom kell még valahol, valamikor Williammel."

Lánya telefonhívása zökkentette vissza a jelenbe.

– Szia, mama!

– Szia, drágám! Mi újság? Hogy vagy, Alice?

– Mostanában nem jól.

– Hogy érted ezt? Mi történt? Lelki gond? Konstantinnal kapcsolatos? Mondtad, hogy amióta abbahagyta az antidepresszáns szedését, gondjai vannak.

– Nem, mami, nem ilyen jellegű.

– Ne csigázz tovább, kincsem, mondd már, hogy mi a bajod!

– Mostanában gyakran vagyok levert, sokszor nehezemre esik felmenni az emeletre, szokatlanul gyenge vagyok. Sokszor verejtékezem.

– Lehet, hogy lappang benned valami. Szedsz vitaminokat?

– Persze, mami, tudod jól, hogy mindenféle vitamint szedek.

– Rendesen eszel? Még mindig olyan nyüzüge vagy?

– Kérlek, hagyd már ezt abba, tudod, hogy ezzel mindig felkúrod az agyam!

– Jól van, csak próbálok banális dolgokra gondolni. Akkor viszont menj el kivizsgálásra, először egy teljes laborvizsgálatra, utána pedig kardiológushoz, az időnként nem árthat.

– Rendben, mama.

– De ne csak ígérd, kincsem!

– Elmegyek, komolyan, de most valójában nem ez köti le a figyelmemet.

– Hanem?

– Konstantin kitalálta, hogy menjünk el Spanyolországba egy lélektisztító zarándokútra.

– Ez jól hangzik, nekem bejön.

– Nekem is, csak egy kicsit nehezemre esik, mert a túra előtt három héttel kötelező tisztítókúrázni, ami abból áll, hogy semmilyen állati eredetű dolgot nem szabad enni, kizárólag csak gabonát, zöldséget, gyümölcsöt, olajos magvakat.

– De hát ez klassz, vegán diéta.

– Szuper, ja, de most se cigizni, se kávézni nem lehet, szóval szenvedek, akár egy kutya.

– Azt mondjuk, elhiszem, de nézd a jó oldalát, most talán sikerül letenni azt a kurva cigarettát. Szexelni sem lehet?

– Persze hogy nem, de ez most tudod, hogy amúgy sincs napirenden nálunk.

– Gondolom, rendesen megviseli Konstantint.

– Ne is mondd, engem is.

– Elhiszem, de tudod, hogy nekem sem volt évekig szexuális kapcsolatom.

– Ja, ismerem a sztorit és kicsit szánalmas is, hiszen szuper jó nő vagy, mama. Nincs olyan férfi, akinek ne állna fel a farka rád.

– Tudom, szívem, de neki így könnyebb volt elfogadni, hogy engem hibáztat, én meg ráhagytam, mert tudtam, én vagyok a bölcsebb.

– Konstantin viszont épp azon dolgozik, hogy elhagyjon.

– Ne viccelj már, ez meg hogy lehet?

– Azt ecsetelgeti, hogy szeretne egyedül lenni, hogy amióta az eszét tudja, kapcsolatban élt, és most kíváncsi az igazi Konstantinra, és hogy a szex számára nem olyan fontos.

– Ezt azért te sem hiszed el, ugye?

– De, valójában nekem is jobb lenne egy kicsit egyedül, vagy talán mással.

– Mással? Ne csigázz, mesélj.

– Egy modell srác rám írt a napokban, ami döbbenet, a klónja lehetne, csak vörös hajjal.

– Hm. A vörös pasik tüzesek az ágyban.

– Nem tudom, de elképesztő a hasonlóság, mintha ikrek lennének. A kérdés már csak az, hogy akarok-e egy olyan pasit, akire ha ránézek, ő jut az eszembe, hisz' nagyon szerettem. De valahogy lehúztuk egymást. Mindketten depresszióra hajlamosak voltunk, az igaz ideális depis pár, röhögtek is a barátaink rajtunk.

– De azt ugye nem hiszed el, hogy már nem szeret? Biztos vagyok abban, hogy mindennél jobban imád, csak az egója most keresi a kiutat ebből a baromi kínos szituációból.

– Biztos így van, Mam, de a lényegen mit sem változtat, hogy be akarja fejezni.

– De akkor most nem is értem ezt a közös utazást.

– Mindketten akartuk már régóta, ki tudja, mit hoz.

– Ez igaz, most ne stresszeld magad, koncentrálj az *itt és mostra*. Készülj az útra és lelkileg gazdagodj belőle, aztán majd meglátjátok.

– Igen, ezt fogom tenni. Tudod, olyan rossz passzban vagyok a rosszul elsült hawaii utam miatt, annyira szar érzés, hogy elbasztam, pedig mindenki mondta, hogy bármit mondhatok, csak azt nem, hogy work, erre én, idióta, azt mondtam. Hogy lehetek ekkora lúzer, mondd?

– Ne butáskodj, szívem, én is beszartam volna, ha egy fináncz rám ordít, ez szerintem teljesen természetes reakció.

– De Mam, borzasztó volt, kihallgattak, ordított velem végig az a paraszt, én meg reszkettem és sírtam, úgy be voltam szarva. Aztán levetkőztettek meztelenre, sárga rabruhát kaptam és bezártak a börtönbe, igazi bűnözők közé. Ha nem adtad volna utazás előtt azt a nyugtatót, amit aztán az orromba dugtam és úgy csempésztem be a cellába, komolyan mondom, meghülyültem volna. 48 órája nem ettem, és nem is adtak semmit. Tudod, úgy indultam útnak, hogy meg voltam fázva, volt nálam Coldrex, kértem egy pohár forró vizet, hogy megihassam, azt sem adtak, mondván, nem tudják, mi ez. Pedig magyaráztam nekik, hogy cold, úgy, mint hideg, de mégsem fogták fel az okos amerikaiak.

– Baszki, ez durva.

– Sőt még másnap sem, amikor két rendőr felkísért a repülőre, könyörögtem nekik, hogy hadd vegyek egy szendvicset és egy vizet, mert két napja nem ettem és nem ittam, nem engedték. Amíg élek, nem felejtem el.

– Jaj, egyetlenem, ne is mondd, életem legszörnyűbb két napja volt, azt hittem megőrülök, borzasztó érzés volt megélni a tehetetlenséget, hogy nem tudok segíteni neked. De örülök neki, hogy nem tudtam a részleteket, mert az maga lett volna a téboly. Annyira féltettelek, egész éjszaka nem aludtam.

– Ne rágd magad, te is tudod, hogy semmi sincs véletlenül. Nyilván nem kellett volna, hogy arra a szigetre menj önkénteskedni, lehet, hogy egyszer majd hálásak leszünk annak a parasztnak.

– Tudom, én is ezzel nyugtatom magam.

– Akkor most irány Spanyolország, legalább egy kicsit feltöltöd magad D-vitaminnal. Megtisztítod a lelked, és újult erővel folytatod az évet.

– Igen, így lesz. Szóval ne aggódj, biztos, hogy ezek elvonási tünetek. Tudod, időnként füvezünk és LSD-zünk.

– Akkor egész biztosan az, de ezt tudod, hogy nem szeretem még hallani sem.

– Nagyon szeretlek, Mam.

– Én is, kincsem, vigyázz magadra és azonnal hívj, ha van valami. Vagy csak úgy, mert eszedbe jutottam. De várj még, pontosan hova is mentek, tudod, ha bármi történne, megtaláljalak.

– Mama, ez annyira beteg, miért aggódsz folyton?

– Majd megtudod, ha lesznek gyermekeid.

– Granadába, Spanyolország déli részére.

– És ez valójában valami szertartás?

– Igen, Mam, ha jól tudom, valami gyógynövény levét fogjuk inni, ami segít kioldani a bennünk levő érzelmi blokkokat, serkenti a bennünk levő született gyógyító energiát, a *magasabb én*t és az anyatermészetet. Ha jól tudom, sámán is jelen lesz. Maga a szertartás Amoraleziában, egy kis vegetáriánus közösségben lesz, olajfák között, az Orgiva-völgyre néző hegyeken.

– Jól hangzik, már a helyszín is csábító.

– Mi a neve ennek a növénynek, nem tudod?

– Ayahuasca.

– És ez nem okozhat semmi gondot? Láttam már ilyen dokumentumfilmet, ami nagyon kemény szertartásról adott hiteles betekintést. A riporter részt vett benne.

– Az egyik a Masau gyümölcs, aminek befelé fordító hatása van, feltárja az igazságot. A másik az iboga növény, ezt beavatási szertartásoknál használják, mert feltárja a tudatalattit. Úgy tartják, hogy ha az Ibogát varázsló kapja, meghal. Amúgy keserű és büdös is, ezért nehéz lenyelni.

– Elég bizarrul hangzik.

– Igen, a film is az volt, én nem mertem volna bevállalni. Mielőtt megkapod a mézzel átitatott iboga levelet, meg kell tűvel szúrni a nyelved. Gondolom, hogy bekerüljön a véráramba. Állítólag komoly heroinfüggőket lehet vele gyógyítani.

– Ezt a mi gyógynövényünkről is mondták.

– Miután magadhoz vetted ezt az ibogát, 6 óra múlva émelyegsz és hányni kezdesz, a véredben mintha tűz lobbanna lángra, a vérnyomásod zuhanni kezd, úgy érzed, mindjárt

meghalsz. Közben este lett. Ismét enned kell belőle, amitől újra
hánysz.

– Jézusom, elég brutális.

– Az, én nem biztos, hogy belementem volna merő kíváncsiságból.

– Meséld, érdekel.

– Közben hajnalodik, kilépsz a testedből, gyermeki emlékek
törnek fel, fényeket, formákat látsz. Hirtelen mások tudatával
találkozol, és átérzed azt, amit ők. Élénk, felkavaró és megalázó élmény. Az egész Földet és az összes élőlényt egynek láttad.
Mások szemével látod azt, amit tettél velük és átérzed azt, amit
ők az adott szituációban.

– Hú, az kemény.

– 24 óra múlva következik a második szertartás. Vízbe áztatott levelekkel mosdatnak meg a folyóban. Szó szerint újjászületsz. Legyőzhetetlennek érzed magad, érzed az egész falu szeretetét. Este újra iboga levelet kell enned. Majd táncolnod kell.

– Azt szeretek.

– Estére teljesen összezavarodsz. Most jönnek a valódi látomások. Alakokat, színeket, szent tudást kapsz. Most már valóban újjászületsz, ha fiú vagy, férfivá, ha lány, akkor pedig immár nővé leszel.

– Hát, ezek után nem is csodálom.

– Kemény, az már biztos. Azt mondta a pasi, hogy nagyon
felkavaró élmény, minden rossz, amit valaha tett, előjött. Látta, amint minden tettnek következménye volt, látta, hogy minden összefügg mindennel.

– Au, hát a miénk azért nem lesz ennyire komoly, valószínű
nem is bírnám.

– Biztos hasznos lesz, hisz' nincs olyan emberi lény, akinek
ne lennének lelki sérülései.

– De van, találkoztam eggyel. 56 évesen kijelentette, hogy
neki nincs semmilyen lelki problémája. Mondtam is neki, ember, már egy hatéves gyereknek is van!

Én még ilyen tagadásban élő emberrel soha életemben nem
találkoztam, pedig, ha valakinek, neki aztán bőven van lelki

problémája. Más sem volt. Már a gyerekkorában is szerzett jó néhányat, hisz' az anyja kiskorától kezdve hajtotta, mint a lovat, nem is volt gyerekkora, szeretetet alig kapott, de cserébe rengeteg diplomát szerzett élete során. Érzelmeit képtelen megélni, steril az egész pasi, mondanom sem kell, hogy hasonló feleséget választott magának, a gyerekei is ilyenek lettek: okosak, de érzelmileg defektesek. Kizárólag a bal agyféltekéjük fejlődött, a jobb oldal, ami az érzelmekért felelős, elsorvadt. Próbáltam segíteni, felnyitni a szemét, de nem engedte, hogy segítsek, teljesen elutasított. Kitartottam egy ideig, aztán megelégeltem a dolgot, mert ezzel a ridegségével teljesen lehúzott engem is. Nekem ez a közeg a halálom. A szememben ő egy élő halott volt, nem élt. Az pedig, hogy elhiszi magáról, hogy neki nincsenek lelki gondjai, az volt a non plus ultra.

– Amikor ezt kimondta, már ezzel igazolta, hogy van neki bőven.

– Hát ez az, de tagadásban él, hát tegye, de engem hagyjon ki ebből a beteg játékból.

– Ez valóban elég betegnek hangzott.

– Igen, több diplomás intelligens ember, aki sohasem volt képes belátni, ha hibázott, soha nem tudott bocsánatot kérni. Képtelen volt az alázatra. Mindig megsértődött.

– Mit csinált, pasi létére megsértődött?

– Ja, aztán egyszer tudattam vele, hogy a vallás mit tart az ilyen emberről! Óvakodjál a kicsinyességtől, ingerlékenységtől és túlzott érzékenységtől. A túlzott érzékenység nem egyéb, mint durva érzéketlenség mások iránt. Persze ő finom lelkűnek és jó embernek hitte magát. Ne is beszéljünk róla, soha életemben ennyire még nem ismertem félre senkit. De ebben nagyon jó volt, tökéletes képet kialakítani magáról. Aztán elég volt egy konfliktus, és a finom ember már a múlté volt, egyik pillanatról a másikra szó szerint gonosz lett. Hosszú éveken át nem ért hozzám, teljesen a sárba tiporta a nőiességemet. Én hülye meg mindvégig hűségesen vártam, hátha rendbe jön. Felsőbbrendűnek képzelte magát szerencsétlen, pedig a poros nyomomba sem ért emberileg.

– Erre mondják, hogy kirakatember?

– Pontosan. Ő az volt. Mindenkit félrevezetett, de leginkább magát csapta be. Sajnálom, hogy nem igényelte a kezet, amit folyamatosan nyújtottam felé. Nagyon szerettem, de nem hagyta, nem akarta, nem kellettem neki. Ne is beszéljünk róla, mert ma is fáj, ha eszembe jut, mert annyira szerettem volna megélni vele a tökéletes párkapcsolatot. De hiába akarsz valamit, ha a másik nem akarja, hisz' ez egy társasjáték. Sokáig tartott, míg végleg kiábrándultam belőle, és végre ki tudtam lépni a beteg aurájából. De aztán minden megváltozott egy szempillantás alatt. Elmúltak a pánikrohamaim, kezdtem napról napra egyre jobban érezni magam.

Felébredtem és újra láttam magam a tükörben, mert mellette már egy senkinek láttam magam. Annyi gondja és baja volt önmagával, hogy inkább lehúzott engem is, hogy ő jobban érezze magát.

– Akkor jobban jártál, hogy befejezted.

– Nem tudom, kicsim, mert szerettem. Tényleg, tiszta szívemből, őszintén sajnálom, hogy ennyire megkeseredett ember lett belőle.

– Akinek semmi lelki gondja, ugyebár?

– Igen, neki, akinek semmi lelki gondja. Egyszer le is kispicsázott.

– Mi van, ha odamegyek, és jól szájon baszom?!

– Na. Én is meglepődtem, a nagy intelligens, finom ember, aztán az öklét az arcomba nyomta, majd fenyegetődzött, hogy ha eddig nem volt nehéz az életem, majd gondoskodik róla, hogy az legyen.

– Jesszusom, Mam, milyen ember az ilyen, aki ilyeneket mond egy három vak gyermeket nevelő édesanyának?

– Én is ezt mondtam neki, felvetettem, hogy ha valaki ezt a tulajdon anyjával csinálja, mégis mit tenne. De nem kért bocsánatot, sőt mi több, még neki állt feljebb, ő sértődött meg.

– Mam, már kínomban röhögök, ez komoly, ő sértődött meg?

– Aha, ez volt az utolsó csepp ama bizonyos pohárban, akkor már láttam, hogy ki is ő valójában. Persze azzal védekezett, hogy kihozom belőle. Mondtam neki, el kell, hogy keserítselek, de csak azt lehet kihozni, ami ott van, maximum elfojtod. Velem bármit tehetett volna, akkor sem leszek gonosz, agresszív, hisztis ordibálós, törős-zúzós picsa, mert nem vagyok az. Egy őszinte, valóban tiszta ember a kritikus szituációkban is ugyanúgy viselkedik, mint általában, nem tud túl nagy meglepetést okozni.

– Te Mam, nem az ilyen palikra mondják, hogy pszichopata?

– De, sajnos igen, valójában jó ember volt ő, csak valahogy, nem is tudom, végül is lelkileg beteg volt, ennyi, de most már tényleg lezárom ezt a sztorit, rossz még rágondolni is. Egy biztos: a finom, intelligens úriember elérte, hogy féltem tőle, nem bíztam már meg benne. Szörnyű volt megélni, hogy a társad mellett nem lehetsz gyenge, nem mutathatod ki, hogy elfáradtál, belefáradtál az életbe.

– Azért az kemény, megjátszani magadat!

– Most koncentráljunk a te utadra, kívánom, hogy a lehető legtöbbet profitálj belőle. Ha megjössz, kérem az élménybeszámolót!

– Jól van, Mam, megkapod.

– Lehet, hogy ott rendbe jön Konstantin férfiassága is.

– Bármi lehetséges, majd meglátjuk.

5. FEJEZET

– Halló, itt Viktor.

– Szia, itt Borisz. Tudunk egy óra múlva találkozni az irodádban?

– Hogyne, épp bent vagyok.

– Akkor egy óra múlva.

– Rendben, várlak.

– Szép napot, foglalj helyet.

– Na, mesélj, Viktor, megtaláltad a nőt?

– Már amúgy is hívni akartalak ez ügyben, igen megtaláltam. Sőt!

– Sőt! Mit jelentsen ez a kaján vigyor a képeden?

– Nyugi, majd mindent szép sorjában elmesélek, de a lényeg: igen, megtaláltam

– A gyerekek? Stimmelnek? És a munkája is?

– Természetesen.

– Megtudtál már róluk valamit?

– Nem, még nem, a hölgy kicsit nehezen nyílik meg, de jól haladok.

– Tudod, hogy szorít az idő.

– Tudom jól, de elő kell készítenem a terepet. Időnként komolyan mondom, sajnálom már szegénykét. Olyan ártatlan, jó lelkű teremtés. Elhitte, hogy ő életem asszonya! Pedig, ha tudná, hogy szinte napi szinten hány hozzá hasonló szép nővel van dolgom? Igaz, ellentétben velük, neki a lelke is valóban szép. Ami igencsak ritka manapság!

– Akkor nincs ellenedre a munka?

– Ellenkezőleg. Ha ismernéd, megértenéd. Álomszép, vannak eredeti gondolatai, nem üresfejű. Szóval, nemcsak a munka kedvemre való, hanem a nő is! Megyek is, mert megígértem neki, hogy pár óra múlva otthon vagyok.

– Nálad van?

– Mégis mit gondoltál? Mondtam már, hogy rajta vagyok az ügyön. Keményen dolgozom, éjjel-nappal.

– Apropó, az egészségügy-miniszter telefonált már?

– Még tegnap, azért is mondtam, hogy sietnünk kell, mert kifutunk az időből.

– Jó, ha kifutunk, hát kifutunk. Az ajánlatunk nem mindennapi.

– Mint ahogy az ötleted sem. Mikor pattant ki ez a beteg, de egyben zseniális ötlet a fejedből haver?

– Véletlen, tudod, hogy kefélgetem Sharont, a pszichológusnőt.

– És mi a kapcsolat?

– Egyik este a rendelőjében voltunk. Amikor bement a mosdóba, hogy rendbe szedje magát, az asztalán felejtett dossziéba beleolvastam. Érdekesnek találtam, gyorsan lefénymásoltam. Akkor jött az ötlet.

– Barátom, nem vagy semmi.

– Megyek, sietek, tudod, várnak már otthon.

– Otthon, édes otthon. Na, menj, siess!

Tamara megrezzent, valami furcsa zajt hallott. Megjött Viktor. Úgy futott elé, mint egy kislány az apja érkezésekor. Nyakába ugrott és szorosan hozzábújt. Meg is lepődött még saját magán is, hisz' soha életében nem tett még ilyet. Gondolatban mindig megtette, de a való életben még nem volt rá példa.

– Már annyira hiányoztál – mondta.

– Édes vagy. Csak nem főztél nekem?

– De igen. Megleptelek egy csirke teriyakival.

– Isteni, életemben először kifogtam egy olyan nőt, aki főz nekem. Hihetetlen. Megyek kezet mosni, és ehetünk is. Apropó, ezt neked hoztam! – A kabátja alól egy nagy csokor fehér kálát varázsolt elő.

– Olyan, mint te, tiszta és gyönyörű!

– Drága vagy, ez az egyik kedvencem!

– Legközelebb megleplek a másikkal is!

– Honnan tudod, hogy melyik az?

– Én mindent tudok rólad, kedvesem!

Ezt vajon miért mondja? Nem tudhat rólam semmit. Mindent tud rólam. De honnan? Olyan, mintha felkészült volna belőlem, mintha mindent a kedvem szerint csinálna. Hát persze, most jöttem csak rá… Híres orvos, nem nagy művészet utánanézni, hogy jártam-e pszichológusnál. Manapság ki nem jár? Nyilván ismeri az orvosom, ezek egymás közt mindent kibeszélnek. Biztos látta a dossziémat. Ez a férfi akar tőlem valamit, nem véletlen volt a találkozásunk. Á, megint kezdem, mindig képzelődöm, fantáziálok. Túl élénk a fantáziám. Jobb, ha leállok. Rengeteg kapcsolatomat tettem már tönkre azzal, hogy kitaláltam egy történetet, aminek semmi köze nem volt a valósághoz – csapongtak Tamara gondolatai, majd kíváncsiságát leplezve a főztjére terelte a témát.

– Na, milyen a teriyaki?

– Mennyei, istenien tud főzni, legalábbis ezt biztosan. Min mosolyog?

– Hogy egyszer magázódunk, majd tegeződünk. De semmi baj. Olyan érzésem van, mintha régóta ismernénk már egymást. Vannak barátai? Williamen kívül?

– William nem a barátom. Ő csak egy kellemes ember a sok közül, időnként jó társaság, de valójában irritál az örökös udvariassága.

– Á, ez most meglepett.

– A szó klasszikus értelmében nincsenek barátaim. Nem szeretem az embereket. Élő halottak. Gépiesen teszik a dolgaikat, nincsenek érzéseik, nincsenek erkölcseik, nem tudják, mi az empátia, alázat, becsület, szeretet. Nem tudják, mi az élet.

Tamarának még a szája is tátva maradt, hisz’ ő ugyanezt gondolta, de még sosem hallotta egy másik embertől, pláne nem egy sikeres, sármos férfi szájából.

– Meglepett, amit az imént mondott, hiszen megismerkedésünk napján még azt mondta, hogy szereti az éjszakai életet.

– Az még nem azt jelenti, hogy vannak barátaim. Az emberek ostobák. Tudatlanságukat tudásnak vélik. Olyan alapvető dolgokkal sincsenek tisztában, hogy mit is jelent valójában embernek lenni. Azt hiszik, hogy ők az evolúció csúcsa, miközben ostobábbak egy majomnál. Megszületnek, és számukra ezzel le is záródott a történet. Fel sem merül bennük a kérdés, hogy honnan jöttek és hová tartanak? Az összes templomot fel kellene gyújtani. Istent nem ott kell keresni, hanem idebent a szívünkben. Nem attól leszünk hívők, hogy imádkozunk, hanem ha úgy élünk, úgy beszélünk, úgy cselekszünk, ahogy az meg vagyon írva. Szeretettel, alázattal, empátiával, becsülettel. De mit is beszélek én itt a szeretetről, amikor még azt sem tudják az emberek, hogy mit is jelent ez a szó valójában? Az emberek többsége úgy éli le az életét, hogy soha nem szeretett senkit és semmit.

– Most teljesen letaglóztál az előbbi kis monológoddal, szóhoz sem tudok jutni.

S még azt gondoltam róla, hogy valami rosszban sántikál – gondolta Tamara.

Persze, hogy meglepődtél, hisz' pontosan azt mondtam, amit hallani szerettél volna – gondolta Viktor, majd hangosan folytatta:

– Gyere ide hozzám, ülj az ölembe, kérlek. Tudod mi az, ami megfogott benned? A gyermeki ártatlanságod, amivel a világot szemléled. Le sem tagadhatnád. Sugárzol ettől a naivságtól. Nagyon ritka és kivételes nő vagy, Tamara. Te soha sem fogsz megöregedni, mert a szívedben örökké gyermek tudtál maradni, egy ártatlan kislány, egy angyali gyermek. Kérdésedre válaszolva, haverokra sincs szükségem. Üres időtöltés. Egyetlen értelmes gondolat sem születik egy ilyen este. Akkor meg minek?

– Szívemből beszélsz.

Karjaiba vette Tamarát és lefektette a puha gyapjúszőnyegre. Hosszú perceken keresztül csak csókolóztak, képtelenek voltak betelni egymással. Tamara úgy érezte, hogy végre összetalálkozott a két patak, és egy hatalmas zuhatagban eggyé váltak. Megszűntek külön létezni, testük összeforrt, és mint egy kitörő vulkán lávafolyamában, megsemmisültek egymás karjaiban. A *semmi* és a *minden* ebben a pillanatban magával ragadta. Hosszú perceken keresztül csak feküdtek, öntudatlanul, megrészegülve egymás csókjától.

– Tudod, Viktor, a halálomat épp ilyennek képzelem el.

– Akkor jó, mert én is. Lehet, hogy együtt fogunk meghalni?

– Néha olyan érzésem van, mintha ezeket komolyan gondolnád. Ez pedig kicsit megrémiszt.

– Ne butáskodj, csak vicceltem.

– Azt hiszem, ideje lenne felöltöznöm, csaknem egész nap a pizsidben fetrengek.

– És miért baj az? Felfedezni egy másik embert a legizgalmasabb dolog a világon, pláne az illető pizsamájában, nem gondolja? Tényleg, ha már itt tartunk, mi lenne, ha végre mesélne a gyermekeiről? Mint orvost, érdekelne a történetük.

– Tudja, nagyon ritkán beszélek róluk. Volt olyan kapcsolatom, ahol csak a lányomról beszéltem. Nehéz olyasvalamit az emberek elé tárni, amivel még talán saját magad sem néztél szembe.

– Mi történt velük?

– Röviden csak annyi, hogy mind a három fiam halmozottan sérülten jött a világra. A nagyobbik értelmileg erősen sérült, a középső kevésbé, a legkisebb csak vak, ahogy a testvérei is. A nagyobbik súlyosan epilepsziás, most már skizofrén is az egyik gyógyszertől. A középső autista, enyhén értelmi fogyatékos, de úgy született, hogy tudott zongorázni. A pici csupán világtalan, abszolút hallása van, szintén csodásan zongorázik, nagybőgőn is játszik, hét nyelven beszél folyékonyan, amolyan csodagyerek. Néhány perc eltéréssel jöttek a világra, eszerint sorolom be őket. De mivel nem egypetéjű ikrek, így nem is hasonlítanak egymásra. A lányom viszont csodaszép, intelligens nő, gyermekpszichológus lett. Talán a testvérei miatt. Igaz, vele is akadtak gondok, nehéz gyerekkora volt, sajnos időnként a kábítószer megkísértette.

– A középső fiad is egy zseni?

– Nem. Ha a zongorára gondolsz, az valóban egy csoda volt: úgy született, hogy tudott zongorázni. De mivel mondtam, hogy értelmileg egy kicsit ő is terhelt, így zsenialitásról esetükben szó sem lehet. De talán jobb is. Így mindketten boldogok és kiegyensúlyozottak, és ez a legfontosabb. Nem tesznek fel kérdéseket. Nekem az egyetlen dolgom, hogy kiszolgáljam, ellássam, szeressem őket, és ez így van jól. A pici már más történet, kezdettől fogva úgy fogalmazott, hogy „akarom", sosem mondta azt, hogy „szeretném". Egy ideig kijavítottam, aztán egy nap leesett, hogy neki van igaza. Aki akar, az el is éri a céljait, aki csak szeretne dolgokat, ritkán kapja meg. Azóta én is mindent akarok, és nem szeretnék, és képzeld, működik a dolog.

– Ez azért elég keményen hangzik. Mennyire önellátóak?

– A nagyobbik fiam elmegy vécére, de én törlöm ki a fenekét. Én fürdetem, borotválom, öltöztetem. Viszont tud egyedül enni. Amikor nyolcévesen szobatiszta lett, megköszöntem az Úrnak, hiszen egy ilyen ember gondozásakor ez a legkellemetlenebb feladat, tisztába tenni. A középső fiam szintén mindenben segítségre szorul, ugyanúgy, ahogy a nagy. A pici önálló, bár gyakran besegítek neki. Paramama voltam, amióta anya lettem. Röviden ennyi.

– Kérlek, mesélj bővebben erről! Soha nem gondoltad, hogy intézetbe add őket? Tönkreteszik az életed.

– Soha, ez fel sem merült bennem. Képtelen lennék reggelenként a tükörbe nézni. Nagyon szeretem őket így, ahogy vannak! A kis lelküket, ami patyolattiszta. Életem szerves részei. Sosem gondoltam arra, hogy mi lett volna, ha egészségesek. Az első pillanattól kezdve elfogadtam a sorsomat. Ahogy Nietzsche is mondta: „Amor fati!" Szeressük sorsunkat. Az első pillanattól fogva tettem a dolgom.

– Rögtön megtudtad, hogy sérültek?

– Viktor, kérlek! Így soha nem érek a történet végére. Kérdésedre válaszolva, nem. Szerencsére nem tudtam meg. Két hétig boldog tudatlanságban élhettem. Ambulanter szültem.

– Nem mondod, szülés után pár órával már kimentél a kórházból?

– Igen, ahogy mondod. Semmi kedvem sem volt bent feküdni a többi anyukával, akik egytől egyik nyavalyogtak. Véleményem szerint a szülés természetes dolog, nem kell túllihegni. Nézd meg a természeti népeket, a földeken dolgozva szülik meg a gyermeküket, nincs semmi jajgatás, kényeskedés. A szülést megelőző pár hétben olvastam egy könyvet, aminek a lényege az volt, hogy a kedves leendő mama mindenre gondol vajúdás közben, csak a babájára nem. Ez rengeteget segített abban, hogy gyorsan és komplikációmentesen szüljek.

– Ez érdekes gondolat, bár ikrek esetében elég felelőtlen dolog volt azonnal hazamennetek.

– Semmilyen komplikáció nem volt, kaptunk azonnal egy dadát. És bizony ám, érdekes gondolat és elgondolkodtam. Valóban, bele sem gondoltam az első gyermekem születésénél, hogy vajon min megy keresztül a kisbabám? Bele sem gondoltam, hogy neki sokkal megrázóbb, sokkal nehezebb, sokkal kellemetlenebb ez az egész folyamat, mint nekem. Miként lehetne belőlem jó anya, ha már a gyermekem világra jövetelekor is magammal vagyok elfoglalva? És tegyük a szívünkre a kezünket, igen kevés az olyan nő, akinek eszébe jut vajúdás közben a gyermeke. Nos, nekem az ikrek születésekor eszembe jutottak. Egyedül csak rájuk koncentráltam és arra, hogy minél előbb, minél gyorsabban megszülethessenek. És meg kell mondjam, annak ellenére, hogy hárman voltak, két óra alatt világra hoztam őket. Mondjuk az első gyermekemnél is igyekeztem gyorsan megszülni. Leguggoltam, és a gravitációt hívtam segítségül. A kislányom születését azért elmesélem, mert hihetetlen egy történet volt. Tudnod kell rólam, hogy nagyon szemérmes vagyok. Amikor megkezdődött a szülésem, bejött a doktornőm és megkérdezte: nem zavarja, ha bejönnek az orvostanhallgatók megnézni a szülését? Én bolond meg azt feleltem: – Nyugodtan, semmi gond.

Mire feleszméltem, tíz medikus figyelte árgus szemekkel szentélyem, természetesen ebből legalább nyolc fiú volt. „Édes Istenem, mit tettem?" – mondtam magamban, de akkor már késő volt, megindult a szülés. El sem fogod hinni, amit most mondok, de mosolyogtam szülés közben. Mindenre figyeltem. Magamra, arra, hogy miként nyomok, arra, hogy közben mosolyogjak, arra, hogy a közönség egy szép szülést lásson. Össze kellett szednem magam, hisz' gátvédelemmel szültünk, tehát az utolsó fejezet kissé elhúzódott. De én a végsőkig kitartottam. A végén odajött a doktornő és azt mondta: „Tamara, ezt fel kellett volna venni, és az egyetemeken oktatófilmként bemutatni, olyan szép szülés volt." A medikusok is odajöttek, igaz csak a fiúk, és ők is azt mondták: „Gratulálunk, mert ilyen szép szülést még sosem láttunk!" Hát, nem is fogtok – gondoltam magamban.

– Te aztán kemény nő vagy.

– Nem tudom, lehet. A fiaim mellett nem volt más választásom. Visszatérve az ikrekre, egészséges babaként kaptam meg őket. Egy csoda volt az a nap, egész éjszaka az ágyuk mellett ültem és csodáltam őket. Egyszerűen nem tudtam betelni a látvánnyal. Olyan földöntúli boldogságot éltem át, amihez foghatót azóta sem tapasztaltam meg! Elképzeltem, hogy milyen fantasztikus érzés lesz, amikor felnőtt férfiak lesznek, és mindegyik imádni, tisztelni, szeretni fogja az anyját. Leírhatatlan, mennyei érzés volt. Két hét múlva aztán darabokra hullott a mesebeli világom. A boldogság kék madara helyett egy dögkeselyű ült az ágyam szélén. A poklok pokla mennyország volt ahhoz képest, amit akkor éltem át! Fáradságnak semmi jele nem volt, pedig kemény napokat tudhattam magam mögött. A kislányom otthon volt. Sejtheted, egy pillanatig nem volt időm unatkozni, de még pihenni sem. De nem panaszkodtam, hisz' én akartam, hogy így legyen, ugyanis csak igen rövid ideig voltam hajlandó segítséget elfogadni. Sajnos a szoptatás örömeit soha nem ízlelhettem meg, hisz' egyik gyermekem sem akart szopni. Ciciztek, nyalogatták, elaludtak rajta, de dolgozni egyik sem akart a táplálékért. Én pedig, mint lelkiismeretes anya, fejtem, éjjel-nappal. Na, az kemény volt. Mire lefejtem, már etethettem is, és ez így ment hosszú hónapokon keresztül. Visszatérve a fiúkra, két hét után vettem csak észre, hogy a pupillájuk tükörszerűen csillog. Ha jól emlékszem, nem akartam tudomást venni róla. Azt mondtam magamban, csak képzelődöm, ez butaság. Aztán pár nap múlva, a férjem feltette a kérdést, mely úgy hatolt a szívembe, akár egy hegyes tőr: „Te még nem vetted észre, hogy valami baj van a fiúk szemével?" Hát hogyne vettem volna észre. És akkor, azon a téli napon összeomlott az egész életem. Amíg élek, nem felejtem el azt a napot. Akkor és ott valami meghalt bennem. Akkor és ott, azon a napon vége lett az addigi hétköznapjaimnak. Az ikrek születése előtt egy csoda volt az életem. Kimondhatatlan boldogságban éltünk a családommal. Szeretetben, harmóniában, megértésben. Minden tökéletes volt. De akkor, azon a napon a paradicsomi állapotnak egy szempillantás alatt vége lett. Képtelen voltam felfogni a történteket.

Azt hittem, hogy álmodom, és majd hamarosan felébredek belőle. Képtelen voltam elhinni, hogy mindez velem történik. Úgy érzetem, hogy erre nem leszek képes. A nagyobbikról tudnod kell, hogy nagyon nehéz gyerekkora volt. Sokat betegeskedett, nagyon súlyos epilepsziával és glaukómával született. Hihetetlen lassan fejlődött. Eleinte reménykedtem, hogy csak látássérült. Aztán ahogy teltek a hónapok, úgy derült fény az egyre több rendellenességre. Talán jobb is volt így, apránként. Nyolcéves koráig pelenkáztam, és akkorra tanult meg járni is. A szobatisztaságra végső elkeseredésemben tudtam rávenni. Egyik nap, amikor reggel bementem hozzá és ott feküdt nyakig kakisan, kiborult a bili. Azt sem tudtam, hogy hol kezdjem el rendbe tenni. Ő csak mosolygott, mindig mosolygott. Hiába mondtam neki, hogy nem szabad ilyet csinálni, és hogy most haragszik a mama, ő csak mosolygott. Rácsaptam a fenekére egy kicsit. De ő még mindig mosolygott. És akkor egy nagyon csúnya dolgot tettem: addig ütöttem a popsiját, amíg el nem kezdett végre sírni. Közben mondtam neki, hogy nem szabad bekakilni. Nos, akkor, aznap szobatiszta lett az én bolondos kisfiam. Szégyelltem magam, sajnáltam szegényt. Borzasztó érzés volt látni, hogy piros lett a kis puha bőre. Nagyon sajnáltam, de mégis, attól a perctől fogva nem kellett többet pelenkáznom. Hálát adtam az Úrnak, és megköszöntem. Nem voltam nagyigényű. Nekem ennyi épp elég volt a boldogsághoz. Beszélni is lassan tanult meg. Pontosabban egész életében eholált, azaz mindent megismételt, amit hallott. Egyetlen önálló gondolata nem volt. Súlyosan autista. Mégis olyan békesség árad belőle, ami engem a mai napig megnyugtat. Igaz, mostanában kezd leépülni, és az epilepsziája is romlott. Időnként kivetkőzik magából, csúnyán beszél, agresszív, nem ismerek rá.

– Ilyenkor nem félsz tőle?

– Néha igen, de ha simogatom és énekelek neki, megnyugszik. Szóval a fiúk születése után, amikor kiderült, hogy rendellenességgel születtek, azt mondtam, ez teljes képtelenség, nem fog menni. Én ebbe belehalok. Talán még nem meséltem, de kislánykoromban két alkalommal is látomásom volt. Először talán tízéves lehettem, akkor a Szűz Mária látogatott meg este lefekvés előtt a szobámban, majd nagyjából egy év múltán hasonló körülmények között egy idős, ősz hajú és szakállú, fehér ruhát viselő férfi.

– Gondolom, sokat lapozgattad a Bibliát.

– Tévedsz, akkor még nem. Egyáltalán nem voltak a szüleim hitbuzgó katolikusok, sőt kereszt sem volt a falon, és templomba sem jártunk. Még imádkozni sem tanítottak meg. Tehát ezt, mint lehetőséget az élénk fantáziára, nyugodtan kizárhatjuk. Nem, egyszerűen megtörtént.

Az első alkalommal kirohantam a szobámból elmondani a szüleimnek a történteket, de ők azt mondták: „jól van, kislányom, ha lehet, ezt ne mondd el másnak". Legközelebb már nem szaladtam ki. Viszont a nagyimat megkértem, hogy tanítson meg imádkozni. Attól a pillanattól kezdve hiszek a Jóistenben. Attól a pillanattól fogva megváltozott az életem. Ma már megértem a látogatásuk okát. Szükségem volt az erőre, amit általuk kaptam, hisz amit akkor ők már tudtak, én még nem. Mégpedig azt, hogy igen nehéz életet választottam magamnak. Nos, viszszatérve az ikrekre, egy bizonyos téli estén, amikor a férjem épp dolgozni volt, teljes elkeseredésemben ültem az ágyon, néztem a fiaimat és megállás nélkül csak zokogtam. Képzeletemben a kék eget koromfekete felhő borította el, és elsötétedett az egész világ. Úgy éreztem, hogy vége van mindennek. És akkor a legnagyobb fájdalom közepette megszólalt bennem egy hang, ami arra kért, hogy menjek le a dolgozószobámba, ahol egy Szűz Mária-szobor volt. Lementem. A hang azt kérte, hogy fogjam meg és vigyem fel a szobánkba, tegyem le a fiaim feje fölé az asztalra. Megtettem, majd visszaültem az ágyamra zokogni. Akkor a hang megint megszólalt: „Miért sírsz, nincs semmi baj. Nézz rá a fiaidra, nézd, milyen szép gyermekek. Ne félj semmitől, hidd

el, lesz elég erőd ahhoz, hogy felneveld őket" – és akkor ismét
egy kisebb csoda történt az életemben. A képzeletbeli égen, a
fekete felhők mögül szép lassan előbukkant a nap. Ránéztem
a fiaimra, és már nem volt a szívemben az a mindent elborító
szomorúság. Akkor és ott ismét boldogságot éreztem a lelkem-
ben. Megnyugodtam.

– Mitől, a hangtól?

– Nehéz ezt megmagyarázni, és nem is akarom. Tudom, hogy
nekem könnyű dolgom van, hisz' könnyű annak hinni, aki már
látott olyan dolgokat, amit csak kevesen. Én láttam, ezért tu-
dom, hogy létezik. A hitem az, ami a mai napig megsegít.

– Nem perelted be az orvosokat?

– Az orvosokat, hol élsz? Nyilván, ha Amerikában élek, ak-
kor most többszörös milliomos vagyok. Utólag úgy gondolják,
hogy köze volt a csernobili katasztrófához, sugárfertőzött lett
a genetikai állományom. Emlékszem, közeli ismerősöm egy
éven belül rákban ment el, mert súlyosan fertőzött lett. Utó-
lag a szülész-nőgyógyászom mesélte, hogy abban az időben két
éven át hírzárlatot rendeltek el, mert olyan sok halott és sérült
baba született. Természetesen felkerestünk egy híres genetikus
professzort, akit az egész ország ismer. Nos, ő mindenféle külö-
nösebb vizsgálat és utánajárás nélkül ki merte jelenteni, hogy
ez csupán véletlen volt.

– Oké, rendben. Na de a nőgyógyászod sem végeztetett el
semmilyen vizsgálatot?

– Sajnos nem, de miért is kért volna, gondolom álmában sem gon-
dolta volna, hogy sérült a genetikai állományom. Ilyen szemszögből
nézve életemnek ezt követő szakaszát nagyban neki is köszönhe-
tem, no és persze kedves genetikus professzorunknak, hiszen ha
valakinek, nekik tudniuk kellett volna, hogy Csernobil nem múlt
el nyomtalanul, lesznek még áldozatai. Ahogy az egyik én lettem.

– Én biztos nem tudtam volna megállni, hogy ne pereljem
be ezeket az orvosokat.

A genetikust szívem szerint én is megtapostam volna, bár az
én világnézetem szerint véletlenek nincsenek, ennek így kellett
történnie, talán ezért sem rágom magam miatta.

– És mi van a nőgyógyászoddal?

– Éreztem rajta, hogy ez neki is fáj és láttam, pontosan tudja, hibázott. Őszintén remélem, hogy amíg él emlékezni fog erre a ballépésére, és többet nem fog elkövetni ilyen hatalmas hibát!

– Nahát, Tamara, ehhez már aztán valóban emelkedettnek kell lenni, hogy valaki ilyen higgadtan és józanul tudjon ezekre az emberekre gondolni, hiszen bűnösök.

– Igen, jól látod, valóban azok. De ki vagyok én, hogy ítélkezzem felettük? Ez nem az én dolgom. Szerencsére az első két hétben még nem tudtuk, hogy baj van, ezért ez az időszak életemnek legszebb két hete volt! Olyan felemelő pillanatok részese voltam, amikre a halálom napján biztosan emlékezni fogok.

– Azt mondtad, hogy elváltatok, ugye?

– Nem, ez elég kusza történet, szétváltunk egy időre, mert beteg lettem, de aztán rendeződtek a dolgaink, majd pár év múlva a férjem autóbalesetben elhunyt.

– Te hagytad el a férjed négy gyerekkel, akik közül három sérült volt? Ugye ez most csak vicc!?

– Sajnos az életem az ikrek születésével fenekestül felfordult. Beteg lettem. Akkor még nem tudtam, de nagyon súlyos depresszióban szenvedtem. Lassan jött. Észrevétlenül, sunyi módon. Ami azonban utána következett, az felért egy rémálommal. Eddigi életem kártyavárként omlott össze, mint ahogy én magam is. A mintaházasságom darabokra hullott. Súlyos depresszióval kezeltek. Tudatosan mindig is a fényt kerestem, de most egy sötét, mély barlangban találtam magam, ahová a napsugarak egyszerűen nem tudtak behatolni. Ez a hely nem volt más, mint lelkemnek sötét bugyra. Talán még sosem szembesültem lényemnek ezzel a részével. Magával ragadott a szomorúság, a rabság és a fájdalom angyala. Tehetetlennek és szerencsétlennek éreztem magam. Úgy éreztem, hogy már csak pislákol bennem a lét. Semmi mást nem tettem egész életemben, mint szüntelen kerestem a helyemet ebben a világban. A lehetőséget, hogy a végtelent megleljem. Eljön a pillanat, amikor összeállnak a bolygók az égen és pontosan átlátod, tisztán és józanul, hogy mi is történt valójában veled. Látod, hogy a káosz már akkora, hogy azon senki és semmi nem segíthet át! Belátod, hogy az egyedüli lehetőséged a csendes várakozás. Ezt Osho a tudatos nemcselekvés állapotának nevezi. Sokáig tűrtem, de egyszer csak elegem lett.

Már megszületésemkor tudtam, hogy erre a világra szenvedni jöttem. Minden jót és szépet szétmart a fájdalom, mint ahogy a genny marja szét a húst a csonton. Egyik megpróbáltatást követte a másik, majd a harmadik és a többi. De most besokalltam. Jó akartam lenni, és a legrosszabbá váltam. A szívem szeretettel teli, a lelkem pedig a szépre, a jóra nyitott. Most az elkeseredés, a harag, időnként a gyűlölet hatalmasodik el rajtam. A szívem örökösen csak sír, és szép lassan megszakad a bánatban. A méhem gyümölcsét elveszíteni borzasztó fájdalom. Viszont a gyümölcs, melyet eleve hibásan, csonkán, éretlenül kaptam meg, örök kárhozatra ítélte életem. Úgy feküdni és ébredni nap mint nap, hogy nem tudom, mikor is lesz vége, a lelkemet teljesen kietlen, szürke síksággá változtatja. Amikor elterveztem, hogy gyermekem lesz, szívem egy vadvirágos, tavaszi réthez volt hasonlatos. Mikor megfogantak, szívem napsütötte, nyári, virágzó mezővé változott. Megszületésükkor az esőerdő misztikus, varázslatos világába csöppentek, melyet a világ egyik legszebb és legtitokzatosabb pillangója, a Morpho pecsételt meg. Gyermekeim is pillangóvá változtak, és úgy éreztem, hogy a világ maga egy csoda, tele szépséggel és boldogsággal. Amikor megtudtam, hogy a gyümölcs más, mint a többi, hogy hibás, a szívem kietlen, sötét, vérszomjas ragadozókkal és vérszívó hárpiákkal telt meg. Úgy éreztem, egyedül maradtam. Egyre reménytelenebbé és kilátástalanabbá vált a helyzetem. Látván mások egészséges gyermekét, mintha húsukba újra és újra beleégetnék a jelet: ti mások vagytok! Más? Mit is jelent ez a szó, hiszen valahol mindannyian arra törekszünk, hogy mások legyünk és kitűnjünk a tömegből. Mégis, valahogy ilyen módon nem szeretünk kitűnni. Pedig ez is egy lehetőség!

Először csak a lányomat tekintettem idegennek, majd a férjemet is. Én, a tökéletes anya. Aki a gyerekeiért élt. Egyedül az ikreket tudtam szeretni. Akkor már sejtettem, hogy nagy a baj. Szerettem a férjem, de már nem úgy, mint egy férfit. Tiszteltem, nagyra tartottam, felnéztem rá, ezért egyik beszélgetésünk során feltettem neki a kérdést, hogy mit szólna hozzá, ha elválnának az útjaink. Ugyanis azt tudnod kell, hogy ezt megelőzően hetekig minden nap azt álmodtam, hogy a férjem kimegy egy ajtón és nem jön vissza többé. Pontosan tudtam, hogy soha nem menne el magától. Soha nem hagyna magamra. Én viszont nem akartam, hogy szenvedjen. Úgy gondoltam, hogy megérdemli a boldogságot egy olyan nő oldalán, aki szerelemből bújik hozzá, akinek ég a teste a vágytól, hogy megérintse, hogy magáévá tegye. Ez a nő nem én voltam!

Egyik butaságot a másik után csináltam. Nem voltam már önmagam, és akarva-akaratlan rengeteg fájdalmat okoztam szegénynek. Ugyanakkor mégsem bánom, mert meglehetősen zavaros volt ez a kapcsolat. Egy része szeretett engem, a másik viszont gyűlölt, ahogy a fiúkat is. Talán még emlékszel, mondtam, hogy az eltöltött tíz év alatt legfeljebb, ha két évet éltünk intim kapcsolatban.

Érdekes módon az ikerterhességemet éreztem igazán áldott állapotnak. Amikor megtudtam, hogy három fiunk is lesz, én voltam a világ legboldogabb kismamája. Tervezgettem, álmodoztam arról, vajon milyen érzés lesz fiúgyermekeket nevelni? Minden nap főztem és süteményeket sütöttem, olyan igazi, mesebeli család voltunk. Délutánonként kiültünk a teraszra, a párom a napilapokat olvasta, én pedig a hintaágyon ülve dalokat énekeltem, vagy meséltem a kislányomnak. Esténként, miután lefektettem a lányomat, a kanapén csücsülve órákon át beszélgettünk, miközben az én drága férjem a lábamat masszírozta. Csodás évek voltak, felejthetetlen évek. Ezek voltak a csend évei!

És ama bizonyos fagyos téli napon három álomszép kisfiúnak adtam életet. Milyen szép ez a mondat, milyen isteni erőt sugárzó! Életet adtam! A legfelemelőbb cselekedet, amit egy nő csak tehet ezen a Földön!

– Valóban az, de milyen kevesen érzik át ennek a lelki mélységét! Ebből is látszik, hogy mennyire felszínesek lettek manapság az emberek – felelte Viktor.

– Hiszek az Istenben és az újjászületésben is. Mégsem tudom megérteni, hogy az Isten miért próbálja meg azokat, akiket szeret, miért kell különösen szenvedniük bizonyos embereknek, míg mások csak egyszerűen élnek a nagyvilágba! Időnként úgy érzem, hogy megzavarodom és hogy minden, amit ez idáig hittem, az csupán egy fikció. Időnként ateistává válok és meggyőzöm magamat arról, hogy az „Isten megpróbálja legkedvesebb gyermekeit" – tézis csupán az egyház ostoba és szegény, szerencsétlen sorsú emberek számára gyártott, szánalmas mentsvára. Egyszerűen szükség volt valamire, hogy az emberek a nyomorúságukat erénynek éljék meg.

Pedig, ha jól belegondolunk, saját magunk is rájövünk, hogy akit szeretünk, azt nem bántjuk. Vagy mégis? Lehetséges, hogy az emberek csak a fájdalom, keserűség és megpróbáltatások árán tanulnak? Talán. Lehet. Bár a tapasztalat arra enged következtetni, hogy még akkor sem. Vajon akkor mi értelme van az egésznek?

– De hát olyan szépen bemutattad az igazságos Istenedet!

– Igen, emlékszem, és tartom is magam hozzá, hiszen ma már, több mint egy évtizeddel később, így is gondolom, de akkor másként vélekedtem a történtekről. Így változunk. Minden változik, nemcsak az évszakok, hanem mi magunk is. Most a múltat idézem meg, remélve, hogy végre meglelem a szelencémet, melyet sikerült jó mélyre elásnom lelkem homokbuckái között. Örök hó és jégmező váltja fel a kietlen, sötét tájat. Jég és hó. Rettentően fázol, álmaidban viszont újra tavasz van, fekszel a fűben és nézed a kék eget! Gondtalanul és gyermekien, majd jön a reggel és a varázsnak ismét vége szakad. Tükörbe nézek, és elborzadok még a látványtól is, mely elém tárul. Te, aki egykor égiekkel játszó tünemény voltál, mára idegen jégkirálynővé változtál! Aztán záporozni kezdtek a kérdések önmagamnak: „Eljutottál-e valaha oda, hogy túllépj a saját nyomorodon, és meglásd a gyermekeidben rejtőző lehetőséget? Eddig csak rólad szólt a történet, de vajon ők mit érezhetnek, ha nap mint nap a te szenvedéseddel találják szembe magukat?"

Nyilvánvaló, hogy a fájdalmunkat mindannyian másként éljük meg. Én eltemettem magamban. Hosszú évekig nem vettem tudomást róluk. Időnként belém hasított, de hamar túltettem magam rajta. A fájdalom, mely mázsás teherként nyomta lelkemet, szép lassan felemésztett. Mégis tudtam, hogy nem adhatom fel. Tudtam, hogy sérült gyermekeim lelke ép és egészséges. Tudtam, hogy ők ugyanúgy képesek szárnyalni és repülni, mint én. Tudtam, hogy ha a lelküket megnyomorítom, bűnt követek el! Tudtam, hogy fel kell dolgoznom a történteket ahhoz, hogy szirti sasként szállhassak velük a világ felett. Ez az egyetlen út, hogy őket megérinthessem. Ez az út a lélek útja, és mindenki, aki hasonló helyzetbe kerül, jó, ha tudja: lehetőséget kapott, hogy az életét, a gondolkodását átformálja, és más színben lássa a világot! Egy ilyen gyermek nem büntetés, hanem dicsőség. Büszkének kéne lennünk rá, hogy segíthetjük őt ezen a rendkívül nehéz úton. Ez nagy lépés Isten felé, a minden és a semmi felé! Kevés embernek adatik meg, hogy ilyen lehetőséget kapjon az élettől, mert ez az igazi kihívás, nem pedig az, ha egy céget vezethetsz. Az isteni törvények értelmében te megértél arra, hogy egy rászorulón segíthess. Kiválasztott lettél, a szó legnemesebb értelmében. Nagyon sok ember választja önként, hogy elesett embereknek szenteli az életét. Nekik viszont megvan a lehetőségük arra, hogy bármikor befejezzék, és hátat fordítsanak ennek a munkának. Számukra lehetséges az, ami nekünk nem adatik meg, hogy hétvégeken, ünnepnapokon, szabadságuk alatt felfrissüljenek, és új erővel folytassák a munkájukat. Mi nem tehetjük meg ezt, hiszen a gyermekünk az életünk szerves része. Ez misszió, amit tiszta szívvel és odaadással lehet csak végigjárni. Az út nehéz, és olykor meglehetősen rögös is, mégis a szívünk mélyén tudjuk, hogy a végén olyan ajándék vár minket, amiért érdemes volt egy életen át alázatosan viselkedni. Hiszen minden szülő, akinek sérült gyermeket adott az élet, alázatra született. Ez az igazi lecke, amit meg kell, hogy tanuljunk: szeretettel és alázattal szolgálni a gyermekünket. Ez egy szerződés kettőtök között. Kölcsönösen tanultok egymástól és építitek, szépítitek lelketek templomát. Ez rendkívüli lehetőség arra, hogy bejuthass Isten országába! De ez a sztori nem csak a szülőkről szól, hanem minden hozzátartozóról, aki a családhoz tartozik. Nekik épp úgy dolguk és tanulnivalójuk van az adott helyzetben, mint a szülőknek, testvéreknek. Persze sokan elmenekülnek, mert tudatlanságuk folytán nem is sejtik, hogy az élet legközelebb majd egy sokkal nehezebb szituációval fogja őket szembesíteni. Talán ők maguk születnek majd újjáújra sérültként. Véleményem szerint egyszerűbb lett volna segíteni, mint saját bőrünkön megtapasztalni a kiszolgáltatottságot.

– Tamara, te egy mély, hiteles ember vagy.

– Köszönöm. Ha nem bánod, hogy nincs kedvem megjátszani az álszentet: én is azt gondolom magamról, hogy hiteles ember vagyok. Bármilyen helyzetben vállalom a hibáimat, és természetesen az erényeimet is. Mindegyikből akad bőven. Biztos vagyok abban, hogy ha valakinek elmesélnéd a történetemet, az illető rögtön egy megkeseredett, szánalmas nőnek képzelne. Ha viszont szembe jönne velem az utcán, egész biztosan azt gondolná, hogy az a fajta nő vagyok, akinek minden sikerült az életében. Hát igen, a nehézségek ellenére adok magamra, és a megjelenésem mindig kifogástalan. Itt az élő példa arra, hogy az életben felmerülő igen komoly megpróbáltatások ellenére is lehet valaki bölcs, szép, és irigylésre méltó. De ez csak a felszín, a külcsín. A belbecs az, ami igazán számít. Véletlenül sem szeretnék elérhetetlennek és szentnek tűnni. A magam kis gyarlóságai azok, melyek emberré tettek, és melyeket büszkén vállalok. Hiszen mindannyian gyarló emberek vagyunk, úton-útfélen vétünk és hibázunk. A kérdés már csak az, hogy vállaljuk-e botlásainkat, és képesek vagyunk-e tanulni belőlük? Ez a tudatosság, amit szeretnénk megtanítani a gyermekeinknek. Én ezt a képességemet soha nem tanultam. Velem született rendellenesség. Egész kislánykorom óta olyan kérdések foglalkoztattak, melyek egyszerű neveltetésemből fakadóan véletlenül sem következhettek. A tükörbe nézve magam, feltettem a kérdést, hogy „Ki vagy te", mert akit látok, az nem én vagyok. Vagyok, aki vagyok! Ismerős, ugye?

– Az már biztos, hogy pimasz és provokatív vagy, és mégis, ahogy mindezt elmondod, azok után, amiken keresztülmentél, teljesen természetes. Kedves és közvetlen ember vagy, nincs benned semmi nagyképűség, pedig akár lehetne is. Minden okod meglenne rá.

– Édes vagy, olyan jólesnek a szavaid!

– Ne haragudj, ha tovább feszegetem a fiaiddal kapcsolatos kérdéseket, de azok után, hogy a beszélgetésünk elején olyan szépen felvázoltad Istennel való viszonyodat, felmerül a kérdés bennem, miben segített ő neked, mi hasznod a hitedből?

– Ezt a buta kérdést, amit most utoljára feltettél, inkább meg sem hallom. Hasznom a szentekből és a hitemből? Véleményem szerint Isten figyel minket odafentről, és a szíve szakad meg a rengeteg balgaság miatt, amit elkövetünk. De hát ugye az embernek szüksége volt a szabad akaratra, és a mi jó Atyánk megadta neki. Ettől függetlenül időnként Isten megszán minket és segít, nyilván ezek azok az apró csodák, amiket láthatunk a világban. Aztán egyszer csak elege lesz, és nem segít többet. Nos, ilyenkor mondjuk, hogy nincs Isten, pedig Ő mindig jelen van, csak mi voltunk olyan ostobák és hálátlanok, hogy egykoron eljátszottuk a bizalmát. És ez nem feltétlenül csak a mostani életünkre vonatkozik, hanem visszamenőleg az előző életeinkre is.

Vegyünk csak alapul olyan történelmi eseményeket, mint Auschwitz vagy Hirosima. Vagy gondoljunk csak olyan teljesen hétköznapi tragédiára, amikor is ártatlan embereket gázolnak halálra. Nyilván gyűlöljük a felelőtlen autóst, és legszívesebben megölnénk. De ő a büntetést megússza, vagy szépen leüli. A többi gazemberről már ne is beszéljünk: kábítószerkereskedőkről, maffiózókról, és az összes többi cégéres bűnözőkről. Rengeteg olyan ember él közöttünk, akik az élet ellen vétettek, és mégis vígan élik szánalmas kis életüket gazdagságban, látszólagos gondtalanságban.

Ekkor is azt mondjuk, hogy Isten nem létezik, hiszen ha létezne, megbüntetné őket. Ismered azt a mondást, hogy ki mint vet, úgy arat? Hát hogyne ismernéd! Nos, ez most ebben az esetben tökéletesen megállja a helyét. Hiszen elképzelhető, hogy az illető egy életen belül nem kapja meg a büntetését, mégis amikor ujjászületik, kamatostul megfizet mindenért. Igaz ez a háborús bűnösökre is, akik milliókat kínoztak és öltek meg. Igaz ez minden gazemberre, aki Istent játszik itt a Földön! Hisz' az életet Isten adta, és csakis ő veheti el. Nos, amikor ezek az előző életükben élt nácik, Hasfelmetsző Jackek, Sztálinok, Hitlerek újjászületnek, mi, hétköznapi emberek csak egy ártatlan gyermeket látunk bennünk. Egy ma született bárányt. Egy olyan bárányt, akinek előző élete során a kezei között hallgattak el a kis báránykák. Tudatosság és hit. Itt is erre van szükségünk. Átlátni az ártatlanság álcáján. Hinni és tudni mindazt, hogy az élet egy tökéletesen megírt forgatókönyv szerint zajlik. Hinni, hogy életünkben az isteni rend igenis működik, és mindenki lerója a kegyeletét az áldozati oltár előtt.

– Isten megbünteti őket?

– Nem. Isten nem büntet meg senkit, értsd már meg! Mi, saját magunkat büntetjük meg, hiszen amikor meghalunk, odafönt belenézünk a tükörbe, és őszintén belátjuk és megbánjuk a bűneinket. Aztán attól függően, mennyire vagyunk bevállalósak, meghozzuk a nagy döntést, hogy miként szülessünk újjá, hogy jóvátegyük a hibáinkat, gaztetteinket. Amikor látsz egy ártatlan kis gyermeket, aki sérülten született, rákos, vagy agyvérzést kapott és lebénult, vagy akár egy tisztességesen élő, jó embert, akit egy baleset nyomorékká tett, sajnálhatod, de tudnod kell, hogy – és itt most sokan fel fognak háborodni – megérdemlik a sorsukat. Okkal történik minden, ez a lényeg. Ha valaki, én ezt nyugodt szívvel leírhatom, hiszen három halmozottan sérült gyermekem van. Soha, egyetlen pillanatra sem sajnáltam őket, mert biztos voltam abban, hogy valami nagyon csúnya és kegyetlen dolgot tehettek előző életeikben, ha most ilyen irdatlanul megnehezítik a jelenlegit. Szeretem, tisztelem és becsülöm őket, amiért vállalni merték ezt a nagy terhet! Ebben a helyzetben egyetlen dolgot tehetek csak, hogy segítem őket ezen a nehéz úton. Képtelen lennék mártírt játszani miattuk, hiszen akkor megnyomorítanám a lelküket is, ami mint tudjuk, ép és egészséges. Arról az apróságról már nem is beszélve, hogy akkor már én is bűnt követnék el! Megpróbálok tanulni a helyzetből, és a legtöbbet kihozni belőle. Megpróbálom meglátni a lehetőséget bennük, hisz' nem véletlenül találkoztam velük.

Vélhetőleg jómagam is rengeteg bűnt és hibát követhettem el, ha most ilyen gyermekekkel áldott meg az élet. Egy szó, mint száz, jó, ha mindenki a fejébe vési, amennyiben a keserűség, a fájdalom és a gyász bekopogtat az ajtón, nem kell megijedni, ez inkább egy lehetőség arra, hogy nemesedjen a lélek. Sok helyen olvasható, hogy teher alatt nő a pálma, és hogy akiket Isten szeret, azokat próbára teszi. Ez az én olvasatomban annyit jelent, hogy fejlődhetsz, feljebb léphetsz az élet létrájának a fokain, amennyiben a nagy teher és fájdalom alatt nem roppansz össze. Minden ember életében akadnak tragédiák, minden ember veszített már. Két tragédiát megélt embert az különböztet meg egymástól, hogy az egyik belefulladt a sárba, a másik viszont kimászott belőle, sőt még a javára is tudta azt fordítani. Ergo profitált a fájdalmából. Megvizsgálta az adott helyzetet és meglátta benne a lehetőséget, hogy gazdagodjon, több legyen általa. A fájdalom igen nagy katalizátor egy lélek számára, óriási lehetőség a fejlődésre. Természetesen fájdalom és fájdalom között is óriási különbségek lehetnek. Minél nagyobb egy trauma, annál nagyobb a lehetőség arra, hogy a múlt terhei-karmái alól felszabadulj. Hit nélkül ezt képtelenség megérteni, akinek nincs hite, annak nincs jövője sem. Elég egy váratlan tragédia, és vége az életnek nevezett játszmának. Én győzni jöttem, bevégezni, elvégezni mindazt, amit annak idején bevállaltam. Már rájöttem, az a jó, ha minél jobban mar, minél jobban fáj. Baromira nem érdekel, hogy ebben az életemben csak a munka jutott, hisz' meglátásom szerint az „egyszer élünk" duma a lehető legnagyobb marhaság. Itt és most szolgálni jöttem, számomra egy emberöltő csupán egy pillantanak számít. Egyszerűen nincs jelentősége az időnek. Annak viszont igenis van, hogy majd odafent milyen minősítést kapok, és hová mehetek majd egy újabb küldetésre. Tudatosság és hit kell ahhoz, hogy egy ember kapcsolatba tudjon lépni a lelkével. Én már most tervezem a következő életemet. Ez az én projektem. Üzenem minden olyan szülőnek, akinek sérült gyermeke van: legyen éber és tudatos, tanuljon, meditálgasson el azon, hogy neki, mint szülőnek, vajon mit üzen a gyermeke nyomorúsága. Tudatosság és éberség, e nélkül nem jutsz ki élve ebből a játékból. Nagyon meg kell gondolnunk, hogy mit cselekszünk! Az isteni rend egyszerűen tökéletesen működik! A mai kor emberének ahhoz, hogy intelligensnek nevezhesse magát, szüksége van a spirituális intelligenciájára is.

– Spirituális micsoda? Azt hittem, hogy ez az, amit IQ-nak szoktak nevezni.

– Akkor elárulom neked, hogy ebből van még (egy), ami nem más, mint az érzelmi intelligenciája. És ez egy egzakt dolog, fizikailag kimutatható az agyban az EQ. Az EQ nélkül nem tud hatékonyan működni az előző kettő. Az EQ a legmagasabb fokú intelligenciánk! Az már persze egy másik kérdés, hogy sokan nem használják, és ezért nem is tudnak róla. Vagyis hiába egy magas IQ-val rendelkező ember, ha egyáltalán nincs meg benne a késztetés, hogy elkezdje kutatni az élet nagy kérdéseire a válaszokat. Szó szerint baszhatja. Jung igen komoly értekezést írt erről. Három szakaszra osztja az ember személyes fejlődését. Az első harmad a testi fejlődésről szól, a másodikban az ego teljesedik ki, a harmadik pedig a szellemi születés időszaka kellene, hogy legyen. De az emberek többségénél ez az időszak elmarad. Jung véleménye szerint ezért az egót hibáztathatjuk, valamint a hozott anyagot, az elmemintákat, melyeket gyermekként a szüleink és az iskolai tanrendszer belénk neveltek. Megfertőztek, ahogy egykor velük is tették a szüleik és a társadalmi rendszerek. A szellemi születést akarni kell, az kizárólag tudatosságból fakadhat. Szellemi fejlődésről akkor beszélhetünk, ha képesek vagyunk a figyelmünket a külső világról befelé koncentrálni. Ha megvan benned a vágyakozás a „Ki vagyok én?" igazsága iránt, elindultál a szellemi fejlődésed labirintusában. Az elmédet hibernálnod kell, félre kell tenned, el kell felejtened, ha fejlődni akarsz. Ha az elmét kiiktattad, megszületik benned a csend, a csend, amit mindig is kerestél, ami után minden ember úgy vágyakozik.

Tudod, Viktor, amíg nem tudsz harmóniában lenni a természettel, addig nem lehetsz bölcs ember, sőt még ember sem, nemhogy bölcs! Minél többet gondolkodsz, annál inkább erősíted az egódat. Ha pedig erős várat építettél az egódnak, akkor nagy bajban vagy. Ő olyan a te életedben, mint egy kiskirály: nem te irányítod az életedet, hanem az egoizmusod. Az ego nem más, mint a feszültség az életedben. Ha eldobod az egódat, meg fog változni az életed is! De az emberek szeretik, sőt keresik az életükben a nehéz, megoldhatatlannak tűnő feladatokat, aminek az oka az, hogy olyankor éberen figyel az egód. Az ego szereti a kihívásokat, szereti, ha megdicsérik, elismerik. Tudod, az én drága férjem sokszor hibáztatott, mindig mindenért én voltam a felelős. De soha nem számított, mert én valami másra vágytam, én nem az egómat akartam táplálni, hanem a tudatosságomat, a lelkemet, és annak valami sokkal többre volt szüksége, mint külső megerősítésre. Így hidegen hagyott, hogy dicséret helyett folyamatosan vádaskodott, hibáztatott.

Pontosan tudtam, hogy ez róla szólt, az ő belső vívódásairól. Az egyszerű ember mindig a közvetlen környezetét hibáztatja, ha rendezetlennek érzi az életét. Egyszerűbb másra mutogatni, mint magunkban elmélyedni. Hisz' akkor előfordulhat, hogy olyan dolgokkal szembesülünk, amit az öntelt egónk nem akar tudomásul venni. Mára az intézetben végzett munkám során kiteljesedtem, mert megtaláltam Istent magamban! Az ember számára az elme csiszolása, az örökös tanulás, a rengeteg diploma megszerzése nem egyéb, mint ama bizonyos börtöncella egyre tágasabbá, összkomfortosabbá tétele. A börtöné, melybe lelkünket száműztük. Hiába, az ego jó munkát végzett, hiszen saját lakosztályt rendezett be magának, miközben a rendkívül csiszolt és pallérozott elmével megáldott gazdája nem is tud róla. Az elme fogságában élnek ezek az emberek, és még büszkék is arra, hogy rabságban élnek. Megboldogult férjem is egy ilyen áldozat volt. Diplomái ellenére az élet iskolájában nem remekelt. Vak volt, ahogy a fiai, hisz' nem látta a lényeget, ami ott lebegett végig a szeme előtt. De amíg ezek az emberek nem tudnak nyitottak és befogadóak lenni az élettel kapcsolatban, addig IQ ide vagy oda, tudatlanok maradnak. Olyan egyszerű a képlet, hiszen a mindennapi életünkben, a személyes történetünkben, közvetlen környezetünkben naponta eljátsszuk Istent!

– Te mégis mióta agyalsz ezeken a dolgokon? Gondolom, nem tegnap találtad ki!

– Ami azt illeti, ha jól belegondolok, közel huszonhét éve foglalkoztatnak ilyen és ehhez hasonló gondolatok, de olyasvalami ez, mint amikor egy zeneszerző komponál valamit: mindig újabb és újabb hangok és dallamok jutnak az eszébe, újra és újra átírja azokat, mígnem egyszer csak egy csodás szimfónia kerekedik ki belőlük. Nos, kielégítő volt a válaszom Istennel kapcsolatban?

– Igen, nagyon is. Tudod, tetszett, hogy viszonylag racionális kereteken belül el tudtad magyarázni nekem a világnézetedet. Mit szólnál egy pohár vörösborhoz? Kemény dolgokról meséltél nekem, talán rád férne egy kis lazítás.

– Köszönöm, jó ötlet. Érdekes módon elfáradtam, nem szeretek az életemről beszélni.

– Azt nem csodálom. Milyen a bor, hogy ízlik?

– Szép sötétvörös a színe, közepesen testes, lágy, gyümölcsös, kissé vaníliás, feketeribizlis, bársonyosan csersavas az íze. Határozottan jólesik az ízlelőbimbóimnak.

– Honnan ez a szakértelem?

– Semmi extra, elmentem időnként bortúrákra, és igyekeztem odafigyelni arra, amit a borász mondott.

– Önthetek még?

– Igen, kérek.

– Elgondolkodtál már azon, hogy mi értelme az életüknek?

– Tessék? Miről beszélsz?

– A fiaidról, a sérült emberekről.

– Jézusom, ezt nem hiszem el, hogy ennyire érzéketlen vagy! Pár perce még kiöntöttem neked a lelkem, betekinthettél életem legtitkosabb fejezeteibe. És cserébe ilyen otromba kérdésekkel bombázol?

– Nyugodj meg, kérlek. Én egyszerűen csak hangosan gondolkodom, ha úgy tetszik, filozofálgatok.

– Miről, arról, hogy ha valaki nem egészséges, akkor már nincs joga az élethez?

– Higgadj le, kérlek, nem erről van szó. Komolyan, tedd félre a konvencióidat, az erkölcsöt és minden egyéb szarságot, amit rád erőltetett az álszent társadalom. Tegyél félre mindent, és szemléld felülről, kívülállóként ezt a helyzetet. Kár szépíteni a dolgokat, ezek az emberek csak vegetálnak. Pénzbe kerülnek a társadalomnak és a családjuknak.

– De Viktor, az ég szerelmére! Csak a testük sérült, a lelkük ép és egészséges.

– Rendben, ebben igazad van. De! Mit ér a lélek test nélkül? Épp te mondtad nem is olyan régen, hogy a test a lélek temploma. Akkor most ez hogy is van?

– Hm? Tessék?

– Mit ér a lélek test nélkül? Hisz' a lelkük temploma nem más, mint egy romos épület, amit sosem tudnak újjáépíteni, renoválni. Ezeknek az embereknek nincs testtudatuk, az egész olyan, mint egy sci-fi. Gondolj csak bele, lelkek, akik torz testben rekedtek.

Olyan ez, mintha valami hiba csúszott volna a programba. Talán nem véletlen, hogy bizonyos népek megölték, megölik a sérült újszülötteket. Talán ők tudnak valamit, amit mi, civilizált emberek, nem tudunk, nem gondolod?

– Kérlek, fejezd be! – mondta könnyeivel küszködve Tamara.

– Teljesen összezavarsz. Úgy érzem, megbolondulok. Mit művelsz velem? Mit akarsz tőlem, tőlünk?

– Semmit, én csak segíteni szeretnék neked. Amit eddig elmeséltél, abból arra következtetek, hogy nagyon elfáradhattál már, mázsás terhet cipelsz a hátadon, amit soha, egyetlen pillanatra sem tehetsz le. Szeretnék segíteni, szeretném átvenni a terheidet.

– Nem kell átvenned semmit, édes teher ez. Megszoktam már. Életem része.

– Ugyan kérlek, egy hasonlattal élve, fogalmad sincs arról, hogy milyen jó dolog napfényes, friss levegővel teli szobában ébredni. Te csak a dohos, sötét helyiségeket ismered.

– Te most mégis mit szeretnél? Tudod, Viktor, az életben nemcsak jó dolgok vannak, nincs abszolút jó és abszolút rossz. Vannak olyan élethelyzetek, melyekből tanulnunk kell. Sőt, vannak olyan emberek, akik az élet kihívásait nem tragédiának élik meg. Számomra ez egy misszió. Ilyenkor úgy érzem, hogy közeledem a teremtés forrásához, és ez boldoggá tesz. Viszont amikor teherként gondolok a fiaimra, egyértelműen távolodom, és olyankor egyre rosszabbul vagyok. Szeretem szolgálni őket, mert általuk az Urat szolgálom!

A fiaim által ismertem meg önmagam, s ezzel együtt a fizikai, lelki, szellemi határaimat. Hinnünk kell, hogy a hit nagyon fontos része az ember életének. Akinek nincs hite, az nem él, csak vegetál. Szerencsés helyzetben vagyok, hisz' viszonylag korán rájöttem arra, hogy mi az életfeladatom. Hamar felismertem, hogy a jelenlegi életem a lemondásról és a szolgálatról szól. Éppen ezért sosem lázadoztam, sőt mi több, képes voltam és vagyok élvezni, derűsen, szeretetben megélni a hétköznapjaimat. Szeretem az életem, komolyan mondom, semmi bajom vele.

– Nem csalódtam benned, te a hurkot belülről akarod kibontani. Kérlek, hallgass végig. Tudom, érzékenyen érintenek szavaim, de mi van akkor, ha Isten hibázott?

– Te meg mégis miről beszélsz? Ő nem hibázik! Mellesleg, ha nem tudnád, egy hurkot csak belülről lehet kibontani.

– Oké, rendben, most nem is ez a lényeg, de mi van, ha ez a „mentsük meg a gyengéket és elesetteket" balfasszág csupán a beteg emberi elme szüleménye? Azon kéjelgünk, hogy segítünk a gyengéken. Valójában ez nem is róluk szól, hanem rólunk, egészségesekről, arról, hogy milyen fantasztikusak vagyunk. Álszentség ez, semmi más. Orvos vagyok, tudom, miről beszélek, láttam már egy s mást. Láttam anyákat, akiknek stroke-os babájuk született. Tudtam, hogy mindkettőjüknek jobb lenne, ha nem élesztenénk újra őket, de az eskü kötelez minket. Tudtam, hogy ha életben maradnak, az oxigénhiány miatt mentálisan, értelmileg sérülhetnek. Tudtam, hogy annak a családnak tönkre fog menni az élete. Beszéltem olyan anyákkal, akik miután hazavitték a csecsemőjüket, néhány évi gondozás után eljutottak arra a mélypontra, amikor is megfordult a fejükben, hogy elengedik a pici kezét és hagyják megfulladni fürdetés közben. Hétköznapi emberekről beszélek, nem gyilkosokról, gazfickókról.

Hétköznapi emberekről beszélek, akiknek sérült gyermekük megszületése előtt volt életük. Akkor most miről is beszélünk? A szép lelkükről? És mi van a szülők lelkével?

Kit érdekel a szép lelkük, amikor nap mint nap olyan terheket rónak a környezetükre, amitől azok depressziósak, öngyilkosok, netán különböző szenvedélybetegségben szenvedők lesznek? Te hiszel a karmában.

– Elég volt, Viktor, nem a mi dolgunk, hogy ítélkezzünk. Megértem és némiképp egyetértek a világképeddel, de úgy gondolom, hogy ez ennél egy kicsit összetettebb. Úgy hiszem, hogy amikor valakinek sérült gyermeke születik – netán közeli hozzátartozója lebénul –, akkor az nem csak a gyermek karmája, hanem a szülőké is. A szülők, a hozzátartozók, az ismerősök, a barátok, mind-mind részesei ennek a történetnek. Előző életeikben ők is tettek valami olyat, ami miatt a jelenlegi életükben együtt kell élniük ezzel a helyzettel. Nekik is tanulniuk kell belőle. Azzal, hogy elfordítják a fejüket, intézetbe dobják a gyereket, netán elhagyják a párjukat, csak látszólag oldották meg a feladatukat.

Az életben nem lehet átugrani, megkerülni a pályákat, mert helyettük kapunk majd egy sokkal nehezebben megoldható feladatot, egy sokkal fájóbbat, egy sokkal nehezebben bejárható életutat. Ezért felesleges az öngyilkosságba és különböző függőségekbe való menekülés is. Hisz' a tudatos, felettes énünk, ha úgy tetszik, spirituális lényünk, nem felejt. Ő ráér, ha most nem, majd a következő életében az egyén újra megkapja feladatként mindazt, amit ebben az életében elodázott. Tanulni jöttünk erre a világra. Azért vagyunk itt, hogy jobbá váljunk.

Életünk egyetlen célja és mozgatórugója a jóság, a szeretet, az önfeláldozás, a szolgálat. Ezek hiányában nem beszélhetünk emberi életről. Én szeretem szolgálni a családomat. Szeretem gondozni a fiaimat. Nincsenek kérdéseim, teszem a feladatomat, mert nyilvánvalóan, valami okból kifolyólag meg kell tanulnom alázatosnak és szolgálatkésznek lennem. Röviden ennyit szerettem volna csak hozzáfűzni az előző monológodhoz.

– Látom, nem tudlak eltéríteni a nemes gondolatok harcmezejéről, belátom, nem egy malomban őrlünk.

– Voilà. Elszaladt ez a nap is, besötétedett, már nincs is szükségem arra, hogy levegyem a pizsamádat.

BŰNÖS

A tárgyalóteremben néma csend volt. Az esküdtek mogorván, megvető tekintettel néztek rá. Szíve a torkában dobogott. Reszketett. Átélte ama bizonyos nap minden fájdalmát és keserűségét, amikor az orvos azt mondta neki, hogy mindhárom fia vak. Képtelen volt felfogni, hogy miként lehetséges három vak gyermeknek életet adni. „Ez csak egy lidérces álom lehet, egész biztos csak egy álom, és mindjárt felébredek. Nyilván a sokk hatása alatt vagyok, nem tértem még magamhoz." De a várva várt ébredés nem jött el. Lassan be kellett látnia, hogy ébren van. Csalódott volt, úgy érezte, hogy Isten cserbenhagyta. Mindig igyekezett szolgálni őt és kedvében járni. Akkor miként lehet, hogy ezt tegye vele? Három vak ember, vajon mit jelenthet ez? Nyilván valamit én sem látok, de mi lehet az? Úgy érezte magát, mint aki egy vízesés alatt áll, és csak zúdul rá a tömérdek megválaszolatlan kérdés.

Csodás, zimankós téli nap volt ez. Kint nagy pelyhekben hullt a hó. Minden tökéletesnek tűnt. Nézte a három kis alvó lelket, akik oly gyönyörűek és szépek voltak. Valójában tökéletesek, az ő kis tökéletlenségükben. Ahogy ott állt ágyacskáik mellett, hirtelen úgy érezte, hogy meg kell védenie őket, vigyáznia kell rájuk. Már nem is átoknak, hanem áldásnak, egyfajta missziónak érezte a feladatot. Amúgy sem állt tőle távol a gyengék oltalmazása, mindig is ezt csinálta, ráadásul szerette is... Végtelen örömét lelte abban, ha segíthetett, ha jót tehetett, ha apró-cseprő dolgokkal kicsit megszépíthette a sérült emberek életét. Mielőtt a fiúk megszülettek, egy öregek otthonában dolgozott, súlyos Alzheimeresek között. Ugyan minden reggel újra és újra be kellett mutatkoznia, de ez egy cseppet sem szegte lelkesedését, és minden nap ugyanolyan odaadással végezte a munkáját, mert itt valóban értelmet nyert az a zen buddhista nézet, miszerint csak az itt és most számít. Szerette az öregeket, a gyerekeket és a sérülteket. És most a sors az ölébe adott egyszerre három világtalan csöppséget. „Legyen meg a te akaratod" – mormolta magában és remélte, hogy lesz elég hite és ereje, hogy ezt a feladatot véghez vigye. „Isten megtisztelt azzal, hogy felügyeletem alá helyezte őket", legalábbis ebben a hitben élt. Persze nyilván mindez azért lényegesen bonyolultabb kérdéskör. Most pedig itt áll az esküdtszék előtt, tizenkét olyan ember előtt, akiknek talán fogalma sincs arról, hogy mit is jelent beteg gyermeket felnevelni. Most ezek az emberek fognak ítéletet mondani felette. Még ha Isten tenné, de épp ők, gyarló, egyszerű, ostoba emberek, akik talán még a közelében sem voltak ennek a csontig hatoló fájdalomnak?

– Mi az esküdtszék döntése? – kérdezte a bíró.

– Bűnös.

Tamara riadtan ébredt.

„Mi történt? Úristen, borzasztó álmom volt! Jézusom."

Levegő után kapkodott, pánikrohama volt.

– Mit álmodtál? – kérdezte a mellette fekvő Viktor, akit az asszony kétségbeesett vergődése szintén felriasztott.

– Úgysem értenéd, senki sem értheti. Hagyjuk.

– Akkor segítek felejteni. Arra gondoltam, hogy elviszlek egy kalandokban és izgalmakban gazdag, felejthetetlen kirándulásra.

– Ne csigázz, hova viszel?

– Camargue. Megvan?

– Franciaország déli részén van. Tavas, mocsaras vidék, de többet nem igazán tudok róla, talán a madárrezervátumáról híres.

– Bőven elég, ha ennyit tudsz, a többit majd meglátod.

– Nagyon rejtélyesnek tűnsz.

– Hidd el, megvan rá minden okom. Bízz bennem, olyat mutatok, amire még álmodban sem gondoltál.

– Nagyon felvillanyoztál, nem csípem a meglepetéseket. Szeretem tudni és látni, hogy pontosan hová is megyek. Mindig utáltam úgy kimenni az erdőbe futni, hogy nem tudtam, mi a cél. Feszültséget éreztem magamban, egyfajta pánikhangulat lett úrrá rajtam, ahelyett hogy a futásra és a természetre koncentráltam volna.

– Miért nem tudtad, hogy hová futsz?

– Nyilván mert mással mentem ki, és az illető határozta meg
a helyet, amit persze én nem ismertem.

– Szorongsz az ilyen élethelyzetektől?

– Igen, és még van egy-két dolog, amitől félek.

– Például?

– Ugye nem gondolod, hogy elárulom? Totál ostoba az, aki
elmondja.

– Akkor ne mondd el, úgyis megtudom.

– Ne legyél ebben olyan biztos.

– Gyorsan reggelizzünk meg, és induljunk. Amíg zuhanyozol,
elkészítem a gyümölcsöt és a teát, vagy valami mást szeretnél?

– Köszönöm, tökéletes, délig nem szeretek nehezebb ételt
magamhoz venni.

A zuhany segített lemosni magáról az elmúlt napok mocs-
kos, tisztátalan pillanatait. El akart menni, valahogy nem érez-
te biztonságban magát. Úgy érezte, hogy kezd valami zűrös do-
logba keveredni. Persze bizonyossággal még nem tudhatta, de
egyértelműen sejtette.

– Elkészült a reggeli, Tamara drága!

– Voilà, itt is vagyok, csak van egy kis bökkenő, nincs kirán-
duláshoz alkalmas szerelésem. Itt és most. Szóval fel kell sza-
ladnom a szobámba.

– Az nem gond, csak arra kérlek, hogy egyik lábad itt, a má-
sik ott legyen.

– Megoldom, már tudom, hogy mit veszek fel. Gyors leszek,
megígérem. Legfeljebb 5 percen belül már vissza is érek.

– Az tartható. Szeretek terv szerint haladni.

– Én is, abszolút megértem, ha nem szeretnél ilyen barom-
sággal időt veszíteni. Haladjunk terv szerint.

– Holmi kis gúnyolódást véltem felfedezni a mondókád mögött.

– Pedig nem annak szántam, tényleg – majd elmosolyodott.

– Tök mindegy, igyekezzünk, délig oda szeretnék érni, az-
tán az éjszakát is ott töltjük.

– Kérni akartam.

– Mit?

– Hogy az éjszakát is töltsük ott. Mint azt említettem, imádom a kiszámíthatatlan, előre nem látható helyzeteket.

– Azért megyünk, hogy a kedvedben járjak.

– Olyan érzésem kezd lenni, mintha szándékosan fel szeretnél zaklatni. Remélem, tévedek.

– Ugyan, dehogy, egyszerűen szeretnék egy örök emléket ajándékozni neked. Talán ez nem számít még bűnnek?

– Semmi gond, a kirándulásnak örültem, csak az ott töltött éjszaka kavarta fel az érzéseimet.

– Sajnálom, nem ez volt a szándékom. Indulhatnánk?

– Persze, menjünk.

Az öltözködés valóban rövid ideig tartott. Gyorsan felvett egy sötétkék, magas derekú farmert, világosbarna velúr bőrcsizmát és egy hófehér lenvászon inget. Magához vett még egy barna velúr bőrkabátot, és becsomagolt egy selyem pizsamát, fehérneműt, egy blúzt másnapra, és tisztálkodószereket.

– Már itt is vagyok, remélem gyors voltam!

– Valóban. Meglepően gyors, és milyen baromi jól nézel ki, banyek. Nagyon tetszik ez a szerelés.

– Köszönöm.

– Két óra, és ott vagyunk. Talán útközben megoldhatnánk az ebédet egy Mekiben vagy valami más gyorskajáldában, ha nem zavar?

– Ugyan, dehogy, teljesen jó lesz, nem vagyok annyira merev. Figyelek az egészséges étkezésre, de akadnak olyan helyzetek, amikor lazítok. Valójában hétközben nagyon tudatosan étkezem, igen keveset eszem és rengeteget iszom, hat után már nem veszek magamhoz semmit. Hétvégén lazábbra fogom a gyeplőt. Persze akkor sem eszem délig, de megengedem magamnak a szénhidrátokat, ami persze nem cukrot jelent, és előfordul, hogy este nyolckor megeszem egy vega pizzát. Ami után persze nem tudok aludni, és csak forgolódom az ágyamban. Óránként innom kell. Valójában nem is értem, hogy miért csinálom, de ragaszkodom hozzá, ez a szombat esti programom.

– A betyárját, ilyet sem sűrűn hallottam még, hogy valaki ilyen fegyelmezetten éljen.

– Talán mert nem a megfelelő emberekkel ismerkedsz. Hidd el, akadnak bőven hozzám hasonlóak.

– Talán nem vonzom őket. Mindenesetre tetszik, hogy most alkalmam nyílik egy magadfajtát tanulmányozni.

– Viktor, ne is haragudj, de nem vagyok egy „fajta", egy kísérleti alany, akit a laboratóriumodban vizsgálgathatsz.

– Bocsánat, ne haragudj, rosszul fogalmaztam.

Ha tudnád, hogy valóban megfigyellek, ha tudnád, mi mindent tervezek még veled, ha tudnád, hogy most hova viszlek, sikítva ugranál ki az autóból – gondolta Viktor, persze hangosan már nem mondta ki.

– Ott egy Kentucky Fried Chicken, megálljunk?

– Ritkán eszem, de időnként jólesik.

– Mit kérhetek?

– Csípős szárnyat és káposztasalátát, és egy zérót.

– Ne már, iszol kólát?

– Sajnos igen, ez az egyetlen mocskos dolog, amit időnként, nagyon ritkán, ha olyan az alkalom, megengedek magamnak. Ez van, szeretem.

– Csak viccelődtem, engem aztán egy cseppet nem zavar, hogy mit eszel vagy iszol. Elhiheted.

– Elmennék a mosdóba.

– Csatlakozom, kidobom a gyíkot.

– A hétszázát, ez nagyon kellett már, megkönnyebbültem. Jól vagy?

– Persze, csodásan, nagyon kíváncsivá tettél, minek megyünk a camargue-i vizekhez?

– Mondtam, meglepetés.

– Én meg mondtam, hogy nem szeretem a meglepetéseket.

– Akkor itt az ideje, hogy megszeresd. Tudod, ha valamivel gondunk van, azon dolgoznunk kell.

– Miket tudsz, menten eldobom az agyam!

– Mi most egy ideje már kóstolgatjuk egymást, jól látom, Tamara? Jobban teszed, ha abbahagyod, mert a végén sírás lesz belőle.

– Most fenyegetsz?

– Ugyan, dehogy, figyelmeztetlek. Tudom, milyen vagyok – többnyire kedves, figyelmes, udvarias, intelligens. De előfordult már, hogy egyik pillanatról a másikra tapló paraszt lettem. Ettől szeretnélek megkímélni. Ennyi.

Tamara csendben maradt, megijedt Viktortól. Élete során bőven volt alkalma az ilyen típusú férfiakhoz, az apja is ilyen volt. Rettegésben nőtt fel, mert sosem tudta, hogy épp aznap milyen hangulatban lesz. Most meg kiderül, hogy Viktor is ilyen. Könynyes lett a szeme, némán, szótlanul a tájat figyelte, közben kimondhatatlanul hiányoztak a gyerekei. Haza akart menni. Kétségei támadtak, még ott sem voltak, de már arra vágyott, hogy holnap legyen és visszamehessen a szállodába.

– Mi történt? Hirtelen olyan szótlanná váltál.

– Jólesik csendben lenni. Talán még nem mondtam, de szeretek csak úgy lenni. Ilyenkor nincsenek gondolataim, csak úgy vagyok, és kábán nézek ki a fejemből.

– De jó neked, én képtelen vagyok egy másodpercre is kikapcsolni az agyam, még éjszaka is kattogok.

– Szörnyű lehet, sajnálom.

– Ne sajnálj, engem nem zavar. Valójában nem is értem, hogy lehet nem gondolni semmire.

– Ez a meditáció lényege. Kevesen tudják megcsinálni. A soft változatban, tehát az irányított meditációban is el kell képzelni valamit. Én ezt sosem értettem, hisz' ha el kell képzelnem, akkor már gondolkodom. Számomra az nem meditáció. Annak idején, amikor a Buddhista Egyetemre jártam, a meditációt oktató tanárnak elmondtam a véleményemet. Azt mondta, ha én képes vagyok erre, máris kiállítja az indexemet kitűnőre, nem kell az óráit látogatnom, mert megértettem a meditáció lényegét. Messze vagyunk még?

– Talán félórányira.

Az út hátralevő részét szótlanul töltötték el. Tamara csalódott volt, szorongott, és tartott Viktortól. Lelke mélyén a holnapot várta. Gondolataiban már az estéjét tervezte, elképzelte, hogyan fog egy egész tálca habos süteményt befalni, miközben valami klassz misztikus filmet fog nézni. Természetesen teljesen egyedül. Kezdett elhatalmasodni rajta a klausztrofóbiája. Nehezen kapott levegőt Viktor közelében.

– Nézd! Innen kezdődik a birodalmam! Ameddig a szem ellát, és azon túl is.

– Ne már! Ugye most csak ugratsz?

– Komolyan, hamarosan meglátod majd a birtokot. Több ezer hektár. Családi örökség.

– Sosem mondtad, hogy arisztokrata vagy.

– Üknagyapám volt az, amit látsz, azt ő álmodta meg. Pontosabban lemásolta.

– Hm, ezt most nem értem.

– Hamarosan megérted, pár perc és meglátod. Mondtam, orosz származású volt.

– Beszarás, ez meg mi, ez most komolyan az, amire gondolok?

– Attól függ, mire gondolsz.

– Arhangelszkoje nemesi kúriájára. De hogy kerül ide?

– Mondtam, ükapám imádta az építészetet, itt most rengeteg olyan ismert épületet fogsz majd látni, amiket ükapám szeretett, sőt mi több; imádott.

– Menten elájulok, ilyen nincs! És ez a tiéd?

– Igen. Ha gondolod, körbeviszlek autóval, mert bejárni jó pár óra lenne. Ha valamit részletesen is szeretnél megnézni, oda be is mehetünk.

– Benne vagyok, levegőhöz is alig jutok, mintha egy mesevilágba csöppentem volna bele. Az ott meg a Cameron-képtár?

– Csak a másolata.

– Persze, persze, álljunk itt meg! Meg szeretném nézni a Herkules-szobrot. Ennyire ügyelt a részletekre, hogy még ezt is idetette? Beszarás. Ez valami csoda, ilyen tényleg nincs. Mi jöhet még? Teljesen felvillanyoztál!

– Na végre! Úgyis azt szeretném látni, hogy valamiért lelkesedsz. Látod ott a távolban azt az épületet, felismered?

– Az Ermitázs-pavilon. Mindegyik az eredeti kicsinyített változata. Zseniális. Elképesztő, egyszerűen nem térek magamhoz. Olyan, mintha otthon lennék, déjà vu érzésem támadt.

– Mehetünk, az utolsó állomás következik. Szó szerint.

– Ez a Kolonnád másolata lenne? Ami azt is jelenti, hogy itt nyugszanak az őseid?

– Igen, ellentétben az eredetivel, ahová végül senkit sem temethettek.

– A hétszázát, akkor a kúria is az eredeti másolata?

– Bizony, megnézheted a Juszupov-könyvtárat is.

– Menten elájulok! Létezik ama bizonyos szoba is, ahol a nagy nőcsábász annak a vagy háromszáz nőnek az arcképét őrizte, akikkel élete során dolga akadt?

– Már hogyne létezne! Üknagyapám annyira igyekezett, hogy saját gyűjteménnyel büszkélkedhetett, mivel ő is a bonvivánok közé tartozott. Fényűző életet élt, igaz, mindenben nem kívánt Juszupov nyomdokaiba lépni, így nem volt semmittevő.

– Eredetileg Golicin herceg volt a tulajdonosa, Juszupov csak megörökölte, jól tudom?

– Jól tudod, csak az idők során az ő nevéhez kötötték, mert amikor az övé lett, teljesen beleszerelmesedett a kúriába, és mivel dúsgazdag volt, nem sajnálta rá a pénzt. Megérkeztünk.

– A díszudvar a márványszoborral. Pazar. A télikert mását is felépítették?

– Hogyne, sőt van még vadaskert és állatfarm is. Megnéznéd?

– Szívesen.

– Gyere.

– Au, még ez is milyen rendezett, precíz, szinte mértanilag kiszámolt a növények elhelyezkedése. Olyan, mint egy oázis. Ez a rengeteg trópusi növény. Milyen gyönyörűek az orchideák! Ezt nem hiszem el, a Föld legnemesebb pillangója itt repked? A gyönyörű, leírhatatlan szépségű Morpho. Menten elájulok.

– Én pedig most újraélesztelek.

Tökéletes időzítés volt, színházi jelenetbe illő csók. Miről álmodik egy lány, ha nem erről?

– Gyere, menjünk, lassan beesteledik, és még szeretnélek ámulatba ejteni.

– Nekem már ez is bőven elég volt, túl sok inger ért.

– A java még hátravan.

– A vacsora előtt felkísérlek a hálószobába. Felfrissítheted magad. Egyedül vagy velem szeretnél aludni?

– Egyedül? Ebben a kísértetkastélyban? Soha! Nincs az a pénz, amiért bevállalnám.

– Nincsenek kísértetek.

– Szerintem meg vannak. Én érzem a szellemeket. Kiszagolom őket. Ha angyal van a közelben, virágillatot érzek, ha sötét energia, büdös kénszagot.

– Ne már, felállt a hátamon a szőr.

– Csak álljon, biztos vagyok benne, hogy az este kiszagolok párat. A vidéket meg sem tudtuk nézni, pedig Camargue híres arról a több száz madárfajról, amik itt a tavakban, mocsarakban leltek otthonra.

– Holnap meg tudod majd nézni, de mutatok én neked sokkal izgalmasabb dolgot is, mint a madarak. Olyat mutatok, amit az életben soha nem felejtesz el.

– A fejedbe vetted, hogy teljesen elvarázsolsz?

– Dehogy, egyszerűen elhoztalak kirándulni. Örök emlékeket gyűjteni, végtére is nem erről szól az élet? No és az ideális kapcsolatnak is erről kell szólnia. Emlékekről. Lehetőleg szép emlékekről.

– Abban jelen pillanatban nincs hiány.

– Akkor menjünk vacsorázni, drága Tamarám. Remélem, kedvedre való lesz az étek.

– Ez most valami vicc, Viktor? Mi ez a rengeteg, irdatlanul sok étel?

– Autentikus akartam lenni, persze csak részben, ide akartam varázsolni a cári udvar ünnepi menüjét, ami – mint köztudott – 150–200 fogásból állt. De most be kell érned egy szolid bojár ünnepi étkezéssel, az csupán 50 fogásos volt. De ezt te jobban tudod. Tradicionális orosz ételek sorát készíttettem el neked. Ha nem haragszol, most nem alkalmazzuk sem a service á la russe, sem pedig a service á la francaise felszolgálási rendet. Ezen a hatalmas kerek asztalon mindent kiraktak, forog, és melegen tartja az ételeket, már amelyiket melegen kell.

Felül találod az előételeket. Az elmaradhatatlan zakuszkát – majonézeset, fácánból kocsonyát, vinyegretet, orosz hússalátát, és a beluga kaviárt. A következő szinten levesek vannak. Borscs, scsi, okroska, rasszolnyik, szoljánka.

– Uha nincs?

– A betyárját, az kimaradt, menten leordítom a szakács fejét.

– Vicceltem, ne bolondozz már, szerinted hiányzik nekem még a hallé? Csak láttam, hogy nagyon felkészültél a nemzeti eledelünkből. Folytasd, kérlek, figyelek.

– A levesek után a sültek következnek. Befsztroganov, saslik krimi, plov, hagyományosan bárányhúsból, mellette mindenféle köretet találsz, vágott zöldségeket, aszalt gyümölcsöket. A legalsó részen a tészták vannak. Blini, pirog, varenyiki, pelmenyi, amit nem hússal, hanem gombával töltöttünk. Az ételek mellett az elengedhetetlen vodka segít majd nyugodt, lidércmentes álmot biztosítani számunkra. Hogy kezdjük?

– Tradicionálisan?

– Természetesen.

– Egy vodkával, ami után savanyú uborkát, vagy kaviáros szendvicset eszünk. Ha mi végigesszük ezt a határtalan ételsort, esélyünk sem lesz aludni, az ki van zárva. Szóval igen hosszú éjszakának nézünk elébe.

– Isten hozott!

– Na zdaróvje!

– Na zdaróvje!

A vacsora órákig eltartott, két üveg vodka után Tamara úgy érezte, ideje lepihennie.

– A betyárját, azt hiszem, jólesne vízszintesbe helyezni a testemet. Mit szólsz hozzá, lenne kedved ágyba bújni velem?

– Micsoda kérdés ez, asszony? Férfiúi kötelességem ágyba dugni téged. Gyere, remélem, megtaláljuk a szobánkat.

– Az meg ott ki? – kérdezte Tamara.

– Hol?

– Ott, a folyosó végén!

– Ne baszakodj már velem, a frászt hozod rám, ki a faszom lenne? Férfi vagy nő?

– Hosszú, fehér hálóing van rajta, régen a férfiak is ilyet viseltek. De már eltűnt, bement a hátsó szobába. Remélem, nem oda megyünk.

– De, kurvára oda megyünk.

– Ne már, én oda be nem megyek, Viktor.

– Te most csak ugratsz, ugye, azt akarod, hogy beszarjak. Jót akarsz röhögni rajtam?

– Ugyan, dehogy, lehet, hogy csak a vodka hatása volt.

– Remélem is.

– Na, van itt valaki, látsz valamit, szagokat érzel?

– Oda nézz, a lámpák pislákolnak, hallottad?

– Mit?

– A fürdőben eleredt a csap, kopognak.

– Hagyd abba, faszom, én ezt kurvára nem bírom, hallod.

– De hát ezt te is látod a saját szemeddel.

– Tudod mit, menjünk át egy vendégfogadóba. A sofőr átvisz minket. Eszem ágában sincs itt aludni. Korábban sosem tapasztaltam ilyeneket. Te vonzod a szellemeket. De miért is csodálkozom ezen? Látják, hogy veled lehet szórakozni, látják, hogy vevő vagy a játékaikra. Gondolom, már kurvára unatkoztak. „Megjött Tamara, játsszunk egy kicsit."

– Ugyan, Viktor, ne légy ilyen gyerekes! Csak nem fogunk elmenni az éjszaka közepén? Különben is, egy óra múlva pirkad. Három után már nincsenek.

– Ezt meg honnan tudod? A szellemeknek is van biológiai órájuk, bioritmusuk?

– Ha világosodik, elcsendesednek, nem olyan erősek a rezgéseik. Egy órát már csak kibírsz. Lehet, hogy akarnak valamit? Netán van valami titok, ami itt lappang körülötted és fel akarja fedni magát?

– Titok, más sincs itt, mint titok, az egész kibaszott kúria egy hatalmas nagy titok.

– Viktor, nem akarlak megijeszteni, de különös dolgot láttam az előbb.

– Mit?

– Lápos, mocsaras vidéket, és rengeteg lelket, akik csak úgy lebegnek a víz felszínén.

– Tamara, kurva gyorsan állítsd le magad! Gyere ide szépen, dugjunk egy jót, mire végzünk, feljön a nap is, és végre tudunk aludni egy kicsit. Gyere, ülj belém. Ez az, de finom vagy! Úgy érzem magam, mintha egy hullámvasútban ülnék, jólesik ez a kábulat, pláne, hogy még a kéj is fel s alá cikázik a testemben. Ugye neked is jó, angyalkám?

– Határozottan jólesik, olyan, mintha lebegnék a semmiben. Finom.

Ebben az édes mámorban mindketten hamar mély álomba zuhantak.

„Miféle torz alak vagy te, miféle sötét szerzet ivadéka? Gyűlöllek, tiszta szívemből. Sokáig felmentettelek, és gondoltam, hogy jóságos megmentőm vagy. De a nagy büdös lófaszt. Nem vagy te más, mint egy kizsákmányoló, aljas kis geci. Beskatulyáztál. Miféle lény, mert embernek nem nevezhetném a magadfajtát, aki még mindig a kurvát látja a nőben, ki azóta asszonynyá lett, és beteg gyermekeket nevel? Feldühítettél, haragossá tettél, és most lesújtok rád, darabokra téplek, szétszedlek atomjaidra, hogy legyen esélyed újra összeraknod magad. Akkor talán, talán ember lesz belőled, mert jelenlegi állapotodban egy rakás szar vagy, egy senki, egy beteg elme, aki a világot elemzi, és rendezgeti emberek sorsát.

Újra és újra belém rúgsz, újra és újra megpróbálsz megalázni és lehúzni abba a bűzös mocsárba, ahol fetrengsz. Sok időben telt, míg felismertelek, de már látom, hogy ki vagy. Féreg vagy! Egy selejtes alak, és még te mersz másokat analizálni és próbálod meggyőzni róla őket, hogy hazudnak maguknak? Akkor te mégis mit csinálsz? A hazugság hintaágyában alszod át az egész életedet. Ha lenne benned egy cseppnyi tisztesség és szeretet, már rég elengedtél volna. De e helyett láncra vertél, és nem engedsz. Kényed-kedved szerint szeretnél használni, miközben azzal áltatod magad, hogy én vagyok életed szerelme. Lásd már végre egyszer az igazi arcodat. Cseppnyi emberség sem szorult beléd. Miféle korcs lélek vagy te? Képes vagy négy gyerekkel a hátam mögött továbbra is kurvának tekinteni. Beteg vagy, nincs lelked, most már látom. Hisz' még mindig képes lennél szó szerint térdre kényszeríteni, leszopatni magad, és ahogy mondtad: jelzés-értékűen egy picit seggbe dugni. Hányok tőled, undorító alak vagy. Kinek jut ilyesmi az eszébe? Mégis mit reméltem, hogy is hihettem, hogy megváltoztál? Azt hittem, hogy egy részed valóban szeret még, és jóságos a lelked. De óriásit tévedtem, hisz' ahogy nem a kényed-kedved szerint alakultak a dolgok, azonnal felfedted ocsmány arcod, ismét előjött a sértett, megsebzett vadállat belőled, aki bántani akarja a másikat.

Segítségért fordultam hozzád, mert elismertelek, felnéztem rád, és mert hittem abban, hogy az egykori fiú, aki megmentett engem, még ott él valahol benned. És most jól figyelj, apukám, mert még ilyet nem láttál. Átalakulok, és szerepet cserélünk. Most te fogsz engem leszopni, és én foglak csak jelzés-értékűen seggbe kúrni. Aztán kifizetlek, és mehetsz a dolgodra. Éld át, tapasztald meg, amiben nekem volt részem, miközben az életem súlyát, fájdalmát, és minden terhét rád pakolom. Majd utána kezdj el analizálni, gondolkodni, elmélkedni, hogy szeretnél-e még egyszer megalázni engem. Talán ha átéled, tanulsz belőle és megérted, mert különben sosem fog menni. Nos, ezért kell az embereknek szenvedniük és megtapasztalni az extrém élethelyzeteket, mert csak a vérből és verítékből ért az ember.

Kalli vagyok, Káli Istennő ivadéka, most móresre tanítalak, te ostoba kutya. Térdre, járkálj fel s alá, ringasd a meztelen picsád. Ja, hogy ez kényelmetlen? Kínos? Pont leszarom. Minden terhem, fájdalmam most átadom, részese lehetsz. Járkálj, kutya! Érzem, hogy milyen kegyetlen, mocskos féreg lakik benned, hisz' én most te vagyok, veled kell azonosulnom. Édes jó Istenem, alig várom, hogy kibújhassak a bőrödből, mert ez maga a fertő. Járkálj, érezd, végre tudd meg, mit jelent szenvedni, tudd meg, hogy mit tettél velem. Vonyíts, kutya, szenvedj, mert mindjárt darabokra téplek. Megtaposlak és eláslak a kert végébe, aztán a földre ürítek, hogy pontosan érezd, hogy mi a véleményem.

Tényleg azt gondolod, hogy van nő, aki ezt élvezi? Most már tudod, hogy min megy keresztül ilyenkor egy női lélek. Egy részünk ilyenkor meghal. Várod már, hogy vége legyen, mi? Hát még hátravan egy jó nagy szopás, és a seggbekúrás. Miféle barbár vagy, hogy lehet élvezni azt, amibe egy másik ember belehal? Pokolra veled és minden társaddal együtt. Na gyere, most, hogy végigjártad a szobát, szopd a faszom, babám, de jó mélyre engedd le a faszom, hogy a könnyed kicsorduljon. Csodálkozol most, mi, hogy én ezt élvezem, amikor te öklendezel és alig várod, hogy vége legyen. De várj, ha még nem szenvedtél eleget, mert az én gyönyöröm úgy nő, ahogy te szenvedsz, akkor most jól seggbe kúrlak, kedves. Na, pucsítsd azt a gyönyörű, gömbölyű segged!

Micsoda helyzet, érzem az aberrált, beteg kéjed, miközben látom, hogy szenvedsz. Ez aztán a paradox helyzet. Kéj, undor és fájdalom együtt a nagy asztalon. Élvezed, cicám, ahogy kúrom a segged, mert én nagyon, ja, hogy neked fáj, ne viccelj, fel sem merül, amúgy meg pont leszarom, a lényeg, hogy nekem jó legyen. Hú, baszd meg, elhagyom ezt a testet, mert ebben lenni szörnyűbb minden rémálmomnál. Baszódj meg, kibújok most belőled, visszaadom ezt a szutykos, elnyűtt rongyot, legyen újra a tied."

– Ébredj, szépségem!

– Viktor, mi történt?

– Kiabáltál, ziháltál, azt hiszem, valami rosszat álmodhattál.

– Szörnyű volt.

– Elmeséled?

– Semmiképp.

– Benne voltam?

– Mi az, hogy! Rólad szólt.

– Vajon miért vannak lidérces álmaid velem?

– Mit terveztél mára?

– Reggelizünk, tea, kaviár, pirog, blini. Jó lesz?

– Tökéletes. Mintha Oroszországban lennék.

– Utána kimegyünk a krokodil- és az anakonda-farmra.

– Hová?

– Jól hallottad. Megnézheted, ahogy egy anakonda megeszik egy kifejlett krokodilt. Csak neked, csak most. Több órát igénybe vehet, de megéri. Hihetetlen élmény. Egy csoda, ahogy a két nyers erő harcol és küzd egymás ellen. Bámulatos.

– Valahogy nem vonz ez a bemutató.

– Ne legyél már ünneprontó. Kint a fiúk már előkészítették a terepet. Csak ránk várnak. Jó lesz, hidd el, ilyet sosem fogsz látni.

– Talán nem is akarok.

– Két ragadozó, két gyilkos harcol egymással. Megérteném, ha egy bárányt dobnék az anakonda elé, de ez egy másik vérszomjas ragadozó. Ne légy már ilyen! Viszünk vodkát, jó buli lesz, majd meglátod.

És valóban az volt. Tamara álmában sem gondolta volna, hogy lázba jön egy ilyen rítus láttán. De elkapta a hév, élvezte, ahogy küzdöttek egymással. Ehhez hasonló drámai csatát elképzelni sem tudott volna. Hihetetlen volt maga a látvány. Képtelenség, egyszerűen szürreális. És mégis megtörténhetett. Ékes bizonyítéka volt ez annak, hogy az életben bármi megtörténhet, minden lehetséges. Furcsának találta ezt a krokodilfarmot, úgy érezte, hogy itt valami illegális dolog zajlik.

Ez is egy sötét üzlet, akár a többi – gondolta.

– Na, hogy tetszett a bemutató?

– Izgalmas volt. Igazán. Tetszett. Ez a sok krokodil mégis minek van? Gondolom, rengeteg pénzbe kerül az etetésük, az anakondákról nem is beszélve.

– Az anakondák krokodilokat esznek. Egy hétig tart, míg megemésztik őket. Aztán hónapokig nem kell enni adni nekik. Akár két évig is kihúzzák. A krokiknak csirkét adunk, az nem olyan drága. Értékesítjük őket. A vágóhídon feldolgozzuk mindenüket, még a húsukat is. Jó üzlet, hidd el nekem. Egy Birkin krokodilbőr táskáért akár hatezer dollárt is elkérnek.

– Ugyan, Viktor, akinek ilyen vagyona van, minek foglalkozik ilyen baromsággal?

– Élvezem, tetszik, hogy ilyen ragadozókat tenyészthetek.

– Hát persze, nekem meg tollas a hátam.

– Nem hiszel nekem?

– Nem.

– Szeretnéd megnézni a flamingókat, mielőtt hazamegyünk?

– Mindenképpen, de itt élnek a camargue-i bikák és lovak is, jól tudom?

– Bizony, és még több száz madárfaj is.

– A krokodiljaid szeretik ezt a félsós mocsarat, nem édesvíziek?

– Az aligátor édesvízi, a kroki szereti a sós vizet.

– Ott vannak a flamingók, érdekes látvány, ahogy a vízbe dugott fejükön megcsillan a napsugár.

Hú, mennyi sirály rikoltozik a fejünk felett. Kicsit ijesztő ez a sok madár. Jól látom, hogy a távolban még világítótornyotok is van?

– Bizony ám!

– Szeretem a világítótornyokat, Isten tudja csak, hogy miért. Talán egykor hajós voltam, vagy halász. Csodásan szép volt itt. Igaz, a kúriában nem szívesen töltenék el még egy estét.

– Veled én sem szeretnék, sőt, most egy időre el is ment a kedvem attól, hogy ismét kijöjjek. Indulhatunk?

– Igen. Otthon éreztem magam, ez a hely maga volt Csodaország, az én orosz Csodaországom.

– Hogy hívták az ükapját? Nem is mondta.

– Vilnius.

Mi más lett volna a neve? Stílusos. Köszönöm, hogy megmutatta az ükapja hagyatékát.

– Kimondhatatlanul ámulatba ejtő volt a látvány.

– Örülök, ha tetszett, tudtam, hogy értékelni fogod.

– A híres Juszupov-könyvtárat meg sem tudtam nézni.

– Sort kerítünk még rá, megígérem.

– Úgy legyen!

6. FEJEZET

Egyik nap követte a másikat, és látszólag minden tökéletesnek tűnt, míg egy esős délután Tamara arra eszmélt, hogy Viktor már egy fedél alatt él vele, ráadásul a saját otthonában.

– Viktor, ez agyrém, amit csinálsz.

– Miért is? Ugyan, kérlek, ne csináld ezt, hónapok óta ugyanazon a csonton csámcsogsz, akár egy kutya, és nem engeded. Ez akár legális is lehetne.

– Legális? A gyilkosság?

– Ez nem gyilkosság. Itt embereken segítek. Egyik oldalon elveszek, a másikon pedig adok. Megvan az egyensúly. Mindig ezt szajkózod. A balansz fontosságát. Nézd más szemszögből a dolgokat! Vegyünk egy olyan példát, ami akár veled is megtörténhetne. Mondjuk, a lányod megbetegedne, sürgősen szervre lenne szüksége, és valamelyik sérült fiad alkalmas lenne donornak.

– Jézusom! Olyan elmebeteg gondolataid támadnak, hogy még a hideg is kiráz.

– Pedig meg is történhet! Te mondtad, hogy időnként nem veti meg a drogokat. Elég egy jó adag kokain ahhoz, hogy a szíve megálljon. Nos, én olyan szülőknek segítek, akiknek egészséges a gyermekük, de megbetegedtek. Felkutattam azokat a szülőket, akiknek halmozottan sérült, idióta a gyerekük, és üzletet ajánlottam.

– Üzletet? Mégis mit?

– Vajon mit?

– Nézd, Tamara, egy ember a donorpiacon elég sokat ér. Minden szervnek megvan az ára. Persze ezeknél a fogyatékkal élőknél nem minden szerv hasznosítható, de azért a legtöbb igen, mivel általában az agyuk sérült, az agy pedig még nem transzplantálható. Sajnos, mert bizonyára sokat érne.

– Morbid a humorod.

– Tudok róla. Nos, megveszem a kölyküket, aki úgyis csak teher a család számára. Többségük csóró, anyagi gondokkal küszködik, és még a magánéletük is rámegy a gyerekükre. Kapnak tőlem 150 ezer eurót, és mindenki boldog. Sőt, azt is tudják, hogy kiken segítenek. Nekem ne mondd, hogy ez nem nemes cselekedet! Én nem kísérletezem velük, nem bántom őket. Kapnak egy koktélt és elalszanak, nincs szenvedés, egyszerűen csak átsétálnak, és ők is kapnak egy lehetőséget egy új, egészséges testben való újjászületéshez. Csakhogy a te nyelveden beszéljek.

– Nekem ez már túl sok, fejezd be, légy szíves!

– De lásd be, hogy ha legális lenne, sok minden megoldódna. A családok nem rokkannának bele a rengeteg feladatba, a beteg gyerekek egészségesek lehetnének, a társadalomnak nem kellene sérült, haszontalan életeket támogatnia. Képzeld csak el, hogy csak egészséges emberekből állna a világ, nem lennének fogyatékosok. Régen a görögök is megoldották ezt, csak akkor még az orvostudomány nem tudta, hogy mekkora lehetőség rejlik ebben. Ha ott tartott volna a tudomány, ahol most, tuti, hogy ők is ezt tették volna.

– Viktor, te...

– A *szó*, amit keresel, az a *zseni*.

– Részben zseniális az ötleted, részben viszont rémes. Ugye te sem gondolod komolyan, hogy egy értelmes, okos embert meg kellene ölni csak azért, mert fogyatékos?

– Drágám, úgy látom, nem figyelsz! Lehet, hogy nem voltam elég egyértelmű, lehet, hogy félreérthető volt, ahogy fogalmaztam, de én az idiotizmusban szenvedő sérültekre gondoltam, akiknek tényleg semmi hasznuk, csak vegetálnak. Esznek, ürítenek, ja, és alszanak. Komolyan, ne viccelj már, életem. Egy ilyen ember segíthet legalább másik öt emberen. Nincs olyan szülő, aki az ilyen gyerekéhez érzelmileg mélyen kötődne, aki ezt állítja, az hazudik! Ha gondoskodik is róla, csupán lelkiismeretből teszi, sajnálatból, de valójában teher számára, és ha elmegy egyszer, megkönnyebbül mindenki. Mondjuk ki a frankót, minek ez az álszentség? Persze, nem kötelező felajánlani az ilyen gyereket, de a lehetőséget meg kellene adni a szülőknek. Én határozottan ezt állítom. Amúgy, ha hiszed, ha nem, ezek közül a szülők közül, akik eladták nekem a sérült gyereküket, sokuk tartja a kapcsolatot a szülővel, akinek a gyereke megkapta az adott szervet. Főleg a szívtranszplantáltakkal. Van olyan család, ahol keresztszülők lettek az adományozók. Tudom, kicsit morbid, de azt mondták, hogy a gyerekük végre egészséges testben élhet tovább. A veszteséget felváltotta egy derűs, boldog érzés. A torz, beteg test eltűnt, és a szív, ami az élet motorja, ott dobog egy egészséges gyermek mellkasában.

– A szív, amit a szeretettel hoznak kapcsolatba. Érdekes gondolat, és mellesleg meg is értem valahol.

– Akkor már nem is tartasz olyan rémesnek, ugye? Láttam olyan idős emberről szóló dokumentumfilmet, aki megjárta Auschwitz-ot, a szeme láttára ölték meg az összes hozzátartozóját, szeretteit, és mégis kedves mosollyal az arcán azt tudta mondani, hogy az élet szép. Akkor és ott jöttem rá, hogy milyen mély és örök érvényű igazságot fogalmazott meg. Igen, az élet szép! Bármilyen nehéz is, mindig találni benne egy apró kis örömforrást; bármekkora is a sötétség, mindig ott pislákol valahol egy apró fénysugár. Ballaszt, ez kell az élethez, bölcsen felmérni, hogy hány zsetont rakhatunk fel a pókerasztalnál ülve. Igen, az élet szép, és az élet egy nagy játék, semmi egyéb. Nem szabad túl komolyan venni. Persze ettől függetlenül lehetnek benne olyan történések, események, amikor úgy érzed, lelked egy része megszakad. Még mindig olyan rémesnek tartasz?

– Nem, de a hangsúly az *egy részen* van, mert a kincset, a lényeget egy jól zárható szelencében kell, hogy tartsd. Mégis, amit most felvázoltál, számomra vérfagyasztó. Értem én, és egy részem egyet is ért veled, de továbbra is úgy vélem, hogy nincs jogunk más emberek életéről dönteni. Azt egyedül Isten teheti meg. Ha jól értem, amit csinálsz, jelen pillanatban illegális. Akkor mégis mit csinálsz a tetemekkel?

– Jól értetted, nem törvényes, ám mégis megtűrt, hisz' a felsőbb körök engedélyével teszem, szemet hunynak felette, mert egyetértenek velem. Viszont azt is tudják, hogy a tudatlan kisembert úgysem lehet meggyőzni a dolog humánus részéről. Ellenben államérdek, a közjót szolgálja, hisz' egyre kevesebb így a fogyatékos. És itt jössz te be a képbe. Ezért is kellesz nekem. Fontos láncszem lehetsz a gépezetben, érted már? Megéri, higgy nekem. Olyan bőségben, biztonságban és gazdagságban fogsz élni a gyerekeiddel, amit el sem tudsz képzelni.

– Ne haragudj, de nem kapok levegőt, úgy érzem megfulladok, nyisd ki az ablakot, kérlek.

– A tetemeket pedig eltakarítom, nyomuk sem marad, soha senki sem tudja ránk bizonyítani, hogy valaha bárkit is megöltünk volna. Ez az én dolgom, és már találtam rá megoldást. Ha csak ez aggaszt, emiatt nyugodtan alhatsz.

– Ez most komoly? Szerinted engem csupán ez zavar? Mégis, hogy a fenébe találtál rám? Még sosem mesélted el, mert hogy nem véletlen volt a mi nagy találkozásunk, abban egész biztos vagyok. Mondd el végre a kibaszott igazságot!

– Jól látom, kikeltél magadból, Tamara?

– Nem, csak nagyon elegem van már ebből a sok homályos, ködös történetből Szeretnék tisztán látni, ennyi. Mondd el a frankót, vagy nem is vagy annyira nagylegény!

– Nana, állj le, kislány, mert begurulok, és akkor bajban leszel.

– Fenyegetsz?

– Figyelmeztetlek.

– Azt kérdeztem, hogy találtál rám?

– Megláttalak a parkban és odamentem hozzád.

– Elég volt a rizsából, Viktor, ne nézz hülyének. Tudom, általában rád hagyom és nem érdekel, ebből persze arra a következtetésre jutsz, hogy ostoba vagyok. El kell keserítselek, nem vagyok ostoba, hanem ravasz és bölcs. Figyellek, amióta megismertelek, figyellek.

– Figyelsz? Ez merőben új információ. Ha sokat figyelsz, még te is elveszítheted a látásodat, akár a fiaid.

– Ez mégis mit akar jelenteni?

– Mindössze annyit, hogy vegyél vissza a tempóból, hallgass rám, és csináld, amit mondok. Persze csak akkor, ha fel akarod nevelni a gyerekeidet. Ha nem, neked is nyomod vész, soha a büdös életben senki sem fog rád találni. Kizárt dolog, hogy magukra akarod hagyni a fiaidat. Ugye hogy nem?

– Hát persze hogy nem.

– Akkor megegyeztünk! Elkezded szállítani a donorokat. Lepapírozod, átszállíttatod őket más intézménybe, a megüresedett helyre pedig újakat vehetsz fel. Senkinek sem fog feltűnni. Ha gondod akad, szólsz és megoldjuk. Pofonegyszerű az egész.

– Rendben.

– És nem figyelsz annyit, ezt el ne felejtsd.

– Gyűlöllek.

– Semmi gond, nem zavar, sőt, tudod, hogy ez engem lázba hoz. Szeretem az ilyen jellegű feszültséget.

– Jó neked.

– Tudom. Most menj és meditálj, ne gondolkodj, és főképpen ne figyelj. Megértetted?

– Igen.

– Óriási.

Viktort talán az Isten küldte, hisz' azonnal a segítségünkre tud lenni – gondolta Tamara.

– Miket is beszélek? De hát amire készülök, az nem helyes!

– Most meg akarod menteni a lányodat vagy sem?

– Már hogyne akarnám, de nem ilyen áron! Isten nem adott nekünk szabad kezet az élet elvételében.

– Ha jól értelek, te az orvostudományt is az ördögtől valónak tartod?

– Igen.

– Mesélj, kérlek, kíváncsivá tettél, angyalom.

– Azt gondolom, hogy nincs joga az embernek Istent játszani, még akkor sem, ha közben azt hiszi, hogy jót cselekszik.

– Pontosabban?

– Vegyük csak a koraszülötteket. Úgy hiszem, hogy ez is az ördög játéka, hogy a kis lelkeket, akik talán nem is szándékoztak sokáig maradni, itt tartja. Mintegy játékszernek. Vagy ott van az újraélesztés, miért is tesszük? Hisz' az adott lélek úgy döntött, hogy befejezi. Akkor mégis milyen jogon avatkozik bele a kurva orvostudomány egy ilyen komplex rendszerbe? Egyenesen felháborító, nem Istentől való, az már biztos. Én kizárólag az olyan gyógyulásokban hiszek és látom Isten kezét, amit azok az emberek értek el, akikről már lemondott az orvostudomány. Akik saját erejükből és hitük által képesek voltak legyőzni a betegségüket.

– Akkor, ha jól értelek, hagyod a lányod meghalni, mert hogy itt a csoda nem fog segíteni, az egész biztos. Inkább választod a sérült fiaidat, és fejet hajtasz a te Istened előtt, cserébe felajánlod őt, akár egy áldozati bárányt? Ahelyett, hogy megmentenéd, hagyod meghalni? A műtét után a fiad is tovább élne, csak a lányod testében. Kettő az egyben. Egészséges testben élhetne tovább, gondolj csak bele.

– Elég volt, Viktor! Úgy beszélsz, mint akit megszállt a gonosz.

– Hallom gyorsuló szívverésed, látom, ahogy kitágulnak a pupilláid, zihálsz, mélyül a lélegzeted és félsz, ez a vad és vadász találkozása, de most bajban vagy, mert nem tudod, hogy ki a vad és ki a vadász. Pontosan tudod, hogy ketrecbe kerültél.

– Mondd, mégis mi a célod, hogy megőrüljek?

– Akár. Nekem valójában teljesen mindegy, hogy miként tudlak hatástalanítani.

– De miért? Miért épp velem teszed ezt?

– Ugyan, teszem én ezt mással is, nem csak veled! Csak benned különösen nagy örömömet lelem, van ez így.

– A feleségeddel mi történt? Sosem mesélted el.

– Jobb, ha nem tudod, elég legyen annyi, hogy nem a kedvem szerint cselekedett. Veszélyeztette a vállalkozásomat, ezért megöltem. De a szívét, azt a nagy, szerető szívét megőriztem, eltettem emlékbe!

– Te beteg vagy! Ugye ez csak most a játék része, hogy rám ijessz?

– Gondolj, amit akarsz, nekem teljesen mindegy. De ennek tudatában én a helyedben szót fogadnék, hisz' ha jól tudom, a gyerekeidért bármit megtennél.

– A gyerekeimet hagyd ki az egészből! Aki a gyerekeimmel
fenyegetőzik, annak átharapom a torkát!

–Ez már tetszik! Élvezem, ha érezhetem a dühöt, a haragot,
és a mindent betöltő gyűlöletet! Talán még valami gyilkos ösz-
tön is kezd a felszínre kerülni? Ez már az én terepem. Kezdesz
távolodni a te Istenedtől. Felébredt végre benned Edward Hyde?

– Te pszichopata vagy!

Ekkor Viktor belecseppentett egy kis LSD-t Tamara szokásos
délutáni teájába. Talán egy kicsit meg is sajnálta, de még in-
kább tervei voltak vele, hisz' közeledett az este. Szeretett az
angyalokkal kefélni, jelenlegi állapotában viszont használha-
tatlan lett volna.

– Mi történt az imént?

– Volt egy kis nézeteltérésünk, tudod, a szokásos. Sosem ér-
tünk egyet.

– Mondd, tettél valamit a délutáni teámba, mert olyan kü-
lönösek nekem ezek a hangulatbeli váltások.

– Miket beszélsz, miért tennék ilyet? Tudod, hogy nagyon
szeretlek és bízhatsz bennem.

– Nem is tudom, időnként olyan érzésem van, mintha kez-
dene megbomlani az elmém. Melletted minden olyan zűrzava-
ros, minden olyan megmagyarázhatatlan, rejtélyes, sőt időn-
ként rémisztő.

– Miket beszélsz angyalom?

– Angyalod? Mi ez a hülyeség, miért szólítasz mostanában így?

– Zavar?

– Nem, csak olyan furcsán hangzik, de végül is kedves.

– Gyere ide, beszélgessünk egy kicsit komolyabb dolgokról.
Tudom, hogy hárítasz, és nem akarsz szembenézni a döntéssel,
ami elkerülhetetlen. Az élet már csak ilyen, időnként válaszút
elé kerülünk, elérkezel egy útelágazáshoz és döntened kell. Pon-
tosan tudod, hogy minden nappal egyre kevesebb a lányod esé-
lye. Addig toporogsz és tétlenkedsz, míg késő lesz, és akkor már
nem segíthetek. Hallod, amit mondok?

– Igen, és értelek is. Azt hiszem, nincs min gondolkodnom.

– Ma megjött a vérvizsgálat eredménye és abban a szerencsés – vagy inkább szerencsétlen – helyzetben vagy, hogy mindhárom fiad alkalmas donornak.

– Miket beszélsz? Nekem kell eldöntenem, hogy melyikük menjen?

– Neked bizony, de ha akarod, választok majd én.

– Kizárt, szó sem lehet róla! De azért egyszerűbb lett volna azzal ámítanom magam, hogy a sors akarta így!

– Akkor mérlegelj! Ha jól tudom, mindegyikük más formában sérült, már a súlyosságot tekintve.

– Igen, így van.

– Akkor egyértelmű, hogy a legsérültebbet áldozod fel.

– Én ebbe belebetegszem, nekem ez túl sok, szó szerint ez sokk.

– Mérlegelj, tedd félre az érzelmeidet.

– Te meg mégis mi a fenéről beszélsz? Normális vagy? Mégis hogy tudnám félretenni az érzelmeimet?

Viktor mindeközben az egész beszélgetésüket rögzítette. Tudta, mit csinál.

– Gondolkodj józanul! Ha hagyod meghalni a lányod, azt egész biztos meg fogod bánni, és valószínűleg becsavarodsz. Ha feláldozod az egyik fiadat, azt kizárt, hogy megbánd, kicsit fájni fog, hiányozni fog. De a lányod boldogsága, egészsége enyhíteni fogja majd a fájdalmad. Ráadásul a fiad egy része ott él a lányodban tovább! Lehet, hogy sokkal jobb ember lesz belőle, hisz' a testvére szíve dobog a mellkasában.

– Ebben igazad lehet. Akkor választok. Csak arra kérlek, hogy azon a napon üssetek ki engem is, altassatok el, vagy tudom is én, de nem akarok tudni róla.

– Holnap előkészítek mindent, neked csak annyi dolgod lesz, hogy megmondod, melyik fiadat választottad. Aztán én mindent elrendezek. Mire magadhoz térsz, már csak egy rossz álom lesz az egész. Rossz álom, érted?

– Igen.

– Csak a végeredmény számít, mire feleszmélsz, ott fog mosolyogni rád a gyönyörű, egészséges, szép lányod. A többi sebet majd az idő begyógyítja, bízz bennem. Segíteni fogok.

– Hiszek neked, mást úgy sem tehetek.

– Most viszont elmegyünk egy kellemes helyre kicsit kikapcsolódni, hiszen nehéz napok várnak ránk.

– Sajnálom, de valahogy nincs most kedvem ehhez.

– Bízd csak magad rám, majd besegítek az ellazulásba.

– De én nem akarom! Nekem nagyon nem tetszik ez a játék. Úgy érzem, mintha egy egyre feszesebb hurok csavarodna a nyakamra. Kezdem nagyon rosszul érezni a bőrömben magam. Mintha már nem én lennék életem hajójának a kapitánya, hanem valaki más ragadta volna magához a kormánykereket. Már fogalmam sincs, hogy hova tartok.

– Na, már megint túlbonyolítasz mindent. Most egyetlen dologra összpontosítsunk csupán: a lányod gyógyulására.

– Igen, de milyen áron?

– Agyfaszt kapok, hogy már megint itt tartunk! Ez valami rossz tréfa, amit már én sem értek. Na, idd meg ezt az italt, és máris könnyebb lesz! Lazíts már, különben egy életen át bánni fogod, hogy ilyen beszari voltál. Hol van ilyenkor a te Istened, miért nem száll alá és gyógyítja meg a lányodat? Talán nem szenvedtél még eleget?

– Ez nem így működik, te is tudod.

– Nem, valóban? Hát akkor hogy működik, édes szerelmem?

– Bonyolult.

– Bonyolult. Na, idd meg ezt az italt! Az legalább nem bonyolult.

És Tamara megitta, mert képtelen volt szembenézni azzal, hogy ennyi keserűség és fájdalom után még az egyetlen egészséges gyermekét is elveszítse. Mégis kinek akarja megjátszani magát, kinek akar bizonyítani? Szeretett volna Isten legkedvesebb gyermeke lenni, de milyen áron? Ideje belátnia, hogy ő sem különb, mint a többi gyarló ember. Ő is csak egy a sok közül. Az ital végre megtette a hatását, laza, könnyed és gondtalan lett.

– Mehetünk, életem?

– Magával, uram, bárhová!

– Akkor elmegyünk a Crazy Horse-ba, ott biztos összefutunk egy-két barátommal is.

– Az meg milyen hely?

– Tetszeni fog, édesem, gyönyörű nőket láthatsz lenge öltözetben, tudom, hogy szereted a lányokat, azt hiszed, hogy még nem vettem észre?

A hely valóban mesés volt, sztriptíztáncosnőkkel volt tele, akik elegáns ruhákban – már amennyire nevezhetők ezek ruháknak – lejtették erotikus, érzéki táncukat. Viktor egy dobozkát tolt Tamara elé.

– Ez mégis mi akar lenni?

– Nézze meg. Tudom, nagyon felvilágosult nő, de talán effélével még nem volt dolga.

– Mik ezek, csak nem gésa-golyók?

– Talán használta már?

– Nem, de nem is szándékozom. Mellesleg, ha nem tűnt volna fel, egy étteremben vagyunk.

– És? Ez benne a pláne.

– Nem igazán értem.

– Maga szép lassan lehúzza a bugyiját, én pedig az asztal alatt...

– Na, ezt biztos nem teszem meg.

– Ne vicceljen már, jó játék lesz.

– És ha meglátja valaki?

– Nem fogja, egyébként a játék része.

– Rendben, itt van, fogja meg, lehúztam.

– Hm, isteni az illata, máris felállt a farkam.

– Nekem pedig nedves lett a puncim.

– Milyen finom, feszes, selymes a combod! Tárd szét a lábad kedvesem, ne félj, senki sem láthatja, hisz' hosszú az asztalterítő.

– És ha mégis?

– Kérlek, ne törődj most ezzel, hunyd be a szemed, és ne gondolj másra, majd én figyelek. Érzed a golyóimat?

– Sajnos még nem, ott nem, ahol szeretném.

– Most finoman végiggörgetem a golyócskákat a combodon, aztán megérintem és masszírozni kezdem a puncidat, azt a jó nedves kis vulvádat. Ez az, drágám! Érzem, édes nektárod csordogálni kezdett.

Tamara kéjesen nyögdécselt, de csak diszkréten, magában. Nagyon vágyott már Viktor golyóira, magában akarta érezni őket.

– Dugd már fel, kérlek, akarom!

– Nyugalom, türelem, annál nagyobb lesz majd az élvezet.

Tamara megrándult, ahogy Viktor felnyomta az egyik golyót lüktető hüvelyébe.

– Na, milyen? Ugye nem is olyan rossz játék?

– Nagyon felhúztál, ha tudni akarod.

– Ne aggódj, az én farkam is épp szétrobbanni készül.

– Kezdd el simogatni magad.

Ebben a pillanatban feldugta a másik golyót is.

– Hölgyem, uram, itt az italuk – mondta a pincér, majd arcán kaján vigyorral távozott.

– Talán meglátott valamit?

– Nem teljesen mindegy?

– Viktor!

– Á, Sophie, bemutatom kedves barátnőmet, Tamarát.

– Örvendek – mondta elpirulva Tamara.

– Nem zavar, ha melléd ülök? – kérdezte Sophie.

– Ó, nem, csak tessék.

És akkor, Tamara legnagyobb meglepetésére, a lány a combjára tette a kezét. Viktor a fülébe súgta, hogy most ne ellenkezzen, csak lazítson. Tamara a kábítószer hatása alatt volt, így engedelmeskedett.

Sophie finoman megérintette kemény mellbimbóit, majd nagyon lágyan simogatni kezdte a vérrel teli, duzzadt kisajkait. Viktor egy pillanat alatt az asztal alatt volt és kéjesen nyalogatni, szívogatni kezdte punciját, majd szó szerint lefetyelni kezdte a mézédes nektárt, mely vaginájából csordogált. Sophie és Tamara szenvedélyesen csókolták egymást. Miközben Viktor nyalakodott, Sophie segítőkészen jól széthúzta Tamara szeméremajkait, így már a nyelvével is be tudott hatolni először csak a hüvelyébe, majd lüktető ánuszába, közben a golyókat finoman húzogatta ki és be. Tamara nem bírta tovább tartóztatni magát, testét elöntötte a forró kéj. Viktor visszaült a helyére, gyengéden megcsókolta, majd intett a pincérnek és leadta a vacsorarendelést. Sophie amilyen gyorsan jött, úgy távozott, még elköszönni sem volt idejük tőle.

– Ez mégis mi volt? Előre megrendeztétek?

– Nem mindegy, életem asszonya? A lényeg, hogy jót mulattunk. Most vacsorázunk, és utána otthon befejezzük, amit elkezdtünk.

7. FEJEZET

– Mit tudunk? – kérdezte az ügyeletes orvos.

– 22 éves fiatal nő, szórakozóhelyen összeesett a mosdóban. Megállt a szíve. Szerencséje volt, hogy egy medikus talált rá, aki szívmasszázst adott neki, újraélesztette, amíg a mentők kiértek. Feltételezhetően túladagolás, most várjuk a laboreredményeket. Nincs kizárva, hogy már eleve volt valami gond a szívével, a kokain csak felgyorsította az eseményeket. Gépre kellett tennünk, mert a szíve teljesen felmondta a szolgálatot. Azonnali szívátültetésre lesz szüksége. Megjöttek az eredmények. Egyértelmű a kokain fogyasztása, ezenkívül találtunk még LSD-t és marihuánát is. A vizsgálatok alapján ischaemiás szívbetegsége van. Diuretikus és vasodilatator-kezelésre nem javul, a bal ventrikulográfián diffúz hipokinézis látszik, csökkent ejekciós frakcióval, a koronarográfia diffúz betegséget mutat nem revascularizálható erekkel, az életképesség-vizsgálat alacsony perfúziós szintet igazol, ami a redisztribúcióban sem javul. Azonnal fel kell tenni a transzplantációs várólistára, netán megpróbálhatnánk revascularisatiót, bár tudom, hogy nagy kockázatú beavatkozás.

– Nyugodjon meg, dr. Frogester, a hölgy édesanyja közeli hozzátartozom, a transzplantációs várólistát én kezelem, holnapra meglesz a szív.

– Ebben, hogy lehet ilyen biztos, dr. Luxenbourg?

– Úgy vélem, dr. Frogester, hogy ez nem az ön kompetenciája, elvégezte a dolgát, kérem, távozzon.

– Igenis, kolléga, és elnézést, nem akartam fontoskodni.

– Nővér!

Igen, professzor úr?

– Terheléses teszteket, labor-, szerológiai és hemodinamikai vizsgálatokat kérek. Készítsék elő a pácienst a szívátültetésre.

– Máris intézkedem.

– Hát nem érted, Borisz? A sors malma nekünk őröl, a mi tervünknek megfelelően hajtja a vizet.

– Mire gondolsz egész pontosan? Nem igazán értem.

– Tamara nem akarta megérteni a missziómat, most viszont a saját bőrén tapasztalhatja és élheti át. A lánya beteg lett, azonnali szívátültetésre van szüksége. És voilà, mit ad Isten? A megoldás karnyújtásnyira fekszik, hisz' a három gyerek közül mindegyik megfelel donornak.

– Ez igaz, de tudod, hogy ő egész másként látja a világot, mint egy átlagember.

– Hogyne tudnám, de azért amikor az egyetlen egészséges lányodat elveszítheted, az sok elvet felülírhat, még az istenit is. Meglátod, Borisz, sikerülni fog. A kezemben van, megfogtam! Felajánlom neki a segítségemet, megmondom neki, hogy nyoma sem marad a tettünknek, és a lánya megmenekül. Kizárt dolog, hogy egy anya a sérült gyerekét válassza az egészségessel szemben. Arról az apróságról már nem is beszélve, hogy a kedvenc kicsi fiának a szeme világát is vissza tudom adni! Ha ezt meghallja, végleg az enyém. Elveszett, baszhatja, sosem lesz Isten legkedvesebb gyermeke.

– Ebben igazad lehet.

– Naná, hogy igazam van! Mindig igazam van! És ha ezt megteszi, a markomban lesz, teljesen behódol nekem.

– Viktor, te maga a sebészorvos-professzori álruhát öltött ördög vagy!

– Még csak most jöttél rá, barátom? Enyém az egész világ! – Félelmetes kacaja betöltötte a helyiséget.

És akkor Viktor felfedte egy pillanatra igazi arcát, amitől Boriszban még a vér is megfagyott, hisz' valóban, személyesen ő maga volt Lucifer.

– Akkor Tamara pedig egy angyal? Ahogy anno a lánya látta, két nagy szárnnyal?

– Igen, egy angyal, ezért is olyan nehéz vele, ezért sem lehet kizökkenteni és rossz útra terelni. Tudod, drága barátom, ez az igazi kihívás, amikor megbuktathatok egy angyalt, mondhatni mennyei érzés! Ritkán van szerencsém hozzájuk. Az emberekkel olyan egyszerű dolgom van, könnyű prédák. Az angyalok jelentik számomra a komoly trófeát! Megbuktatni Isten kis angyalkáit. Kitűzni a szárnyacskáikat a dolgozószobám falára. Akkor érzem igazán, hogy érdemes volt a Földre jönnöm. Általuk olyan kielégülésben van részem, amit szavakkal képtelenség leírni.

Tudod, Borisz, olyan vagyok, mint egy vírus. Vihartempóban fertőzöm az emberiséget. Én vagyok a nyughatatlanság, a lustaság, a véget nem érő tudásszomj, én vagyok minden, ami függőségnek számít, én vagyok a siker, a csillogás, a vágy, ami hajtja az embereket, hogy minél többet és többet elérjenek az életükben. Én vagyok az erő, ami arra ösztönzi a sportolót, hogy egyre jobb és jobb eredményeket érjen el! Én vagyok a kéj és minden egyéb, amit az emberek esztelenül hajszolnak. Isten unalmas, Ő maga a csend és a nyugalom: ha meg akarod Istent találni, mindezekkel fel kell hagynod. Ezért is találják meg olyan kevesen, mert az ostoba ember azt hiszi, hogy a fejlődés az örökös mozgásban van. Na, ez a legnagyobb tévedése az emberiségnek, ezért is gyorsult már annyira fel a világ, ezért árasztja el az emberek tudatát a rengeteg információ, csapdába estek, egy képzeletbeli ketrecbe zártam őket. És ami a legszomorúbb, hogy észre sem veszik, hogy egy virtuális börtönben üldögélnek. Szánalmasak.

De, amikor jön egy ilyen kis angyal, aki meglátja a csapdákat és sorra ki is kerüli őket, és ha netán bele is esik-egyik másikba, sikerül kimásznia. Na, barátom, ezt nevezem én sakk-mattnak, ez már játék a javából. Szeretem figyelni, ahogy ezek az angyalkák szlalomoznak a tengernyi akadály között. Ez már stratégiai játék. Itt már gondolkodnom kell a következő csapdák kihelyezésén, melyekbe az emberek azért többnyire olyan könnyen belesétálnak. A Földön a legnagyobb állatkert tudod, hol van?

– Állatkert? Nem igazán értem.

– Számomra a legnagyobb állatkert nem más, mint a templom. Hú, barátom, na, az egy kemény hely! Beülnek az emberek, meghallgatják az Ördög legnagyobb cimboráját, aztán hazamennek és jól bezabálnak. Hisz' fogalmuk nincs róla, hogy ha egy picit is közelebb szeretnének kerülni az ő Istenükhöz, ahhoz bizony rengeteg szokásukat meg kellene változtatniuk. Ahhoz be kellene hogy érjék egy tál főtt rizzsel és egy pohár vízzel. Egyszerűség, csend és nyugalom, Istent csakis az találhatja meg, aki ezt megérti. De én az embereket olyan mértékű információéhséggel és a földi javak iránti kapzsisággal árasztottam el, hogy emiatt lehetetlenség meglelniük a belső nyugalmukat és lelki békéjüket. Az emberek elvesztek, még nézni is rossz, hogy milyen könnyen kínálják fel nekem a lelküket.

Fénykoromat élem, Borisz, virágzik a királyságom! Nehéz engem tetten érni, mert mindenhol ott vagyok. Már az óvodákban is. Nézz meg egy magánóvodát. Elképesztő a töméntelen mennyiségű program és elfoglaltság, amit a jó szülő biztosítani próbál a drága kicsi gyermekének. Mindezt azért, hogy neki ne kelljen vele foglalkoznia. Tulajdonképpen így nem tesznek mást, mint hogy nekem kínálják fel aranytálcán a saját kölykeiket. A gyerek első hét éve a szeretetről kellene, hogy szóljon, de a mai szülőknek nincs idejük szeretni a gyereküket. Beteg az egész világ, én mondom, Borisz.

Ahogy hallgatta Viktort, még a hideg is kirázta, mert sajnos sok igazság volt abban, amit mondott.

– Mégis, hogy történhetett ez meg? Miként került ilyen állapotba az én drága Alice-om? Nyilván az a spanyolországi szeánszosdi a kábítószeres haverjával és annak kedves családjával. Ők vitték bele ebbe a hülye LSD-s dologba is. Szutyok, mocskos társaság.

– Miről beszélsz? Mi bajod? Sosem láttalak még így kiborulni.

– Gyűlölöm őket, azt akarom, hogy végezz a fiúkkal, azt akarom, hogy szenvedjenek! A nagy hippi család, majd megnézem, hogy utána miként fognak a Burning Man-en lazulni!

– Tamara, nem ismerek rád!

– Mondtam, a gyerekeimért bármit megteszek, most miattuk van élet-halál közt a lányom, és miattuk kell elveszítenem a fiam. Szemet szemért! Meg kell halnia Konstantinnak. Ezt akarom!

– Kérlek, nyugodj meg. A kábítószer csak az utolsó csepp bürök a méregpohárban, szívbeteg a lányod.

– Micsoda? De hát erről nem is tudtunk!

– Alattomos, csendes, apró, elenyésző tünetekkel jár. Sosem említette, hogy gyenge?

– De, mielőtt elutazott panaszkodott, hogy mostanában sokszor legyengül.

– Látod, erre rányomta a sokféle drogot, szerencséje volt, hogy nem halt meg azonnal a kokaintól. Cselekednünk kell. Melyik fiút vigyük be?

– A legidősebbet. De mégis hogy gondoltad ezt kivitelezni? Egyik napról a másikra csak úgy eltűnik az egyik gyerekem?

– Papírmunka, jól tudod. Az otthont te vezeted, a transzplantációs klinikát pedig én. Papírmunka, a többivel ne törődj, senki sem fogja keresni a fiadat, ugye ebben egyetértünk? Tamara szívét összeszorította a keserűségből fakadó felismerés, hogy valóban, rajta kívül senkinek sem fog hiányozni a fia. Úgy érezte, mintha kiszakítanának épp egy darabot a lelkéből. Oleg egy része volt, ahogy a másik három gyerek is, mert ama bizonyos köldökzsinórt sosem volt képes elvágni.

– És mi van az én drága Alice-ommal?

– A jobb szívkamráját támogató, mechanikus eszközre lett kapcsolva, akár 30 napig is ellehet szövődmény nélkül, folyamatosan intravénás inotrop infúziót kap.

– De ha van 30 napja, akkor lehetséges, hogy találunk neki szívet?

– Ezt komolyan kérdezed? Ugye ez csak valami vicc? Normális vagy? Képes lennél egy hónapot várni a hatalmas bizonytalanságra? Vércsoport, egyebek passzoljanak? Amikor már holnap túl lehet a műtéten? Gondolkodj már, egyik pillanatról a másikra történhet valami, és akkor meghal a lányod csak azért, mert te vártál. Képes lennél mindezt a lelkiismereteddel lerendezni? Mi fájna jobban? A fiad vagy a lányod elvesztése, baszd meg? Ennyire nem lehetsz hülye! Kockáztatsz egy egészséges életet egy eleve halálraítéltért? Mennyit fog még élni? Pontosan tudod, hogy korán halnak. Ébredj már fel, vaze! Élet ez egyáltalán?

– Persze, igazad van, de ez mégis miként történhetett meg? Sosem kokainozott, nem értem az egészet. Talán az exbarátja volt, aki azért, hogy védje a kedves mamáját, ártani próbált neki. Amúgy is egy is egy nyomorult kergemarhacsorda az egész rühes családjuk! Nyilván az italába csempészet valamit az aljas kis geci Konstantin.

– Mi ez a hülyeség? Ezt eddig még nem is mondtad. Csak arról morfondíroztál, hogy tegyük el láb alól.

– Igen, a kedves mamája botcsinálta pszichológus. Évekig járt hozzá Alice. Teljesen elvadították tőlem, mint utólag kiderült, sokféle drogot kipróbáltak együtt. Ők vitték el a Burning Manre is, ahol közelebbről is megismerkedhetett az LSD-vel. Abban a családban totál beteg mindenki, a sztárbankár papával az élen. Otthon meztelenül flangálnak, és mindannyiuknak az éppen aktuális szeretője is teljes értékű, szabadkártyával ki-be sétálgató tagja e romlott hordának. Mind egy szálig ebben az erkölcsi fertőben fetrengenek, a buja pajzánkodásaikat gátlástalanul, jottányi szégyenérzet és fikarcnyi bűntudat nélkül űzve. Hányinger. Valami sötét társaság az egész, a híres gyógyítóközpont valójában egy szekta, a bank pedig pénzmosoda. Nos, nyilván ezért akarták elhallgattatni a lányom. De majd adok én nekik! Felgyújtom az egész kócerájt! Még nem tudják, hogy mire vagyok képes!

– Na, most már higgadj le! Ha a lányod újra magához tér, majd ő maga fogja elmondani, hogy mi is történt.

– És ha veszélyben van az élete? Talán szólnom kéne a rendőrségnek.

A rendőrségnek? Normális vagy? Gondolkozz már, te agyament! Nyilván veszélyben van az élete, hisz' épp haldoklik. Állj le, Tamara, nyugodj már meg! Felforrtál, mint a szamovárban a teavíz.

Ekkor Viktor teljesen váratlanul, hogy ne is számíthasson rá, Tamara nyaki verőerébe befecskendezte azt az altatót, amit még pár nappal ezelőtt kért tőle a nő. Pontosan tudta, hogy hezitálni fog, ezért is rögzítette a legutóbbi beszélgetésüket. Így viszont nem tehet semmit, amikor felébred, hisz' bizonyítani tudja, hogy mindenbe beleegyezett. Tamara az ájult ernyedtség alatt messzi tájakon járt.

Fájdalmam mérhetetlen, mégsem érzem úgy, hogy a világ elé kellene tárnom. Ez az enyém, nekem kell vele együtt élnem. Semmi értelme másokat terhelnem vele. Mégis, miért tenném? Mégis, ki lenne képes átérezni azt a mérhetetlen keserűséget, amit a lányom és fiaim miatt érzek? Mégis ki lenne képes felfogni, és ha lenne is valaki, attól könnyebb lenne? Ugyan, dehogy, mert ez az én terhem. A határtalan fájdalom egyedül az enyém. Heroikus küzdelem ez, mely gúzsba köt egy életen át. De sorsom büszkén vállalom, mert ez a sok gyötrelem egyben szabadságom záloga. Ketrecem kulcsa, mely halálom napján a zárat kinyitja.

8. FEJEZET

Bódultnak és meggyötörtnek érezte magát, mikor felébredt. Egy ideig nem is tudta, hogy mi történt vele, majd szép lassan kezdett felszállni a köd, és ekkor görcsbe rándult a gyomra. Valójában tudta, de most kezdte csak felfogni, hogy egyik gyermekét megölte, hogy megmentse a másikat.

– Oleg, fiam, életem, ne haragudj kedvesem. Annyira sajnálom, amit tettem. Gyötrődöm, kínlódom, és legszívesebben azt mondanám, ha tehetném, visszacsinálnám, de az a legrettenetesebb, hogy ez nem lenne igaz. Fel kellett, hogy áldozzalak, édes kis törött szárnyú madárkám. De talán most már szabadon szárnyalsz a végtelen óceán felett. Talán már értelmet nyert a sok szenvedésünk. Vajon merre lehetsz, kincsem? Bizarr, tudom, de az ad némi vigaszt, hogy egy részed itt maradt velem, hisz' kicsi szíved, az a tiszta, ártatlan kis szíved most nővéred mellkasában doboghat. Megmentő vagy, áldozatból egyszeriben hős lettél. Én drága fiam, érezlek, érzem, hogy itt vagy most velem. – Gondolatban szorosan magához ölelte, erősen, hogy szinte már megfojtotta. Csak ölelte, ölelte és csókolgatta. Tudta, hogy fia megérti, legalább ő, ha már magának ezt megbocsátani sosem tudja. Behunyta szemét, és az elmúlt évtizedek minden fájdalma vulkánként tört elő lelkéből. A kín forró lávája elöntötte egész testét és lelkét. A tűz heve lángra lobbantott minden szemetet, melyet élete során a szőnyeg alá sepregetett.

– Látom, már ébren vagy, hogy aludtál? – Viktor hangja rántotta vissza Tamarát a teljes valóságba. Bódultságából ez a jól ismert és egykor szeretett, mára gyűlölt hang józanította ki.

– Ugyan már, Viktor, ne alakoskodj – sziszegte a fogai között. – Azt mondd meg, hogy sikerült a műtét?

– Mindkét beavatkozás a lehető legjobban sikerült. Oleg csupán egy szúrást érzett, gondoskodtam róla, hogy ne érezzen semmit. A lányod pedig túl van az életveszélyen, az állapota stabilnak mondható. Semmi rendkívüli nem történt.

– Oleg hol van? Meg akarom nézni.

– Meg akarod nézni a halott fiadat?

– Látnom kell, mielőtt elhamvaszttatom. El kell búcsúznom tőle. Meghasad a szívem a fájdalomtól, mintha kiszakították volna egy részemet. Megőrülök a fájdalomtól, megszakad a szívem. Hiányzik. Meg akarom ölelni! – Ekkor már zokogott.

– Nyugodj le, kérlek – mondta hideg gúnnyal a hangjában a férfi –, mert megint feleslegesen belelovalod magad, aztán nyugtatóra lesz szükséged.

– Te csak ne nyugtatgass engem, semmi szükségem rá! Azt pedig csak egy velejéig romlott ember gondolhatja, hogy nem az a teljesen normális, hogy az ember kiborul, amikor a gyermeke meghal.

– Akkor gyere velem!

– De előtte, látni akarom Alice-t, szeretném megsimogatni az arcát, mert tudnia kell, szeretném éreztetni vele, hogy mellette vagyok.

– Ablakon keresztül nézheted csak meg.

– Ezt nem teheted velem! Kell, hogy legyen valamilyen védőruha, amiben bemehetek hozzá.

– Menj be az előkészítőbe, a fehér szekrényemben találsz ruhát, papucsot, itt a kulcs. A kezedet pedig a kék színű folyadékkal fertőtlenítsd!

Pár perc múlva Tamara egy teljes testét és arcát is borító steril ruhába öltözve tért vissza, a férfi pedig kinyitotta intenzív osztály szigorúan őrzött kórtermének ajtaját.

– Három perced van!

– Édes kis hercegnőm – suttogta Tamara. – Istenem, milyen sápadt vagy, szegénykém! Megölelhetem? – fordult Viktor felé.

– Azt felejtsd el – intett fejével a férfi

– De legalább a kezét vagy az arcát megérinthetem?

A férfi bólintott, Tamara pedig igyekezett átadni szíve minden szeretetét a lányának. Egyszerre akarta tudatni vele, hogy mellette áll, és éreztetni, hogy biztonságban van. Ahogy fogta a kezét, Alice pulzusa picit emelkedni kezdett. Érezte az anyját, s ekkor Tamarának vegyes érzései támadtak, hisz' pontosan tudta, hogy lánya mellkasában fia ártatlan, tiszta szíve dobog. Lányát nézve egyszer csak úgy érezte, mintha a fia is ott lenne velük, mintha őt is érintené, mintha hozzá is beszélne, mintha el sem veszítette volna. Valami olyasmit élt át hirtelen, amit korábban csak a sci-fikből ismert. Mindeközben az élete egy lidércessé vált rémálom lett. Mióta megismerkedett Viktorral, a lelke egy sötét labirintusban rekedt, a férfi mégis tökéletes taktikával láncolta magához. Ő pedig most kétségbeesett, rémült, kiszolgáltatott és magányos, és valójában még fel sem fogta, hogy mit tett. És ekkor újra Viktor szavai rántották vissza a rideg valóságba.

– Tamara, nem hallasz? Mennünk kell! Nem is lenne szabadna itt lenned.

– Akkor most kísérj a fiamhoz! – válaszolta jéghideg hangon

– Biztos, hogy jó ötlet ez? Szerintem jobb lenne, ha nem látnád holtan.

– Te hallod, miket beszélsz? El kell búcsúznom tőle, látnom kell, különben minden egyes nap abban fogok reménykedni, hogy egyszer visszajön.

– Szerintem akkor sem jó ötlet, kezelhetnéd az egészet úgy, mintha egy távoli országba utazott volna, ahonnan soha többet nem térhet haza.

– Te nem vagy normális! Látszik, hogy nincs gyereked. Szerinted az véletlen, hogy amikor valakinek eltűnik a gyermeke, vagy erőszak áldozata lesz, és nincs meg a holtteste, a szülők egyetlen kívánsága, hogy találják meg a testét, hogy eltemethessék, hogy tudják, hol nyugszik gyermekük?

– Te tudni fogod, hol lesz, eltemetheted, mi elintézzük a hamvasztást is.

– Elmebeteg vagy!

– Te pedig higgadj le, és figyelj inkább rám. Engedd el Oleget, foglalkozz az élő gyerekeiddel. Fantasztikus hírt is hoztam!

– Miféle jó hírt tudnál éppen te hozni? – kérdezte fájdalommal és gyűlölettel a hangjában Tamara.

– Végeztek a látásvizsgáló génterápiával a Bázeli Molekuláris Intézetben. A professzor igen jó barátom. El tudom intézni, hogy a fiad elsőként kerüljön bele a programba.

– És mégis ennek mi lenne az ára? Hiszen te semmit sem teszel csak úgy, vagy mert jót akarsz. Minden tetted mögött ott van valami aljas szándék.

– Tudod te jól, beszéltünk már róla, nem szeretem ismételni magam.

– Nyilván előbb vagy utóbb mindenki számára elérhető lesz ez a beavatkozás. Eszem ágában sincs a lelkem még egy darabját eladni az ördögnek.

– Azt te már régen eladtad! – nevetett gúnyosan Viktor. – Az pedig, hogy bárki számára elérhető legyen ez a kezelés, még nagyon messze van. Ki tudja hány év, de az is lehet, évtizedek, míg a fiad alanyi jogon részese lehetne ennek a csodának. De ki tudja, hogy te, de akár ő megéritek-e azt a napot? Hát nem vágysz egy egészséges fiúra, nem akarod megadni neki a lehetőséget, hogy láthasson? Milyen anya vagy?

– Ezt most fejezd be, undorító vagy!

– Nézd, Tamara, nincs már visszaút, fogd már fel. Hallgasd ezt meg – nyomta a kezébe diktafonját, amire a beszélgetésüket rögzítette.

– Tényleg ennyire aljas vagy? Ez egyszerűen képtelenség, hogy még a gyászomba is belepiszkítasz. Ki vagy te?

– Nincsenek érzéseim, tudhatnád már. Céljaim vannak, amiket el akarok, és el is fogok érni. Egyszerűen működöm, de hatékonyan. Ha képes voltál feláldozni a fiadat, nem jelenthet problémát azt a sok eszelőst is sorjában a rendelkezésemre bocsátanod. De hidd el nekem, hogy cserébe rengeteg egészséges emberen fogsz segíteni. Higgy nekem, hogy ez közel sem akkora bűn, mint amilyennek megéled. Követed azt a sok hol hitnek, hol ideológiának nevezett szarságot, és az egész életedet egy börtönben kell leélned. Pedig te voltál az is, aki szakítani akart a hagyományokkal, és a saját törvényei szerint élni.

– Hol a fiam? Látni akarom! Már teljesen kizsigerelted, vagy maradt még hasznos szerve, amit eladhattál?

– Már nem.

– Te most szórakozol velem?

– Nem, dehogy. Egészséges, szép veséje, mája volt, és a hasnyálmirigye is felhasználható volt.

Tamara elájult. Amikor magához tért, bódultnak, ugyanakkor meglepően lazának érezte magát.

– Mit adtál be nekem?

– Teljesen mindegy, kezdtél csúnyán kiborulni, sokkos állapotba kerültél, persze érthető módon. Én pedig csak enyhíteni szeretném a fájdalmadat, és segíteni a fiadon.

– Na, ne röhögtess már, ez annyira szánalmas. Mit akarsz még? Mert segíteni biztos nem! Látni akarom Oleget!

– Nem akarod! Hidd el, nem akarod. Holnap megkapod az urnáját, emlékezz rá úgy, ahogy most az emlékezetedben él. Szinte semmi nem maradt a testéből, te is tudod, ne hazudj magadnak! És ne felejtsd el, hogy minden egyes szervével egy másik embernek adott és adtál esélyt az életre.

– Talán igazad van, akkor csak vigyél haza a fiaimhoz. Látni akarom őket.

– Ennek semmi akadálya, és kezdj el gondolkozni azon, amit mondtam. Ma kedd van, jövő héten ilyenkor már Svájcban lehetnétek. Mindent megszervezek, egyetlen szavadba kerül csak.

– Briliáns csapdát állítottál, zseniálisan, aprólékosan, precízen kiterveltél mindent. Komolyan mondom, kezdem megtisztelve érezni magam, amiért ebben a te gigantikus bábszínházadban főszereplő lehetek. Megáll az eszem, tényleg tetszik, köszönöm a naiva balek szerepét.

– Légy jó kislány, tedd a dolgod és ne gondolkodj! Remélem, a múltkori beszélgetésünkre még emlékszel.

– Mindig, mindenre emlékszem.

– Mindenre azért nem kell, és te pontosan tudod azt is, hogy mire nem is szabad.

– A kedvedért nem fogom az ostobát játszani.

– Nem a kedvemért teszed, magadért és a családodért.

– És mi lesz Konstantinnal?

– Mi lenne?

– Azt akarom, hogy baleset érje – mondta jéghidegen, de mégis tüzes gyűlölettel a hangjában Tamara.

– Baleset? Mégis mire gondolsz?

– Éjszaka kapja el néhány kemény legény, törjék-zúzzák a csontjait. Azt akarom, hogy az élete hátralevő részét kerekesszékben kelljen leélnie. Azt akarom, hogy szenvedjen az anyja. De még véletlenül se haljon meg, nem kívánom a halálát. Bár, ha igazán nagy fájdalmat akarok okozni az anyjának, talán jobb lenne, ha meghalna a drága kicsi fiacskája. Még meggondolom. Először kerüljön be a traumatológiára, később még intézkedhetünk, dönthetünk a sorsa felől. Az már nem egy bonyolult történet.

– Megvesztél, mi van veled?

– A jelenlegi helyzetemet figyelembe véve, már teljesen mindegy, hogy mit teszek, bosszút akarok állni a lányom életének tönkretevőin. És meg is teszem!

– Ennél egyszerűbb és tisztább dolgot is tudok javasolni, ha tényleg ezt akarod. Sőt, végig is nézheted, ahogy a kis szarházi meghal.

– Végig nézni biztos, hogy nem akarom! De mire gondoltál?

– Elkapjuk a hülyegyereket és kivisszük a krokodilfarmra. A többit magadtól is kitalálod. De ha gondolod, odadobhatom az anakondáknak is. Képzeld csak el, ahogy a kis köcsög levegőért kapkod.

– Hú, ez most egy kissé meglepett.

– Ne már, az előbb ecsetelted hogyan törjük szilánkjaira a csontjait.

Igen, de ott még meggondolhatom magam, de krokodilok szájából már nincs visszaút, volt, nincs.

– Rendben, tehát azt akarod, hogy csomagoljuk össze, zúzzuk péppé.

– Igen, ezt akarom. Ja, és nagyon fontos, hogy az arcát is csúfítsátok el.

– Savval, késsel, netán törjük szilánkra az arccsontjait?

– Azt rátok bízom, a lényeg, hogy soha többet ne akarjon tükörbe nézni. Amikor pedig az anyja ránéz, szörnyedjen el a látványtól.

– A kurva életbe, ilyen kegyetlen némber lennél? Fuck. Kezdek félni tőled.

– Félhetsz is, Viktor, félhetsz is.

– Azt kell mondjam, megleptél.

– Ez volt a cél. Ne legyél olyan fene magabiztos! Abban a hitben meg pláne ne ringasd magad, hogy te vagy a vadász, én meg az áldozati bárányod. Semmi és senki sem az, aminek látszik. Ha túl sokat baszakodsz velem, egy reggel arra ébredsz, hogy nincs farkad, mert lenyisszantottam.

– Állj már le, hallod? Elég volt!

– Tényleg? Látod, milyen szar dolog, amikor az embert fenyegetik? Most legalább egálban vagyunk. Meglátjuk, mit hoz a jövő. Ha nem kúrod fel nagyon az agyam, nincs veszélyben a férfiasságod.

– Még jó, hogy neked ott nincs mit levágni.

– Még jó.

– De a szemedet kiszúrhatom.

– Egyre jobbak vagyunk, szerintem tényleg jobb, ha itt és most befejezzük ezt a beszélgetést. Hazamegyek a fiúkhoz, egyedül, nem szeretném, hogy velem gyere. Majd később beszélünk. Intézd a svájci utat, kapjátok el Konstantint, én pedig teszem a dolgom az intézetben. Így jó lesz?

– Príma, sínen vagyunk. Örülök, hogy ha nehezen is, de megértettél mindent és ráéreztél a bosszú ízére is. Tetszik az új arcod. Bejön ez a Tamara. Sokkal izgalmasabb és izgatóbb, mint a régi szentfazék. Apropó! A fiad hamvaiból szeretnél valami ékszert készíttetni vagy maradsz a hagyományos urnánál? Netán választasz egy szép medált vagy homokórát, és abba tegyük?

– Legyen emlékgyémánt belőle, gyűrűbe foglalva.

– Elintézem, mi a méreted?

– 52.

– Megbeszéltük. Ha továbbra is ilyen normális és együttműködő maradsz, a végén még társak is lehetünk. Úgyis terjeszkedni akarunk a szülőhazád felé. Ott te lehetnél a góré.

– A jövő kiszámíthatatlan. Ámen.

– Ámen.

– Látod, tudsz te, ha akarsz.

Csak másnap találkoztak újra, de addigra Tamara ismét a régi önmaga volt. Elmúlt a drog hatása, kijózanodott, és maga is meglepődött azon, hogy tegnap milyen borzalmas dolgokat mondott.

– Lehet, hogy tévedek, de az önfeláldozás nem kifizetődő. Itt a nagyszerű lehetőség, hogy segíts azon a fiadon, akin még lehet. Ráadásul, ha jól vettem ki a szavaidból, ő a legkedvesebb gyermeked, ő áll legközelebb a szívedhez. Az intézetben élők úgysem nem jelentenek számodra semmit. Kár is lenne ezt tagadnod.

– Tudod jól, hogy én szigorú elvek mentén élem az életem. És ezek közül az egyik legfontosabb, hogy nem fogadhatom el, amikor egy ember Istent próbál játszani.

– Ugyan, kérlek, picikém, ez a kérdés ennél sokkal egyszerűbb: szeretnéd-e, hogy a fiad lásson, vagy nem?

– Persze, hogy szeretném, de nem minden áron.

– Ennek pedig ez az ára. Mindennek van ára ebben a kurva életben, ha valaki, hát én tudom. Neked pedig semmibe sem kerül, sőt nyersz vele, ha időről időre leszállítasz nekem egy-egy embert. Könnyen megteheted, te vezeted az intézetet, tisztában vagy vele, hogy kik azok, akik senki kölykei. Pontosan tudod, hogy kik azok, akiket senki sem fog keresni.

– És mégis ezt, hogy képzeled?

– Azt mondod, hogy egy másik otthonba költöztek. Ez papírmunka, adminisztráció, semmi egyéb.

– Viktor, én ezt nem tudom, és nem is akarom végigcsinálni.

– Pedig épp ideje, hogy megtanuld. A fiadért egy ilyen aprócska áldozatot csak meg tudsz hozni, vagy tévedek?

Tamara fejében kavarogtak a gondolatok, és nem tudott megszólalni. Mást mondott a szíve, és mást akart az agya.

– Nézd, a fiad, ha minden jól megy, negyedéven belül látó, egészséges ember lehet. Cserébe néhány gyagyásért. Te is tudod, én is tudom, hogy egy sérült ember csak teher a társadalom számára. Tagadhatjuk, szépíthetjük, játszhatjuk a nagy megmentőt, de akkor is ez az igazság. Te most változtathatsz a fiad sorsán, hasznos ember lehet a világ szemében, nem pedig egy szánalmas fogyatékos. Hiába beszél annyi nyelven, hiába

zongorázik, akkor is csak egy fogyatékos, akit mindenki szán
és sajnál. Te is tudod, hogy így van. Kapsz a válaszra egy-két na-
pot, gondold át, hogy mit ér meg neked hőn szeretett Alexan-
dered. Egész életedben feláldoztad magad, és mit értél el vele?
Hol van a te Istened, miért nem segít?

– Te maga vagy az Ördög, azért jöttél, hogy megkísérts, újra
és újra, hogy próbára tedd a hitem.

– És ha így is van, nincs kedved egy keringőhöz az Ördög-
gel? Egy forró tangóhoz, hogy végre érezhesd, hogy élsz, mert
ez, amit csinálsz minden csak nem élet. Ezt te is tudod, angya-
lom. Amúgy a hülye vallásod szerint Isten úgyis megbocsát min-
den bűnt, akkor meg nem mindegy? Ha ez így van, akkor itt az
ideje végre egy kicsit magadra is gondolnod, és a fiadra, utána
majd ráérsz vezekelni. Nekem ne mondd, hogy sosem gondol-
kodtál el ezen az „Isten mindent megbocsát" dolgon. Itt valami
hézag van, hiba a rendszerben, rés a pajzson.

– Nem az én dolgom, hogy felülbíráljam az Urat! Ez a sza-
bad akarat: tudod, hogy bármit megtehetsz, megengedi, de ha
hibáztál és megbántad, elnézi. Ilyen egy jó apa.

– Ne, kérlek, csak ezt ne. Miért, mégis mi a dolgod? A te Iste-
ned azt akarja, hogy ne gondolkozz, ne láss, ne hallj, légy értel-
mileg sérült? Ha ezt a sok marhaságot beveszed, akkor te vagy
a legfanatikusabb hívő, akivel valaha találkoztam. Tényleg, ta-
lán ezért vannak ilyen gyerekeid. Nem látnak, egyikük nem is
hall, és értelmileg is sérültek. Na, ilyenek a hívők. Isten ezt várja
el. Mi az, hogy mindent megbocsát? Gondold már át, kérlek! Fel
nem foghatom, hogy ezt a baromi nagy ökörséget hogy cumiz-
hatta be több milliárd ember. Ti nem gondolkodtok? Tégy szép
és jó dolgokat, higgy Istenben, ott a tízparancsolat is, ugyan-
akkor nincs semmi baj, fiam, ha hibáztál, mert apuci úgyis el-
nézi. Most akkor mi van? Nem frankó ez, szívem. Hitelesebb
lenne és hihetőbb a mese, ha jól megbüntetne, amikor hibázol.
Ahogy egy felelősségteljes szülő is teszi a gyerekével. A mai fia-
talok azért olyan semmirekellők, mert a szülők nem alkalmaz-
zák az időnként elcsattanó jó kis pofont. Ez volt a régi generá-
ció titka, hogy ha szükség volt rá, bizony előkerült a nadrágszíj

vagy a fakanál, netán egy pálca. Ha a gyerek nem jól teljesített, vagy szemtelen volt, megkapta a büntetést.

– Azt beszéljük meg, hogy meddig kell azt tennem, amit te parancsolsz, mikor lesz vége? Mikor jön el az utolsó törlesztőrészlet?

– Mit szeretnél, szerződést? Ezt te sem gondoltad komolyan, hisz' vagy betartom a szavam, vagy nem, nincs rá garancia. Ez egy ilyen üzlet. Kockáztatnod kell. Tegnap baromi jó fej voltál, bevállalós, merész. Csalogasd már elő azt az oroszlánt a barlangjából.

– Szóval lehet, hogy egy életen át az adósod leszek.

– Még az is előfordulhat.

Tamara megrémült, érezte, hogy ebből a csapdából nem fog egy könnyen kiszabadulni. De talán nem lehetetlen. Eldöntötte, hogy másnaptól minden beszélgetésüket rögzíteni fogja. Azt remélte, eljöhet még az ő ideje, amikor bizonyítékul hozhatja az elhangzottakat. Elvégre Viktor is ezt tette, miért ne tenné ő is? Tanulni sosem késő. De egy dologban azért igazat adott a férfinak: ez nem élet.

Hiába próbálom szépíteni, hiába a hitem, hiába az empátia, hiába a szeretet, hiába az együttérzés, hiába az önfeláldozás. Minden hiába – jutott el ő is a gonosz végső igazságáig.

Néha, mikor biztos vagyok a hitemben, érzem, tudom, hogy amit teszek, az helyes, és jó úton járok. Mégis időről időre elbizonytalanodom. Akárhogy is, de ideje szembenéznem a valósággal, hogy az idilli család, melyre annyira vágytam, ködzé vált, semmivé lett. A lányom beteg lett, a fiam és a férjem meghalt. Talán mert nem tudtam boldoggá tenni. De hogy is tudtam volna boldoggá tenni, amikor sosem voltam boldog, ugyanis nincs rá igényem. Az emberiség rákfenéje, hogy folyamatosan az örömöt, a boldogságot hajszolja. Az öröm múlékony, illékony, olyasvalami, amit nem lehet birtokolni. Én azt hiszem, hogy sosem voltam boldog a szó klasszikus értelmében, volt is ebből sok gondom a férfiakkal, mert engem nem lehetett boldoggá tenni, mert én nem vágyom erre az érzésre, és természetesen éppen ezért alkalmatlan vagyok arra is, hogy boldoggá tegyek egy férfit. Nehéz velem együtt élni, azt hiszem. Ettől függetlenül imádtak a férfiak, talán épp e miatt a másságom, fogyatékosságom miatt. Kihívásnak tekintették, azt gondolták, majd ők megmutatják. De egyiknek sem sikerült, mert nem értették meg, hogy valójában a lelkem mélyén én egy elégedett ember vagyok. A boldogság elillan, az elégedettség pedig egy konstans állapot. Ezt az állapotot vagy ismeri valaki, vagy sosem fogja megérteni, hogyan érzek, és ezt az érzést nem lehet átadni, megfogalmazni, megértetni egy hétköznapi emberrel. Egyszerűen máshogy vagyok bekötve. Mindig is másképp voltam. Sajátos gondolkodásomra korán fény derült, hisz' 10 évesen olyan kérdések foglalkoztattak, hogy ki vagyok én? Szociális érzékenységem már kislánykoromban megmutatkozott, mindig megérintettek a beteg, sérült emberek. Szerettem róluk gondoskodni, hihetetlen türelemmel vagyok irányukba, talán épp ezért az élet más területein viszont nagyon türelmetlen tudok lenni. „Let's do something beautiful for God!" Amikor először olvastam, azonnal a szívemig hatolt ez a mondat, mert én mindig így akartam élni. Ha megkérdezték, mi szeretnék lenni, a válaszom az volt, hogy Isten legkedvesebb gyermeke. Csak olyasmit akartam és akarok még ma is valójában tenni, amiben az atya is örömét lelné. Mindezt úgy, hogy nem voltunk hitbuzgó katolikusok és ma sem vagyok az, nem járok templomba, csupán imádkozom, és tisztában vagyok azzal, amit közben mondok. Élem a hitem, nem beszélek róla, és magamévá tettem a „legyen meg a te akaratod"-at. Ennek tükrében nem teszek fel kérdéseket, teszem a dolgom. Nem is szeretek erről senkivel beszélni, és a vallások, Isten nevében vagy álarca mögé bújva elkövetett bűnöket gyűlölöm a legjobban a világon. Mindig képes voltam meglátni a magaménál nagyobb tragédiákat is. Persze az enyémnél nagyobb csak egy van, amikor elvesztett az egészséges gyerekedet. Láttam olyan életeket, ahol sikerült ebből felépülniük, továbblépniük. Számomra ők igaz emberek, példaképek! Az ő gondjuk mellett az enyém semmiségnek látszik, eltörpül. És még így is sok anyának vagyok példakép, sokan merítenek belőlem erőt. Alázat, türelem, szeretet, empátia, ezek azok a dolgok, amiket a fiaim mellett elsajátíthattam, tehát ha úgy tetszik, és a végeredményt nézem, általuk sikerült valóban emberré válnom. Ennél többet pedig nem is akarhatok. Az élet az is egyértelművé tette számomra, hogy nincsenek véletlenek, a sorsunk fontosabb állomásai meg vannak írva, sosem tudtam volna elkerülni a sorsomat, ma is ugyanezt tenném, erre voltam predesztinálva. Ehhez kétség sem fér. A buddhisták szerint a világ, ami körülvesz minket, csupán képzelet – ez a képzelet szüli az öröm örökös hajszolását is. Ezért olyan szerencsétlenek az emberek, mert a pillanatnyi örömöket keresik. Én viszont azokat sosem kerestem – azt hiszem, korán fellebbentettem maya fátylát, és hamar megláttam a lényeget, mely kézzel nem fogható, és szemmel nem látható. Korán felismertem, hogy nekem ez a dolgom, helyemen voltam, nem lázadtam a sorsom ellen. Legyen meg a Te akaratod!

És igen, csakis így van értelme élni az életemet, ha elégedett vagyok vele. Hogy lehet valaki elégedett három sérült gyerekkel? Az elfogadás az a szó, amit keresünk kell magunkban. Az élet engem megtanított a fegyelemre, megtanított arra, hogy kordában tartsam a vágyaimat, az érzelmeimet. Nagyon jó példa erre egy hatosfogat, ami mögé ha beülsz, biztos célba érsz. Ellenben ha ez a hat ló szabadjára van engedve, abból csak káosz lehet. Eredmény semmiképp sem. Ha ösztönlény vagy és az alacsonyabb energiák uralják az életedet, esélyed nincs a harmóniát megtalálni. A békét, az elégedettséget, a nyugalmat tudatossággal lehet elérni, folyton résen kell lenni, ami komoly feladat. Figyelni kell rá, akár a tűzre, mert ha egyszer kihunyt a lángja, újra beköszönt a sötétség, ami a függőségek előszobája. De vajon létezik egyetemes igazság? Kizárt. Képtelenség egy olyan gúnyát megvarrni, ami mindenkire jó. Egyre inkább azt hiszem, hogy ahány ember, annyiféle igazság. Talán az igazságnak léteznek alappillérei, amelyekre aztán fel lehet építeni a saját igazságodat. Igen, valahol itt a megoldás. Hitem szerint az első alaptézis, hogy az élet csupán csak egy játék, egy társasjáték, ahol hol jobb, hol rosszabb mezőre lépünk. A lényeg, hogy sose felejtsük azt el, hogy játszunk. Óriási hiba lenne komolyan venni az életet. Ha ezt képesek leszünk megérteni, minden nehézségen könnyedén túljuthatunk.

Hisz' ha tudom, hogy csupán játékról van szó, könnyebb elengedni a fájdalmat, csalódást és a kudarcokat is. A második a Miatyánk egyik mondata: Legyen meg a Te akaratod! Ha képes vagy ezt is megérteni és elfogadni, akkor tiszta szívvel képes leszel megélni a jó és rossz pillanatokat életed során. Tanulságnak fogod megélni azokat, és nem kudarcnak elkönyvelni. Épülsz, és általa jobb és bölcsebb emberré válsz! A harmadik, hogy nem hajszolod tovább az örömöket, megérted, hogy azok múlékonyak, legtöbbjük öl, butít és nyomorba dönt. Helyette az állandóságra, egy folyamatos elégedettségre törekszel. Mindenki tudja, hogy mi a különbség a kettő között. Az öröm általában önzésből fakad, magadnak akarod, rólad szól, míg az elégedettség érzése a jótetteink eredménye. A negyedik és egyben utolsó nem más, mint az önirónia. A cinizmus igen fontos az életben, valamint az akarat, hogy az adott helyzetből győztesként kerülj ki. Ne akarj vesztes lenni és áldozat! Szerintem ezek adják a te lelked templomának alapjait. Erre már lehet építeni. Ez egy szilárd, megbízható építmény lesz, amiben biztonságban érezheted magad! Ha ez megvan, akkor már csak az a dolgod, hogy ezt a templomot tisztán tartsd! Évtizedek óta sérült emberek vesznek körül, éjjel-nappal, az év 365 napjában. Időnként eluralkodik rajtam a pánik, és úgy érzem, megfulladok. Olyan, mintha egy ketrecbe lennék zárva. Ha Isten valóban megbocsát, akkor miért ne segítenék a fiamnak? Végül is érte teszem, és csak másodsorban magamért. Talán odafent is van esküdtszék, amely mérlegre teszi a tetteimet. De tudom is én, mi van odafent. Senki sem tudja. A buddhizmus szerint pedig csak az itt és most számít. Akkor meg nincs min gondolkodnom. Döntöttem, korábban is minden tőlem telhetőt megtettem a gyerekeimért, most sem lesz ez másként. Ezt az életet már jól ismerem. Ideje lapoznom, és egy új fejezetet nyitnom. Miért is akarnám, hogy a fiam a társadalom nyűgje legyen? Ha ennek most az az ára, hogy ismét lefokoznak, hát legyen. Áldozat nélkül nincs eredmény.

– Sajnálom, hogy elbizonytalanodtam.

– Semmi gond, érthető. Akkor a régi Tamara újra a porondon?

– Igen. Még szokom, de menni fog.

– Ezt örömmel hallom, mert már kezdem unni ezeket a furcsa beszélgetéseinket.

– Befejeztem őket.

– Az jó, nagyon jó. Erre koccintsunk akkor!

– Egészségedre!

– Egészségedre, és a sikerekben gazdag jövőnkre!

9. FEJEZET

— Á, mit csinálsz? Ez fájt.

— Bántalak.

— Miért bántasz?

— Mert jólesik, felizgat, szeretlek megalázni, amióta megláttalak, arra vágyom, hogy megalázzalak, és mert megérdemled, mert rossz kislány vagy.

— Te beteg vagy, ugye tudod?

— Hogyne tudnám, és akkor mi van, mit szeretnél tenni? Tudod jól, hogy ki vagyok és azt is, hogy hozzád képest menynyire befolyásos ember vagyok. Te viszont csupán egy halmozottan fogyatékos betegek intézetének a vezetője vagy. Aki, ha nem vigyáz, könnyen a címlapra kerülhet, mondván a sok évtizedes lelkiismeretes, odaadó munka és családi háttér miatt eszét vesztette. És akkor jöhet a zárt osztály. Könnyen bedughatlak. Megmentettem a lányodat, visszaadtam a fiad szeme világát! Tartozol nekem, megegyeztünk, hogy egyszer benyújtom a számlát. A játékszerem leszel. Áldozatnak születtél, te mondogattad mindig, hogy ez az élet nem rólad szól, hogy ebben az életedben rendezed az adósságaidat. Esélyed sincs véget vetni ennek a kapcsolatnak. Ezt a játékot csak én fejezhetem be, ha úgy látom jónak. Feddhetetlen előéletem van, magas pozícióm, a kezemben van a minisztertől kezdve az egész kormány, a hadsereg, mindenki szennyesét én mosom tisztára. Viseld a sorsod, vagy ahogy kedvenc filozófusod mondá, Amor Fati! Amor Fati, édes! Ne csak mondd, éld is. Most pedig vetkőzz le, és négykézláb járkálj előttem.

— Ezt ugye nem gondolod komolyan?

— A lehető legkomolyabban gondolom. Lábhoz, édes.

– Tudod jól, hogy mennyire szemérmes vagyok, hogy még soha nem vetkőztem le senki előtt meztelenre. Kérlek, csak ezt az egyet ne kérd!

– Nincs jogod kérni ebben a játékban. Te most egy senki vagy, érted? Legfeljebb könyöröghetsz, ez is a játék része. Jobban jársz, ha azt teszed, amit mondok, akkor előbb szabadulsz.

– Mégis mi a célod ezzel, mondd?

– Mondtam már, hogy ne kérdezősködj, ne beszélj, egyszerűen csináld, amit mondok. Azt mondtam, vetkőzz le, és járkálj előttem négykézláb, ne mondjam még egyszer. Csináld!

Levetkőztem, de úgy éreztem, menten megfulladok, hisz' születésemkor voltam először és utoljára anyaszült meztelenül idegen ember előtt. Soha, egyetlenegy alkalommal sem látott még senki sem pucéran. Valami megmagyarázhatatlan, ostoba dolog folytán mindig csak a hibát láttam magamon. Pedig visszanézve régebbi fotókat, szinte tökéletes volt a testem. Én mégsem láttam soha annak, és aki keres, ugyebár talál is. A meztelenkedéshez bátorság, szabadság, önfeledt lazaság kell. Belőlem mindegyik hiányzott. Sosem akartam megmutatni magam a világnak. A meztelenkedéssel kitárod, feltárod, megmutatod az összes porcikád. Most pedig ez a perverz látni fogja a testem minden egyes részletét.

Úristen, azonnal megőrülök, nem hiszem el, hogy ilyen helyzetbe kerültem. Hogy történhetett mindez meg velem?

– Kérlek, legalább egy kicsit vedd lejjebb a fényeket, nagyon kérlek! Könyörgöm!

– Na jó, ez nem gond, mert a végén még elsírod magad. Na, gyerünk, szívem, járkálj, csússzál-másszál előttem. Gyönyörű vagy, atyaég, pucsíts, hadd gyönyörködjem abban a szuperkerek, feszes popsidban. Gyere felém és játszd meg, hogy épp felfalni kívánod a szerszámomat. Lássam, hogy éhes vagy, lássam, hogy akarod. Játssz, ne mondjam még egyszer! A türelmem fogytán, csináld, amit mondtam.

Erről van szó, látod, megy ez neked. Nincs miért aggódnod, nagyon szép vagy. Gyere, kapd be tövig a farkam, baszki. De jól tudsz szopni, istennő vagy. Fordulj meg, hadd nézzem a domborodó pinádat és a kerek picsádat. Igen, ez az! Mindjárt szétrobban a faszom. Maradj így, mert most bevágom, és nagyon csúnyán meg foglak baszni.

Hajam összefogta, és mintha csak egy lovat hágna meg, artikulátlan hangokat kiadva, hörögve, kegyetlenül magáévá tett. Véresre csapkodta a fenekem, és szinte kitépte a hajam. A nyakam véraláfutásos lett a harapdálásaitól. Szörnyű pillanatok voltak, de legalább nem tett semmi extrémen perverz dolgot. Vajon mi vár még rám, vajon ez csak az előjáték volt?

– Istennő vagy, életem, fenomenális voltál! Tudod te, hogy mi kell egy férfinak. Tényleg nem értem, hogy miért kéretted magad? Remélem, azért egy kicsit élvezted is. Jobban jársz, ha megpróbálod élvezni, hidd el nekem.

– Végeztünk?

– Ugyan, dehogy, fogd a vibrátort és basszál meg.

– Tessék?

– Jól hallottad, vazelinnel kend be a seggem, és basszál meg, baby. Gyerünk, ne kéresd magad, csináld, vagy én foglak seggbe kúrni!

– Ez volt a varázsszó, mert azt nem szerettem volna.

– Igen, nagyon jól csinálod, tágítsd még egy kicsit a seggem, és szép lassan csúsztasd be a szerszámod. Hm, igen, ez az, tudod te, hogy mit kell csinálni. Isteni, hú, bassza meg, ez kurva jó, most már megértem a buzikat. De azért ez így az igazi, amikor egy jó csaj bassza meg a seggem, akit utána jól meg is baszhatok. Ez az, jól van, most húzd ki, édes, hadd basszalak jól meg. Azt a rohadt életbe, mindjárt szétrobban a faszom. Hú, ez volt aztán a kúrás! Szép munka. Jó voltál, ott a béred a borítékban.

– Hogy micsoda?

– A honoráriumod, ötezer euró. Luxuskurva vagy, nem tudtad? Kurva néniset játszottunk. Megvettelek.

Hm, ez így azért mindjárt más, ha előbb mondja, nagyobb kedvvel teszem a dolgom – gondolta Tamara.

– Na, belehaltál?

– Hagyjuk, inkább nem mondok semmit.

– Legközelebb jobban elkaplak, ez csak egy kis ízelítő volt, drágám.

„Szerettem vajon valaha is ezt a férfit? Aligha. Inkább csak izgalmas volt és elvarázsolt. Könnyű dolga volt, hisz' ma már egyértelmű, hogy olvasta a dossziémat. Felelőtlen dolog az embernek feltárnia a lelkét, hiszen azzal bárki, bármikor csúnyán visszaélhet. Ha jól belegondolok, magamon és a gyerekeimen kívül igazán nem szerettem még senkit. Egyszerűen csak elhiteti a külvilág az emberrel, hogy az élet párosan szép. És be is vesszük, olyannyira, hogy ha nem válik valóra a hollywoodi álom, szó szerint belebetegszünk! De mire ezt ilyen kristálytisztán láttam, el kellett telnie közel ötven évnek. Hogy a csodába kerültem én ebbe a helyzetbe? A válasz igen egyszerű: a gyermekeim által. Hisz' értük bármit megtennék, ahogy meg is tettem. Most pedig egy cunami kellős közepében találtam magam, ami az egész eddigi életemet romokba döntheti. Az Armageddon-erejű elemi csapás pedig nem más, mint Viktor és az ő beteges világa.

»Amióta megismerted, féltél tőle. Akárhányszor is találkoztál vele, valami megmagyarázhatatlan, görcsös feszülés költözött a testedbe. Próbáltad megfejteni eme különös jelenséget, de nem sikerült.

Aztán megpróbáltál barátkozni vele, hagytad, hogy magával rántson egy olyan világba, ahol egyébként semmi keresnivalód sem volt. Ismét meg akartad érteni, de nem sikerült.

Aztán egy szép tavaszi napon megértetted, megfejtetted a titkos kódot.

Rájöttél, hogy a félelem, mit közelében éreztél, nem másból fakadt, mint a gyengeségéből, amit a jelleme hordott. A gyengesége, bizonytalansága, s félelmeinek gazdag tárháza, melyet akarva-akaratlan, unos-untalan rád zúdított.

Ellenségednek tartottad, miközben csupán sebezhetőségét palástolta.

Ezen a szép tavaszi napon fellibbent a fátyol és megláttad reszkető, remegő, földön vonagló szerencsétlen testét!«

Megvilágosodtam, és ebben a pillanatban nyoma sem volt a félelemnek, amelyet korábban a közelében érezhettem. Szántam, megszántam, sajnáltam, és láttam, mily picinyke ő. Hozzám képest csupán egy porszem, melyet ha cseppnyi eső hullik a földre, rögtön elmos.

Senki, és mégis valaki. Félelmeim, fájdalmaim tükörképe volt ő. Aki önnön félelmeit, fájdalmait tárta fel. Nem is tőle féltem, hanem a benne lakozó gyengeségtől.

De a felismeréssel most tovaszállt, s vele együtt minden félelmem is köddé vált. Ahogy jő a pirkadat, úgy oszlik el és oldódik fel a nap sugarában apró pici harmatcseppé, amellyel szomjukat oltják a rét színes, pompás pillangói. Egy félelem, melyre, ha fény borul, egyszeriben lesz csodás része a természetnek."

10. FEJEZET

– Miniszter úr!

– Viktor, drága barátom, foglaljon helyet. Milyen új ötlet pattant ismét ki a zseniális koponyájából? A legutóbbinál jobbat nehezen tudnék elképzelni.

– Nos, valóban, a *sérült emberek az egészséges emberekért* programom meglehetősen életképesnek bizonyult. De amivel most fogok előrukkolni, az mindent visz, mint pókerben a royal flush.

– Ne csigázzon, barátom.

– Megpróbálom minél egyszerűbben felvázolni. Ha érdekesnek találja, majd rátérhetünk, részletesen elmesélem. A következőről van szó. Gondolom, azzal ön is egyetért, hogy a társadalmunk pusztulásra kárhoztatott.

– Pontosabban.

– A mai fiatalok – tisztelet a kivételnek – teljesen alkalmatlanok bármire is. Lusták, mihasznák, a virtuális világ rabszolgái. Robotok, nincsenek érzéseik, nem kommunikálnak egymással, egyszóval klinikai esetek. Betegekre pedig nem lehet jövőt építeni. Gondolom, ezzel egyetért.

– Messzemenően, folytassa, kérem.

– Nos, az elképzelésem a következő: már óvodás korban megkezdjük a gyerekek szelektálását. A szülőket a részletekbe nem avatjuk bele. Az iskolákban szintén osztályozzuk a nebulókat. Először különválasztjuk az életerős egyedeket a gyengébbektől. Később a gyengéket is szelektáljuk. Az erősek teljesen más oktatási rendszerbe kerülnek. A lakosság idősebb tagjait 18 éves kortól besorozzuk, nőket és férfiakat egyaránt. Itt szintén megtörténik a képességeik felmérése, és folytatódik az osztályozásuk.

– A besorozás jó ötlet, hisz'azt a szüleik már jól ismerik, legalábbis a nagyszüleik biztosan, így el tudják magyarázni, hogy mit is jelent. Katonaságot akar, de hát ez nem új keletű dolog.

– Szó sincs róla, a besorozás csak álca, ami elfedi a valóságot, eltereli a figyelmet a lényegről.

– 18 éves kortól hány éves korig?

– Nos, mindenkit besoroznék, akinek nincs még családja.

– És miről akarja elterelni a figyelmet?

– A táborról.

– A táborról... remélem, nem koncentrációs táborban gondolkodik, ahol a gyengéket elgázosítják.

– Ugyan, miniszter úr, tudja jól, hogy minden életért kár, minden életnek van értelme az én világomban. Esetünkben a gyengék szolgálják majd az erőseket. Nem létezik kárba veszett élet. Mindenkit arra fogunk használni, amire való. Értelmet adunk az életüknek. Valójában a számítógéppel sincs semmi baj, ha megfelelőképpen használjuk. Speciális programokat íratok, amivel képezzük, kiképezzük a jövő ifjúságát. Programokat, amivel szó szerint átmossuk, kimossuk, felfrissítjük a beteg szürkeállományukat. Fejlesztjük az SQ-t és az ÉQ-t, és csak részben a közismert EQ-t. Sajnos kevesen tudják csak, hogy az intelligenciánkra van a legkevesebb szükségünk ahhoz, hogy kiváló emberekké váljunk. A XXI. század szülöttei naphosszat élesítik az elméjüket, halmozzák a felesleges lexikális tudást, ahelyett, hogy az érzelmi és a spirituális oldalukat csiszolgatnák. Kiképezzük, fizikai és lelki gyakorlatok elé állítjuk őket, hogy valódi emberré váljanak, ne csak holmiféle biorobotként tengődjenek. Olyan Homo Sapiensekké, akikre később támaszkodhatunk, egy új világot felépítve a segítségükkel. Itt említeném meg az erkölcsi nevelést, mint létfontosságú részét az oktatásnak. Ép testben ép lélek. A görögök jól tudták, hogy az egészséges, ép testben erkölcsileg fejlett, azaz ép lélek vagyon. Csak és kizárólag egy szép és egészséges test alkalmas arra, hogy etikailag hibátlan léleknek adjon otthont. Ezért rendkívül, kimagaslóan fontos része a fizikai mozgás, gimnasztika, atlétika a rendszerünknek. Ezt nevezték a görögök, a kalokagathia elvének, mely szerint a jó és a szép harmonikus egységben létezik, kéz a kézben járnak, elválaszthatatlanok egymástól. Szókratész mondta, hogy sem a harcban, sem másban, semmilyen élethelyzetben nem válik hátrányodra, ha többet törődsz a tested felkészítésével. Bármit is tesznek az emberek, a testükre szükségük van, ezért sokat számít, hogy minél kiválóbb legyen. Mit kezdjünk egy csenevész testtel, mégis mire való? Semmire, szégyen, ha egy férfit elfúj a szél. Mondhatni röhejes. Fő célom az esztétikus, harmonikus testalkat kialakítása. A testedzés egyenes következménye, hogy a szervezet ellenálló lesz, formálódik, erősödik tőle a jellem és az akaraterő, amiből majd aztán kibontakozik az önzetlenség és az önfeláldozás erénye. Erőt, tisztességet kell, hogy sugározzon egy férfi, tartása kell legyen. Egy edzett test nagyobb biztonságban van.

Az őrjöngés, a feledékenység, az elmebaj, a mogorvaság sok esetben éppen a test elhanyagoltsága miatt támadja meg az elmét. Ezek tények, nem én találtam ki.

– Meglehetősen futurisztikus a jövőképe, Viktor.

– Annak látja, miniszter úr?

– Igen. Mindenesetre ahhoz kétség sem fér, hogy felkeltette az érdeklődésemet az elmélete.

– Higgyen nekem, hogyha beindul a gépezet, arra más országok politikusai is vevők lesznek. Terjeszkedhetünk. Ezért fontos, hogy jól kidolgozott legyen a programunk, hogy ne maradjon rés a pajzson. Meg kell állítanunk a jelenlegi korcs folyamatotokat, különben az emberiség hamarosan belepusztul önnön butaságába. Lépnünk kell, cselekednünk! Valójában nem teszünk mást, mint felemeljük a söpredéket. Esélyt adunk nekik, hogy értelmet nyerjen az életük. Egyértelmű, hogy segítségre szorulnak, fetrengenek a koszban és a mocsokban. Eljött az ideje a kollektív fürdetésnek. Messziről bűzlenek már a sok mocsoktól, rothad az egész világ, ez az igazság. Itt az idő, tennünk kell a szebb jövőért!

– Látom, jól felkészült, meséljen még, felcsigázott a mondandója.

– Némi történelmi áttekintésre volt csupán szükségem. A jó öreg spártai nevelést elemezgettem, a görögök azért tudtak valamit. És hát a spártaiak szerint puhány athéniak, meg egyéb görög városállamok lakói is letettek néhány napjainkban is érvényes elvet az asztalra. Platónnak és Arisztotelésznek nagyszerű elmélete volt a gyereknevelésről, amit mi itt és most megvalósítunk. Ami működött régen, miért ne működhetne most is? Egy kicsit feltuningoljuk, és máris fogyasztható lesz napjainkban.

A nők szétválasztása lesz a legegyszerűbb feladat, mert ott csupán három csoport fog létezni. Az első az ősanya típusú nők, akik arra hivatottak, hogy szüljenek. A második kasztba kerülnek azok az anya-típusú asszonyok, lányok, akik bármilyen okból kifolyólag nem alkalmasak a szülésre. Ők segítik az ősanyákat, nevelik, dajkálják a gyerekeket. A harmadik csoportba azok a nőnemű egyedek kerülnek, akik minden egyéb, nőnek való feladatot ellátnak majd a rendszerben, beleértve a férfiak szórakoztatását is. Bár utóbbi még kidolgozás alatt áll. Valójában nem tudom, hogy erre szüksége lesz-e az *új korszak* emberiségének.

– Viktor, ugye nem azt akarja mondani, hogy nem lesznek kurvák az új társadalomban?

– Részben, hogy nem lesz rájuk szükség. A Krisna tudatú hívők is kizárólag gyermeknemzés céljából élnek szexuális életet. Talán egy jó számítógépes szimulációs program képes lesz ezt a problémát is megoldani, és ezzel elejét vehetjük minden egyéb, ehhez társuló problémának.

– Például mi mindennek? Nézze, Viktor, valóban fantáziadús, egyedi az elmélete, de hát én elsősorban politikus vagyok. Egy valamirevaló politikus pedig nem élhet egy kurvák nélküli társadalomban, hisz' meglehetősen közeli rokonságban áll a mi két ősi szakmánk.

– Akkor kifejtem bővebben az akár prostitúciómentes, szép, új jövőt. Kiküszöbölhetők lenne a komputeres szimulációval a valódi, hús-vér-test iránti, egészségügyi kockázatot is magában rejtő vágyakozás. A kéjelgés okozta nemi betegségek, a hűtlenség, az erkölcstelenség! Egyszóval a bűnök. Ezekre semmi szüksége az emberiségnek, ezért ki kell iktatni a rendszerből. Mondtam, az erkölcs fontos, ha nem a legfontosabb alappillére kell, hogy legyen az új rendszernek. Ez a kiindulópont, ez az alap. Erre építjük az egész országot. Gondolom, hogy hallott már az eugenetikáról.

– Rémlik, valami társadalomfilozófiai irányzat, de hogy egész pontosan mit is jelent, bevallom, nem tudom.

– Az eugenetika olyan beavatkozás, mellyel megpróbálják az emberiség genetikai állományát befolyásolni. Ennek ismert képviselője Galton volt. Neki az volt az elképzelése, hogy a legkiválóbb, legerősebb egyedek szaporodjanak. A genetikai sérültek, gyengébb képességű személyek esetében pedig születéskorlátozást javasolt. Ezzel lényegesen javíthatnánk az emberi faj genetikáját. Az USA-ban az eugenetikát a humángenetika részének tekintették. Az Egyesült Államok huszonhat szövetségi államában annak idején elfogadták a sterilizációs törvényt. Az elmebetegeket nemzőképtelenné tették. Gobineau részletesen foglalkozott a rasszkérdéssel. Szent meggyőződése volt, hogy a fehér rasszok a legmagasabb rendűek, persze ezen belül is vannak különböző differenciák, a feketék pedig a legalacsonyabbak. Véleménye szerint komoly problémát jelent a rasszkeveredés, mely egyértelműen az emberiség hanyatlásához vezet. Ennek következménye később a silány középszerűség. Az eugenetika valójában azokat a hatásokat vizsgálja, melyek egy faj veleszületett képességeit javíthatja.

– Ez nekem jó ürügynek látszik a faji megkülönböztetés igazolására.

– Jól gondolja, miniszter úr, van némi átfedés. Kétség sem férhet hozzá, hogy ez kapóra jött a rasszistaideológiák szószólóinak.

– Például Hitlerre gondol?

– Hitlerre és Wilhelm Frickre. Ők mindketten elkötelezett hívei voltak a természetes szelekciónak. Hitler Mein Kampf-jában egyértelműen utal arra, hogy az öröklődő betegségben szenvedők – vagy akár az ilyen gének hordozói – nem alkalmasak az utódnemzésre, ezért sterilizálni kell őket. Wilhelm Frick, mint a Harmadik Birodalom belügyminisztere, dolgoztatta ki a kötelező sterilizációs törvényt. Egyben megtiltották a genetikailag sérültek házasságkötését. Tény és való, hogy ők összeolvasztották a rasszhigiénét és az eugenetikát.

Ezzel szinte le is járatták az eugenikát. Ma már inkább kvalitatív családtervezésnek, genetikai családtervezésnek nevezik, de a gyökere ma is ugyanaz. Talán csak annyi a különbség, hogy nem mernek olyan drasztikusan beleszólni, beleavatkozni az ilyen személyek életébe. A németek még az alacsonyabb rendű személyekkel való házasságot is megtiltották.

Akárhogy is, de sok igazság van ezen intézkedésekben. Érzésem szerint ezt is tovább kellene vinnünk, itt-ott lehet, hogy finomításra szorul, de bevallom, én nem gondolnám. Szelektálni kell a gyengéket, a jelentékteleneket, a betegeket, mely egy egészségesebb, ellenállóbb, magasabb kvalitású embert eredményez. Az USA-ban még 1981-ben is hajtottak végre államilag elrendelt sterilizációt.

– Kemény legény maga, Viktor, de jól beszél, minden szavával egyetértek! Kevesen mernének ezzel előállni, pedig az biztos, hogy jó szóval még senki sem nyert csatát. Komplex problémával állt elő. Referálni fogok a tanácsadóimmal, önt pedig minden joggal felruházom, hogy a feladatot végrehajtsa. Mondana még néhány szót az ifjúság neveléséről? A tanácsnak részletes beszámolóval kell előállnom. Gondolom, megérti.

– Persze, igaz, ideje volna Putyin nyomdokaiba lépnie.

– Mire gondol?

– Autokráciára, egyeduralomra.

– Ez nem jelent problémát, hisz' domináns szerep jutott a pártunknak, hatalmamat a katonák, a papság, bíróság és az összes előkelőség biztosítja. Épp úgy, ahogy Putyin esetében. Azt viszont el kell ismernem, hogy Putyin karizmáját, imázsát, sármját nehéz lenne felülmúlni, nem véletlenül választotta 2013-ban a Forbes magazin a világ legbefolyásosabb emberévé. Magam is autokrata vagyok, csak kicsit finomabb formában adom elő, hogy az ország meg tudja emészteni. Ne felejtse el, hogy vannak tanácsadóim, köztük maga is.

– Máris megnyugodtam, így semmi akadálya nem lesz az új rendeletek, törvények, intézkedések bevezetésének.

– Semmi, az égvilágon semmi. Talán azt a prostitúciós dolgot megfúrnám, vagy legalábbis egy kiskaput, ha hagyna néhány befolyásos barátja számára, gondolom megérti.

– Igyekszem majd fejben tartani, miniszter úr, ígérem.

– Nos, elképzeléseim szerint az újkor nemes egyedeinek ismertetőjegyei közt található a testi erő, edzettség, némi fanatizmus. Ahhoz, hogy ilyen férfiakat tudjunk kinevelni, elkerülhetetlen, hogy az állam beleszóljon a lakosság legszemélyesebb ügyeibe is. Fontos, hogy szigorúbban szabályozzuk a házasságkötést, pontosan azért, amiért a németek tették. Az egészséges utódok miatt. A test és lélek edzését már óvodás korban meg kell kezdeni, eleinte játékos formában. A legértelmesebbeket, legbátrabbakat a csoport élére kell tenni. Már ebben a korban magukba kell, hogy szívják a kitartást és az erőt. Sírásnak helye nincs. Édesanyám mondta annak idején… Soha nem feledem el, elestem a lépcsőn, felhasadt a szám, ömlött a vér belőle. Ő csak megfogta a karom, rám nézett és ennyit mondott: *„Megtörtént, engedd el a fájdalmat, ne ragaszkodj hozzá, menj játszani!"* Annyira meglepett ez a reakciója, hogy csak annyit tudtam felelni: *„Megyek, már nem is fáj, elengedtem a fájdalmat, mama"* – és működött, bassza meg, működött, akkor és ott anyám nagyot tett velem.

– Ez valóban kurva jó duma volt a kedves mamájától. Én is alkalmazom az unokáimnál. Sőt, most, hogy mondta, beveszszük a tantervbe is.

– Természetesen az igazi, valódi kiképzést a táborok jelentik. Az óvodákban, kisiskolás korban és a középiskolákban óriási szerepe lesz a testedzésnek, valamint érzelmi és spirituális szerepjátékoknak, meséknek, kiképzőszimulátoroknak, edzőprogramoknak, számítógépes programoknak. A tantervből száműzzük a rengeteg felesleges tantárgyat, matematikából kizárólag csak az alaműveleteket kell elsajátítaniuk, úgymint összeadás, kivonás, szorzás, osztás, százalékszámítás, átváltások. Azon gyerekek számára, akik egyértelműen matekzsenik, természetesen biztosítjuk a továbbtanulást, hisz' akadnak majd olyan munkahelyek, ahol erre szükségünk lehet. De a többségnek nem kell szenvednie a matematikával, a fizikával, kémiával. A zenei műveltségre igen nagy hangsúlyt fektetünk, hisz' az szorosan összefügg a lelki finomsággal, együttérzéssel, empátiával, amit fejleszteni kívánunk. Történelemből kizárólag azt kell ismerniük, melyeket mi győztes és követendő, példaértékű eseménynek tartunk. Biológiából a test felépítését, a szerveket, gyakori betegségeket és azok természetes gyógymódjait. Az egészséges életmód, valamint a prevenció fontossága kerül előtérbe, ezenkívül az újraélesztés, és az alapsérülések szakszerű ellátása a mindenki által elsajátítandó tananyag. Fontos, hogy a fiatalok folyamatosan vetélkedjenek egymással, hogy ezzel le lehessen mérni az egyéni teljesítőképességük határait. Új tantárgy lesz a harcművészet. A fő hangsúly – ahogy már említettem – a testedzésre kerül, mivel a test a lélek temploma, így erős vár kell, hogy legyen. Egészen a csecsemőkortól szükséges minderre figyelni. Az anyák kizárólag csak anyatejet adhatnak a gyermekük egyéves koráig, aki nem képes rá, az halálra ítéli a gyermekét. Ne aggódjon, miniszter úr, hirtelen minden anyának megered majd a teje! Ez is a népnevelés része. Az asszonyok is ellustultak, könnyebb a tápszert leemelni a polcról, mint csecsüket gyermekük számára éjjel-nappal rendelkezésre bocsátani. Ha nem szopik eleget a gyerek, megtanulják lefejni a tejet és úgy adják a gyereküknek.

– Kemény szavak ezek, Viktor, de igazak.

– Hároméves korukig óvjuk a kisdedeket. Figyelje az anyja vagy a dajka minden jelzésüket. Amíg nem tudnak járni, vinni kell őket minél több helyre, hogy új információkat gyűjtsenek. Fokozottan ügyelni kell arra, hogy ne érje őket fájdalom, ne ijedjenek meg és ne szenvedjenek. Ezek az alapok, erre lehet építkezni. Hároméves kor felett aztán el lehet kezdeni a fegyelmezést. Rendkívül fontos szempont, hogy képessé tegyük a fiatalokat az állami célok szolgálatára. Egy biztos: a gyerekeinktől függ a jövőnk, az állam jóléte. Ezért fontos minden percben felügyelnünk őket.

De az igazi kihívás, az életre nevelés színtere nem más, mint „A tábor", az a hely, ahol embert faragunk mindenkiből. Kemény lelki és fizikai megpróbáltatásoknak lesznek kitéve a fiatalok. Ezzel fogjuk a mentális képességeiket tesztelni. Elmegyünk a végső határokig: aki nem kattan be, az biztos, hogy erős idegzetű. Sötétkamrába zárjuk őket, először csupán huszonnégy órára, étlen-szomjan, ezt követően kijöhetnek, kapnak inni bőségesen, majd 48 órára kell a sötétzárkát elfoglalni, utána ehetnek-ihatnak, lefürödhetnek. Majd következik az utolsó próbatétel, a 72 órás elzárás.

– És mi van, ha valaki bekattan, őrjöng, nem bírja, klausztrofóbiás?

– Lesz bent egy vészcsengő, vészhelyzet esetére. Mindenre gondoltam. Persze az illető azzal már megpecsételi a sorsát. Ezután már csak a sor végén kulloghat. Ez a teszt lesz az antre, a belépő: ha valaki jól vizsgázik, komoly előnyre tehet szert a társaival szemben. Érdemes lesz a vr bonus jelzőre.

– Ez pontosan mit is jelent?

– Jó ember, a férfias erények birtoklója. Ez egy komoly elismerés lesz a táborlakók között, amolyan rang, ezért kell küzdeniük. A táborban a kőkemény fegyelem fog uralkodni, nincs helye a lelkizésnek. Az első esztendőben legalábbis nem foglalkozunk a lélekkel, kizárólag a testet erősítjük és hozzuk ki belőle a lehető legtöbbet. Mindent a maga idejében.

– Mondja, Viktor, a sötét cellában egyedül lesznek vagy csoportosan?

– Ez jó kérdés, hisz' mindegyiknek van előnye és hátránya egyaránt. Véleményem szerint azonban a magánzárka keményebb diónak számít.

– Az asszonyokat is ugyanolyan képzésben részesítik?

– Igen, miért tennénk kivételt? A nőknek is meg kell tanulniuk mindazt, amit a férfiaknak. Erős, edzett, egészséges test a cél, az ősanyák esetében a magzat fogantatásához ez igen fontos szempont. Egy szó, mint száz, senki sem teheti azt, amit akar, mindenkinek a kötelességét kell végrehajtania. A férfiak egy életen át katonakötelesek maradnak. A táborok vezetői kizárólag magas szintű nevelői képességekkel bíró személyek lehetnek. Az erkölcsi nevelés középpontjában a fegyelem, az engedelmesség, az idősek tisztelete, és nem utolsósorban a hazaszeretet áll. Nagyon fontos még megemlítenem, hogy a mindennapi testedzést – télen-nyáron, hóban-fagyban, esőben-sárban – minden körülmények közt gyakorolniuk kell, hogy ezzel is erősödjék a jellemük. Tornázás előtt légzőgyakorlatokat kell végezniük, mellyel megtisztítják az elméjüket és felkészítik testüket a jeges fürdőre.

– Jeges fürdő, az meg mi a fenének?

– A hideg csodákat művel a testtel és lélekkel egyaránt. Például a hideg víz hatására leállnak a gondolatok, megtapasztalhatják a gondolatnélküliséget, a belső békét. Kiváló módszer arra, hogy saját bőrükön érezzék, mit is jelent megélni a pillanatot, mit is jelent *jelen* lenni! A jeges fürdő után gyerekjáték lesz megérteniük, hogy mi is az a meditáció. A hideg elképesztő módon hat a testre, de leginkább az elmére. Ez a legegyszerűbb módja, hogy beavassam őket, hogy megmutassam nekik az *erőt*, az *energiát*, ami körbevesz minket. Higgye el, tudom, miről beszélek! Kizárólag olyan technikákat fogok javasolni, melyekkel jómagam közelebbről is megismerkedtem már, és élvezem áldásos gyümölcseit. A módszereim által képesek lesznek befolyásolni testük autonóm idegrendszerét is. A lehető legegyszerűbb ételeket fogják kapni az első évben, főtt gabonaféléket, olajos magvakat, némi gyümölcsöt, és napi egy főtt tojást. A nem elégszer hangsúlyozott testgyakorlást, kiegészítjük minden egyes nap végén, jógagyakorlatokkal és a meditációval. Tökéletesen stresszmentes, éber, magasabb szintű tudatállapotban lévő állampolgárokat fogunk kitenyészteni. Szuperembereket nevelünk, megmutatjuk a világnak, hogy mire képes az országunk. Eljött a mi időnk, miniszter úr! Egykor Krishnamurti mondta: „A gondolkodás megszűnése jelenti az intelligencia ébredését." Ez annyit jelent, hogy el kell hallgattatnunk a folyamatosan fecsegő belső lényünket.

Ha ez sikerül, megtapasztalhatjuk a jelent, a *valóságot*! A folyamatosan pörgő agyunk, az állandó gondolkodás miatt képtelen az ember jelen lenni, alkalmatlan megtapasztalni a *csendet*, a mindent átjáró *békességet*, *nyugalmat*! Ehhez fogok segítséget nyújtani. Átprogramozzuk az emberek elméjét. Ebben az országban nem lesz kábítószerre, alkoholra szüksége a polgárnak, mert a légzőgyakorlatok segítségével mindenki átélheti az eufóriát, érezni fogja, hogy zsibbad az agya, hogy lebeg a teste.

Annyi különbséggel, hogy ez hasznára fog válni, és végre megtalálja majd azt a valamit, amit mindig is keresett, mert én tudom, hogy mi kell az embereknek, én tudom, hogy mit keres a sok szerencsétlen. Véget vetek a gyengeségnek és az egész világon elterjedt tompultságnak nevezett kórságnak. Az emberi faj leépült. Vissza kell találnia az emberiségnek az ősi tudatállapothoz, a mentális csendhez. Az elmének és a testnek egységben kell lennie. Ez a végső cél.

– Ez tetszik, Viktor, maga egy csodálatos elme, ezt még Putyin is megirigyelhetné öntől.

Igazán felkeltette az érdeklődésemet ezzel a jeges fürdős projekttel. El tudná magyarázni, hogy mégis miről van szó, mi zajlik le a hideg hatására a testben?

– Szögezzünk le valamit! A légzésgyakorlatok nélkül nincs eredmény. A légzés és a hideg összetartoznak. Ezek együttesen eljuttatják az egyént némi túlzással a Nirvána állapotába. A légzés nem más, mint híd a fizikai világ és a lelkünk között. A légzéstechnika, a jóga, a harcművészet, és a hideggel szembeni edzettség folytán elképesztő erővel lesznek felruházva az emberek. Biológiai csodaszerkezetekké válnak. Kérdésére röviden a válaszom – mellőzve a tudományos értekezéseket – a következő: testünkben elképesztő mennyiségű véredény van, egész pontosan 125 ezer kilométernyi. A véredények feladata, hogy a szervezetünkben található több milliárdnyi sejt megfelelő tápanyaghoz és oxigénhez jusson. A hideg abban segít, hogy az erek erőteljesen összeszűküljenek, majd kitáguljanak, rugalmasak legyenek, aminek eredményeképpen az összes belső szervünk felébred, újjászületik, beleértve az agyat is. Felfrissítjük az izmainkat, a májunkat, szívünket, a zsigereinket, egyszóval önmagunkon hajtunk végre egy teljes testre kiterjedő nagygenerált. A hideg hatására hatalmas energialöketet kap a test, és mindez nem mellékesen a hangulatra is igen kedvezően hat. A rendszeres hidegzuhany hatására megemelkedik a fehérvérsejtszám is, ami abban segít, hogy ellenállóbbak legyünk különböző betegségekkel szemben. Egyértelműen aktivizálja az immunrendszert, valamint a barna zsírszövetet. Mindez segít a hőtermelésben. De a csúcshatás, mint már említettem, hogy képessé válik az ember kontrollálni az autonóm idegrendszerét, ami nem más, mint minden olyan dolog a testünkben, ami önműködően megy végbe. Úgymint a légzés, pulzus, vérnyomás, testhőmérséklet. Visszatérve a légzőgyakorlatokra, egyértelműen bizonyítást nyert, hogy a légzőgyakorlatok képesek aktiválni a paraszimpatikus idegrendszert, ami a test regenerációjáért felelős. A légzőgyakorlatok stimulálják a tobozmirigyet is, ami a magasabb szintű tudatosság eléréséhez elengedhetetlenül fontos. Bocsásson meg, miniszter úr, de érzésem szerint teljesen felesleges tudományos értekezésekbe bocsátkoznom. Bízzon bennem, higgye el, rengeteg mindenben jártas vagyok. Kizárólag olyan dolgokat fogok javasolni, melyeket én is kipróbáltam már, és hasznosnak találtam. A napokban kezdtem el megismerkedni a tummo technikával.

– Tummo, ez valami Japánból származó valami?

– Igen, de ezt még én is csak most tanulom, ezért nem is szeretnék beszélni róla. Gondolom, megérti.

– Hogyne, semmi gond. De mi lesz azokkal, akik nem bírják a maga kiképzőtáborát, mert ugye azt egy percig sem hiszi, hogy nem lesznek majd selejtek?

– Jó kérdés, igen jó kérdés! Kapnak egy utolsó esélyt. Akik gyengének bizonyulnak, azok egy elzárt hangárban várják sorsuk alakulását. Várakoztatjuk őket, amolyan csendes lelki terror veszi majd kezdetét. Csak várnak és várnak, fogalmuk nem lesz arról, hogy mi is fog történni velük. Majd egy szép napon kihirdetem, hogy a gyengék között keresem a legerősebbet. És akkor verekedést fogok provokálni, vitát, veszekedést, konfliktust szítok köztük. Hagyom, hogy egymásnak essenek. Túl kell élniük, a hangsúly a túlélésen lesz. Higgye el nekem, miniszter úr, hogy elvégzik maguk a piszkos munkát, akik pedig életben maradnak, újra megpróbálhatják. Láthatja, hogy mindenkiből a legjobbat és legtöbbet akarom kihozni.

– Akarja, nem inkább szeretné?

– A *szeretném* egy nyálas, finomkodó, semmire sem való kifejezés az én világomban. Ha csak szeretnél megbaszni egy nőt, akkor buzi vagy, mert a nőt akarni kell megbaszni. Csak akkor értem el bármit is az életben, ha akartam. Az *akarom* szónak hatalma van, erőt sugároz. Még a klozeton is akarni kell – ha csak szeretnék szarni, nem vagyok biztos benne, hogy sikerülne. Nos, az én szótáramban nemlétező szó a *szeretnék*. Azt nem nekem találták ki. De örülök, hogy erre felhívta a figyelmemet, mert fontos szerepet szánok majd az oktatási rendszerben ennek a szónak. Sőt a táborban is mindig, mindenki, mindent akarni fog!

Ízlelgesse ön is, miniszter úr, ezt a szót, kerüljön közelebbi barátságba vele, meglátja majd, hogy napról napra növekedni fog vele a hatalma és az ereje. A sikeres emberek mindig akartak. A szerencsétlenek pedig szeretnének. Tudom is én, valahogy egyből felizgat, ha akarok egy nőt, ha meg akarok kapni egy nőt. Elindítja az ősi receptoraimat, életre kell bennem a vadember, az állat! Elárulom önnek, hogy személyes tapasztalatom szerint a nőket is felizgatja, ha érzik, tudják, hogy a férfi akarja őket. Unalmas számukra a „szeretnélek megcsókolni", „szeretnék lefeküdni veled" fajta. Rémesen kiábrándítónak találják az ilyen pasikat. Remélem, nagyjából sikerült kielégítenem a kíváncsiságát.

– Úgy vélem, elegendő lesz ahhoz, hogy megkezdjük a törvénymódosításokat és merőben új rendeleteket hozzunk. Addig is ön már most fogjon hozzá az előkészítő munkálatokhoz, teljes jogú felhatalmazásommal. Időről időre referáljon nekem a fejleményekről. Pénz nem számít. A helyszínt, programozókat, szakembereket, nevelőket, tiszteket, pedagógusokat, egészségügyi személyzetet, orvosokat az ön feladata kiválogatni. El kell ismernem, a *sérültekkel az egészségesekért* akciója briliáns elmére vall. Ugyan egyelőre még a formális törvényi keretek elfogadása előtt, valahol a szürke zónában ténykedünk, de a közvélemény megpuhításáért érdemes mielőbb munkához látni. Hamarosan a legfőbb tanácsadómnak fogom kinevezni. Ön lesz a jobbkezem!

– Megtisztelve érzem magam, miniszter úr! Hálásan köszönöm a lehetőséget. Esetleg javasolhatok valami kellemes esti programot az ön számára?

– Nyilvános helyre nem szívesen megyek, ott lehetetlen szórakozni, hisz' mindenki figyel.

– Ha szeretné, szívesen megszervezek egy kellemes légyottot önnek a legénylakásomban.

– Tényleg megtenné? Lekötelezne, tudja, 25 éve nős vagyok, ritkán van lehetőségem kiengedni a fáradt gőzt, szinte lehetetlen elfelednem egyetlen pillanatra is, hogy ki vagyok.

– Megoldom ezt a problémáját. Ha szeretné, olyan lányt küldök fel önhöz, aki nem hazánk lánya, így azzal sem lesz tisztában, hogy ön kicsoda.

– Lányokat lehetne?

– Lányokat? Hogyne, nem tudtam, hogy ilyen nagy étvágyú.

– Azt nem mondanám, sőt, hát ugye a korom is, már nem vagyok húszéves... de szívesen moziznék egy fotelből.

– Vagy úgy, értem. Mégis hány lányt szeretne?

– Három elég lesz.

– Zsánere? Hajszín, testalkat stb.

– Legyen ázsiai, félvér és európai lány, sötét, hosszú haj, nőies idomok, dús keblek, formás csípő, kerek popsi, egy csupasz, egy félig borotvált és egy retro szőrös puncis. Legyen náluk játékszer is, vibrátorok, kesztyű, dominaruha.

– Dominaruha?

– Stimmel, dominaruha.

– Holnap délután háromtól megfelel?

– Tökéletesen, az még nem tűnik fel a családomnak.

– Hány óráig szeretné a szolgáltatást?

– Hatig. Fontos, hogy legyen orvosi igazolásuk, hogy egészségesek, véletlenül sem szeretnék valami kórságot hazavinni a nejemnek.

– Ez magától értetődik, miniszter úr. Akkor holnap három óra, itt a címem.

– Igazán kellemes és eredményes volt önnel diskurálni, Viktor.

– Nekem is mindig egy élmény önnel találkozni.

– Viktor, maga előtt nem kell megjátszanom azt, aki nem is vagyok. Apropó, a híres krokodilfarmja jól működik?

– Minden a legnagyobb rendben. Tudja, hogy mindig számíthat rám, ha etetni kívánja a jószágaimat, bármikor megteheti, csak jelezze.

– Úgy lesz, Viktor.

11. FEJEZET

– A férjedről még részletesen nem is meséltél, milyen volt a házasságotok?

– Az első férjemmel egész jó volt.

– Első? Nem is mondtad, hogy többen is voltak.

– Kettő volt. Az első házasságomból született a lányom. Eleinte nehezen indult, mert a férjem anyuci egyetlen pici fia volt. De végül a csatát én nyertem, mert ha lassan is, de levált az anyjáról. Hasonló volt az érdeklődési körünk, egész jól megvoltunk. Órákig tudtunk filozofálgatni, nagyokat beszélgetni. Képes volt közben végig masszírozni a talpamat, mert pontosan tudta, hogy mennyire szeretem. De aztán egy pár év után azon kaptuk magunkat, hogy már csak barátok vagyunk. Így közös megegyezéssel szétváltunk. A barátság ezt követően is megmaradt. Tisztelt, szeretett, elismert. Rengeteget dicsért a házasságunk évei alatt is, nagyon ügyelt rá, hogy elismerésben bőven legyen részem. Pontosan tudta, hogy egy nőnek milyen fontosak ezek. A második házasságom ennél kicsit zűrösebb volt. Nehezen, döcögősen indultak be a dolgaink, mert mint utólag kiderült, leendő férjem épp egy óriási szerelmi csalódás fájdalmait próbálta kiheverni. Ehhez kellettem én. Sajnos rengeteg fájdalmat okozott mindeközben. Sértő és megalázó dolgokat vagdosott a fejemhez, így utólag elképzelésem sincs, miért maradtam mellette. Talán mert szeretem felkarolni a sérülteket.

– Miket mondott?

– Gondok akadtak odalent, amit eleinte arra fogott, hogy nem tudom kiváltani nála az érdeklődést.

– Micsoda baromság ez? Uramisten! Remélem, egy szavát sem hitted el.

– Sajnos magamra vettem. Egy pillanat alatt apró darabokra törte a nőiességembe vetett hitem. Elhittem, hogy kevés vagyok, és ez szörnyű érzés volt. Később arra hivatkozott, hogy még olyan mély a seb, amit a nő ejtett a lelkén, hogy azért nem megy.

– Ja, hogy sosem ment?

– Folyamatos kudarc volt minden együttlétünk. Amihez persze jó pofát kellett vágnom, vagy nagyokat nyelnem, amikor épp azzal érvelt, hogy én vagyok az első nő, aki mellett ez történik vele. Amit, ha akartad így értelmezted, ha akartad úgy, rád bízta. Teljesen tönkretette a nőiességemet. Aztán teherbe estem, akkor valami csoda folytán hirtelen elmúltak a problémái. A szülést követően aztán újrakezdődtek a gondok. Valójában egy félresikeredett karácsonyi ajándékozás miatt.

– Ez csak valami hülye vicc, ugye?

– Nem, komolyan beszélek. Történt, hogy előző év karácsonya előtt bementünk a belvárosba ékszereket nézegetni, több üzletbe is betértem, ahol megmutattam az eladónak az összes olyan ékszert, ami a kedvemre való volt. Még arra is ügyeltem, hogy különböző árkategóriában legyenek, hogy ő döntse el, éppen mit engedhet meg magának. Ki is választotta az egyik fehérarany, briliáns fülbevalót, aminek kimondhatatlanul örültem. Akkor a lelkére kötöttem, hogy a jövőben mindig így csináljuk, mert háklis vagyok az ékszerekre. Meg is ígérte.

Ennek ellenére azon a decemberen úgy döntött, hogy vesz nekem egy igen drága zafírköves nyakláncot. Amikor megláttam, még a szavam is elállt, mert annyira nem én voltam. Kerek-perec megmondtam neki, és valójában borzasztóan dühített, hogy kiadott egy valag pénzt olyasvalamire, aminek nem is örülök, és viselni sem fogom. Erre kifakadt, hogy én mekkora egy faragatlan, neveletlen tuskó vagyok, mert szerinte meg kellett volna köszönnöm és eltennem.

– Ja, hogy az lett volna a helyes, ha alakoskodsz, hazudsz, megjátszod magad.

– Igen, szerinte ez lett volna az intelligens. Azért valahol megértem, hisz' a szíve mélyén jót akart.

– Közös háztartásban éltek, gyerekeitek vannak és elvárná, hogy hazudozz, mert otthonról ezt hozta. Gondolom, a családja is ilyen.

– Persze, mindent seperjünk a szőnyeg alá intelligensen.

– Amúgy a nagyeszű férjednek nem tűnt volna fel, hogy sosem viseled?

– Tudod, mi a legszörnyűbb? Az, hogy szerintem nem.

– Vagy ha igen, akkor megint hazudtál volna valamit, hogy jó kislány legyél. Na, tudod mit, ebben nem volt igaza.

– A lényeg a lényeg, hogy ettől úgy megbántódott a lelke, hogy éveken át durcáskodott, és teljesen megszakította velem az intim együttléteket, ugyanis nem ment neki, ami persze ismét az én hibám volt. Közben megállás nélkül áradozott a volt családjáról is, akiket elhagyott ama bizonyos nagy szerelem miatt. Egy olyan szerelem miatt, ahol a nő csalta a férjét, sőt mint utólag megtudtam egy férfi ismerősömtől, a hölgyikét bizony jól ismerte a környék összes kandúrbandija. Mindenki cicája volt. Mondtam is neki, mégis, hogy képzelte, hogy egy mocskos viszonyból majd valami mesés, tiszta születik? Nyilván lehetett volna jövőjük, ha tisztességesen csinálják. A nő elhagyja a férjét, és csak utána fekszik össze vele. De így, egy ilyen asszonyban mégis, hogy lehetett bízni, aki több éven át csalta a férjét? Pláne jövőt építeni rá? Aztán miután kiderült, hogy a fiúk sérültek, újabb lelki gondjai támadtak, ami teljesen érthető volt. De sajnos valahogy minden úgy maradt, és aztán négy év elteltével úgy gondolta, hogy megbocsát. Kezdjük újra, bújjunk össze, próbálkozzunk, mint két tini. Erre mondtam magamban, ez ki van zárva, amióta ismerlek, szerencsétlenkedünk csak az ágyban, most meg kezdjünk mindent elölről… öreg vagyok én már az ilyen bohóckodáshoz, és fáradt is. Elegem lett. Vagy felnő a feladathoz és férfi lesz, vagy felejtsük el az egészet, nekem ezzel semmi bajom, hisz' már elfogadtam ezt a beteg helyzetet. Persze azt is tudatta velem, hogy bezzeg a nagy szerelmével naponta kétszer is működött a férfiassága. Ki mond ilyet a párjának?

– Mi van? Négy évig nem keféltetek?

– Legyen elég annyi, hogy négy év alatt teljesen megszűntem nőként működni. Korábban örömömet leltem abban, ha fel tudtam húzni egy férfit, szerettem különböző szexi fehérneműkbe bújni, szerettem nő lenni, ha a férfi kedve úgy tartotta, akkor a cédája is. A férjemet egy cseppet sem izgatták az efféle fehérneműk, sem pedig az ilyen játékok. Én sosem játszottam meg az orgazmust, ha nem volt kedvem, kerek-perec közöltem, hogy most csak a kedvére akarok tenni. Többször felajánlottam, hogy ha orális szexre van gusztusa, jelezze. Nos, nem igazán jelezte.

– Ne hülyíts már, nincs az a pasi, aki ezzel a lehetőséggel ne élt volna, ez maga a jackpot.

– Szerintem is, szerinte pedig nem. Folyamatosan nebáncsvirágot játszott, állandóan meg volt sértve, folyton volt valami kifogás, hogy miért nem működik köztünk a szex. Eleinte borzasztó volt, sokáig szenvedtem, ugyan nem voltam nagy étvágyú, de azért időnként sóvárogtam az intim együttlétek után. Főképpen az aktus hiányzott, az érzés, hogy a férfi akar és magáévá tesz. Aztán ahogy teltek az évek, úgy múltak el ezek a vágyak. Két évre volt szükségem ahhoz, hogy leszámoljak a nővel, aki bennem élt. Sokáig vergődött, nehezen múlt ki, de aztán mégis csak sikerült kiiktatnom. Végtére is jót tett velem ezzel, hisz' hasznomra fordítottam ezt a nem éppen hétköznapi szituációt. Elzártam a csapot, és nem érdekeltek többé a klasszikus férfinői játszmák. Végre szabad lettem. Spirituális fejlődésem terén sokat léptem előre. Gondolj csak bele, mennyire szánalmas, hogy mindig egy másik ember személyétől, hangulatától függ a boldogságod. Ha szeret és kedves hozzád, boldog vagy, ha nem, akkor boldogtalan. Valójában sosem lettem volna képes eltépni ezt a láncot, ha megboldogult férjem nem leckéztet meg. Később elmondtam neki, hogy aszexuális lettem, hátha örül majd és megkönnyebbül, de épp az ellenkezője történt.

– Mégis, ezzel meg mi volt a baja?

– Ő mindent másként gondolt, folyamatosan boldogtalan volt mellettem, és persze ahogy mondtam már, mindig én voltam a hibás. Tönkretettem az életét, elvettem a boldogságát, a férfiasságát. Olyan ez, mint egy végtelen, soha véget nem érő, hosszú tanmese. Kevés olyan férfi akadt az utamba, akik ne ismertek volna el, akik ne néztek volna fel rám azért, aki és ami vagyok. Úgy érzem, hogy ez valami előzőélet-beli dolog lehet. Ezt onnan hozzuk. Talán az ellenségem lehetett, riválisom, alattvalóm, vagy tudom is én, hogy kicsodám, de az biztos, hogy amióta megismertem, azon munkálkodott, hogy megalázzon és megbántson. Korábban megszoktam, hogy imádtak a férfiak. Oroszlán nő lévén ezt el is vártam, csak abban a kapcsolatban éltem és tündököltem, ahol ezt elismerték, ahol hagyták, hogy királynő lehessek. Ő minduntalan azon dolgozott, hogy letaszítson a trónomról. Megjegyzem, ideig-óráig sikerült is neki. Tudod, nagyon sok egymástól független látó mesélt a korábbi életeimről, és egytől egyig egy dologban megegyezett a történetük, hogy igen sok életemben kegyetlen uralkodó voltam. Ezért is a jelenlegi életem. De mivel sejtszinten hordozom magamban az uralkodói vérvonalat, így képtelenség elhitetni velem, hogy alattvaló vagyok. Ő ezt szerette volna elhitetni velem, anno párterápián azt mondta, hogy feladja a harcot. Rá is kérdeztem: mert te eddig harcoltál velem? Elképesztő volt, akkor megértettem, hogy miért nem működőképes a kapcsolatunk. Az ő felsőbbrendűsége, önteltsége miatt. Ezért sem volt hajlandó soha megmasszírozni a lábam. Megmondta, kizárt dolog, hogy a lábamat masszírozza, bármi mást szívesen, de a lábamat, azt nem. Akkor jöttem rá, hogy talán ellenségem, talán valami ősi viszály lehet kettőnk közt, amit áthozott ebbe az életébe. Ugyan meg volt győződve arról, hogy miattam bukott el a kapcsolatunk.

Egyszerűen nem bírta elviselni az energiát, ami áradt belőlem, megbénult tőle. Egy idő után már csak mosolyogtam rajta és sajnáltam szegényt. Hisz' viselkedésével, az örökös elégedetlenségével elárulta magát. Még gyengébbnek láttam, mint amilyen valójában volt. Saját magát tette tönkre csak azért, mert nem tudott fejet hajtani előttem. Nyilván ezt szimbolikusan értem, sosem uralkodtam egy kapcsolatban. Sosem voltam emancipunci, ellenkezőleg, tudod jól, hogy mi a véleményem erről. De valahol mégis meg kellett a férfinak hajolnia előttem. Aki megtette, azzal boldog kapcsolatom volt. Rajta kívül talán még két olyan férfi volt, aki harcolt ellenem, nem is lett semmi a kapcsolatból.

Ahogy ebből sem lett volna, ha nem jönnek a fiúk. A fiúk, a végzetei, mert én is és a fiúk is azért voltunk, hogy beteljesítsük a sorsát, hogy segítsünk neki a fejlődésben. Sajnos nem sikerült, talán most odafent már átlátja, hogy jót akartunk neki, hogy érte voltunk. Tudod, ezek ősi viszályok, ellentétek, amiket hordozunk magunkban, továbbvisszük a következő életünkbe. Ezért fontos a tudatosság, hogy ezt felismerd. Nincsenek véletlenek, sorsszerű, hogy kivel találkozol, pláne, akitől még gyereked is születik. De ha hiányzik a tudatosság, továbbra sem tudsz egy magasabb szintre lépni, képtelen vagy meglátni a másikat annak, aki és ami ebben az életetekben. Ő sem látott engem, nem akart látni engem, mert a tudatát beárnyékolta, elhomályosította a sok gyűlölet, amit korábbi életeiből hozott magával. Nekem is akadtak ilyen kapcsolataim, de felismertem és keményen dolgoztam rajta. Mára az ős-ellenségeskedésből egy átlagos, kellemes barátsággá alakult a kapcsolatunk. Szüleimmel is voltak ilyen problémáim, ők is azon voltak, hogy tönkretegyék a királyságomat. Ez volt a dolguk, rengeteget dolgoztam a kapcsolatunkon, és mostanra egy harmonikus anya-lánya viszony lett belőle. Megboldogult férjem megrekedt, sosem foglalkozott effélékkel, így beleragadt a bal agyfélteke gondolatainak mocsarába. Ha ilyen élethelyzetben találod magad, annak oka van, azt a feszültséget fel kell oldani, épp azért, hogy egy új szintre léphessen a kapcsolat. Mindennek oka van, semmi sincs ok nélkül. A megoldás nem az, hogy tovább szítod a harag tüzét, hanem hogy eloltod, mert eljött az idő, hogy megoldjátok a problémát. De ezek kemény felismerések, amire csak igen kevesen képesek. Egész életemben szükségem volt az alattvalókra, de nem pejoratív értelemben, hisz' mindig igyekeztem nagyvonalú, nagylelkű ember lenni. Ez az igényem, hogy körülvegyenek a híveim, létszükségletem volt, ez is igazolja az uralkodói mivoltomat. Annyi különbséggel, hogy most nem rosszra használom az erőmet, hanem igyekszem a lehető legjobb és legszebb dolgokat adni a világnak.

Ezek a dolgok csak most kezdtek összeállni, most már értem, hogy időnként miért néztek rám olyan furcsán az emberek, miért borultak térdre előttem, és miért csókoltak kezet. Akkor ez megrémisztett, és úgy véltem, valami baj van a fejükkel, ma már tudom, hogy ők felismertek. Ők tudták, ki vagyok, csak én nem. Érted már? A férjem ellenségnek tartott, harcolt ellenem, sosem tudtam a kedvében járni. Aztán x idő elteltével fel is adtam, elengedtem, nem akartam több energiát pocsékolni egy olyan emberre, aki vak.

Azért, mert nem volt képes meglátni engem, attól, hogy nem tudta elengedni a haragját, még beteljesítem a küldetésem, nem fog meggátolni benne. Sokszor érzem az erőt, ami bennem szunynyad és kitörni készül. Az erőt, amit több millió életen át hordozok magamban. Időnként meggyőződéssel hiszem, hogy ezen a síkon nincs ellenfelem, legyőzhetetlen vagyok.

Egyszerűen csak nekem is látnom kellene azt, aki valójában vagyok, hinnem kellene az erőben, ami táplálja lelkem.

– Varázslatos lény vagy, láttam már ezt akkor, amikor egyedül üldögéltél a padon. Ez vonzott hozzád. Ritka kincs vagy, de ezt most már te is kezded elhinni. Minél inkább elhiszed, annál szebben kezdesz el ragyogni és tündökölni, lehetetlen lesz nem észrevenni. Visszatérve a férjedre, nem túl férfias dolog mást hibáztatni az elbaszott életünkért. Az nagyon gyenge jellem, aki ezt teszi. Hogy a büdös faszba lehet egy másik embert hibáztatni a szarságaidért, fel nem fogom. Egész biztos, hogy megrekedt lélek.

– Ezzel egyetértek én is, szerintem is gyengeségre vall, jellemtelen dolog. Soha egyetlen percre sem jutott eszembe bárkit is hibáztatni a szerencsétlennek tűnő sorsom miatt, mert ugyan annak tűnhet, de én nem annak élem meg. Hisz’ úgy vélem, mindig mindenki a saját történetét éli, amire éppen a lelkének szüksége van. Igyekezett kompenzálni, próbált mindig a kedvemben járni, bármit kértem – az egészséges kereteken belül –, megkaptam. Viszont elkövetett egy óriási hibát: időről időre, verbálisan porrá zúzta a lelkemet. Olyan dolgokat vágott a fejemhez, amitől elkezdtem távolodni tőle, kiölt belőlem minden vonzalmat. Hiába volt a sok szép ajándék, amikor szóban kizárólag csak szapult és bántott. A vicc az volt, hogy mégis elvárta volna, hogy a kanapén szerelmesen hozzá bújjak. Azok után, hogy soha nem kért bocsánatot, és igen sokszor megbántott. Szerinte én egy senki voltam, aki semmihez sem ért, egy nulla, boldogtalanságának okozója, férfiasságának eltiprója, és még sorolhatnám a sok ocsmányságot, amit olyankor mondott. Mégis ki a fenének van kedve odabújni egy olyan emberhez, aki ilyeneket gondol? Sosem tudtam őszintén megbeszélni vele a dolgokat. A legnevetségesebb dolog, amit gyakran hangoztatott, hogy a szex nem fontos egy kapcsolatban. Ahhoz képest épp a szex miatt hagyott ott 20 évi házasságot, családot, biztos egzisztenciát, látszólagos boldogságot, biztonságot, egyszóval mindent. Most, hogy gondjai akadtak, lazán benyomta nekem, hogy szex nélkül működhet egy kapcsolat. Persze, működhet, de csak úgy, mintha egy baráttal élnél egy fedél alatt. Láttam a szerelmével róluk fotókat, amikor Velencében romantikáztak. Fájt látnom azt a mindent elsöprő érzést, ami átjött a fotókról. Rettenetesen fájt, hisz' nekem még hasonlóban sem volt részem mellette. Akkor jöttem rá, hogy engem sosem szeretett, úgy, ahogy egy nőt kell, úgy nem. Szeretett, ahogy az anyját is szerette. Pontosan úgy szeretett, hisz' engem sem akart megdugni, ahogy az anyját sem. Később, pár év múlva hallottam, hogy ez a nő egy beteg elme, egy hisztérika, egy pszichiátriai eset. Amikor megtudtam, borzasztó dühöt éreztem. Tombolni tudtam volna, hisz' egy ilyen bolond ember miatt hagyta el a családját, és égette porig a női létem édenkertjét. Hosszú éveken át együtt volt egy ilyen nagy rakás szerencsétlenséggel. Ugyanakkor engem megállás nélkül csak kritizált és bántott. Kevés voltam neki, nem tudtam felkorbácsolni a vágyait. Bezzeg a hisztérika tudta, mi kell neki. Így utólag már mindent értek, hisz, ha megfelelt neki egy elmebeteg nő, akkor nyilvánvalóan neki is mentális problémái lehettek. Ironikus, hogy épp ő volt az, aki minden barátnőmet, köztük jómagamat is, minduntalan nem normálisnak tartott. Én ostoba, mindennél jobban akartam őt, de az érzés nem volt kölcsönös! Hosszú évek kellettek ahhoz, hogy elmúljon belőlem a féltékenység, amit a szerelmük miatt éreztem. Talán a hatodik évben lettem túl rajtuk. Nyilván mert a kemény munka meghozta a gyümölcsét, és elmúlt a szerelem, amit éreztem a férjem iránt. Miután elmúlt, el szerettem volna mondani neki, hogy irigylem a szerelmüket, mert a fényképeket elnézegetve az az érzésem támadt, hogy egymásra találtak. A két bolond. Összeillettek. Talán a nő nem volt elég elszánt, mert amint életvitelszerűvé vált a kapcsolatuk, megpattant. Szerettem volna beszélni a férjemmel, hogy ha még mindig fontos neki a nő, keresse fel, beszéljenek. El tudtam volna fogadni, hogy újra egy pár lesznek. Ha azt látom, hogy a férjem végre boldog és elégedett, ez egy cseppet sem lett volna nagy áldozat. De aztán nem mertem felajánlani neki, hisz' mindig olyan különösek voltak a reakciói, talán ebből is rosszul jöttem volna ki. Pedig lehet, hogy meg kellett volna tennem, és akkor még ma is élne.

– A fiúkat aztán elfogadta?

– Eleinte nehezen, de ez teljesen normális egy férfitól. Aztán szép lassan megszerette őket, jó apjuk volt, sokat foglalkozott velük, rengeteget tanult tőle a pici. A legkisebb, Alexander volt a kedvence, talán mert vele tudott értelmesen kommunikálni. Nála megvolt a visszacsatolás, a sikerélmény. A legkisebbről misztikus álmot láttam a születése előtti napon. Leírhatatlanul különös világban találtam magam. Testem nem volt, csak tudatom. Különböző nemű és korú embereket láttam egy burokban lebegni a semmiben. Az egyikőjükre nagyon jól emlékszem, egy állapotos nő volt, aki épp elvetélt. Akkor megszólalt az a bizonyos mély, bariton hang:

– Ne sajnáld, még nem jött el az ideje! – Majd folytatta: – A legkisebb fiad egy kis Buddha.

– Hogyan? – kérdeztem. – Mifelénk nincsenek Buddhák.

– Itt az ideje, hogy legyen, hogy leszülessen, az embereknek szükségük van rá. Várják már.

Könnyek közt ébredtem, zokogtam álmomban a meghatottságtól. Azóta szolgálom őt, azóta úgy tekintek rá, ahogy a kiválasztottakra szokás. Elvittem három különböző látóhoz, és tibeti asztrológushoz is, mindenki megerősített abban, hogy különleges gyermek. Az asztrológus nagyon meglepődött, amikor azt látta, hogy a 12 bolygóból hat a halakban van. Azt mondta, hogy ez erős krisztusi energiák jelenlétére utal. Bárhová mentünk, vonzódtak hozzá az emberek, keresték a közelségét. Az asztrológus szerint a puszta közelsége is gyógyítólag fog hatni az emberekre. Nos, az egész életemet feltettem arra, hogy óvjam és védelmezzem őt. Bármit megtennék érte, bármit.

– Elég eszelősnek tűnnek a sztorijaid, de akár igazak is lehetnek, én mindenesetre elhiszem őket, ha hiszed, ha nem. Már többször meg akartam kérdezni, mi ez a háromszög a lapockád alatt? Olyan furcsa, mintha pigmenthiány lenne, ugyanakkor a szélei hegesek. Ezt valaki beléd véste? Valami tetoválásféle?

– Sosem mondtam senkinek, pont ezért, mert elég sok nem e világi látomásban volt már részem. Megmagyarázhatatlan, furcsa élményekben, amikkel valójában nem igazán tudtam mit kezdeni, mert hosszú éveken át szándékosan ellenálltam minden spirituálisnak nevezett dolognak. Hiába jósolták, hogy különleges vagyok, látnoki képességekkel, nem akartam róla tudomást venni, nem akartam, hogy bekövetkezzen. Ez a háromszög is ilyen. Egykor egy látó hívta fel rá a figyelmemet, hogy nekem ilyen van a hátamon. Azt mondta, egykor bizonyos embereket megjelöltek, és ha itt lesz az ideje, kilépünk a sorból és tesszük a dolgunkat. Akkor megijedtem, de most már hagyom, hogy megtörténjenek a dolgok, ha kiválasztottak, hát itt vagyok.

– Sosem voltál függő?

– A szó klasszikus értelmében nem.

– És nem klasszikus értelemben?

– A sötét depressziós korszakomban, ahogy említettem is, rengeteg Xanaxot szedtem. Kiiktattam, eltompítottam magam vele. Majd egy nap rájöttem, hogy ez nem én vagyok. Így abbahagytam. 36 órán keresztül görcsöltem, fetrengtem, sugárban hánytam. Aztán vége lett. 36 óra, amíg élek, sosem felejtem el. Egy ezzel foglalkozó szakember elárulta nekem, csak az ilyen drasztikus leszokásokban hisz. Ezek látványosak és sikeresek. Az ilyen ember egész biztos, hogy elszánt, és nagyon akar élni.

– Gondolom a vegetatív idegrendszered felborult, ezért is voltak ezek a tünetek.

– Ahogy mondod, abban a másfél napban életveszélyben voltam. De megcsináltam, teljesen egyedül. Lövésem nincs, hogy a hétköznapi értelemben vett alkohol- és drogfüggők mit élhetnek át, amikor a szer hatása alatt állnak. Valamiért úgy hiszem, hogy az általam ecsetelt csend után vágyakoznak, talán ezt a lebegéshez hasonló élményt élik meg a szer hatása alatt. Bár biztos vagyok abban, hogy a kétfajta érzés, össze sem hasonlítható, az élvezeti szerek csendje csupán silány másolata az én eredeti megtapasztalásomnak. Semmi köze a két dolognak egymáshoz. Szánalmas másolat csupán. Viszont remek hír a függők számára, hogy ha eljutottak már oda, hogy vágynak ez után az állapot után, akkor jó úton járnak. A horizont hamarosan kitágul és kitárul előttük. Másik jó hírem, hogy amit én ajánlok, ezerszer fantasztikusabb, katartikusabb, magasabb rendű állapot, olyan tiszta isteni energia, amibe, ha egyszer belekóstolnak, megértik, hogy miért nem szabad tudatmódosítókhoz nyúlni. Szerintem a függőségben szenvedők sokkal közelebb járnak az igazsághoz, mint a hétköznapi szürkeségbe burkolózó emberek, akik jó kislányok és jó kisfiúk módjára hajtják egy életen át a mókuskereket. Náluk ugyanis még nem kapcsolták fel a lámpát. A függőkkel egy a baj, hogy lusták és tudatlanul keresgélnek, ha ezen változtatnának és megpróbálnák ésszel, tudatosan keresni, betölteni azt a bizonyos hiányt, ami feszegeti ama bizonyos falakat, máris közelebb kerülnének az igazsághoz, ami után annyira vágyakoznak. Senki se áltassa és hülyítse magát azzal, hogy bizonyos tudatmódosító szerekkel isteni megtapasztalások részese lehet. Lófaszt, sosem lesz, becsapja magát. Amit keresünk, az kizárólag tiszta forrásból fakadhat. A drog és az alkohol a sötét világok tárházának eszközei. Ha ezekkel élsz, ahelyett, hogy feljebb jutnál, napról napra lejjebb süllyedsz.

Kétségkívül igaz, hogy könnyebb a hegyen lefelé menni, mint felfelé kaptatni. Ahogy az is igaz, hogy amint felérsz a hegycsúcsra, a sejtjeidben felszabadul az endorfin, és semmihez nem hasonlítható eufória lesz úrrá rajtad. Míg ha kizárólag lefelé bandukolsz, ebben bizony nem lehet részed. Egy a baj, hogy amit én ajánlok, az bizony melós dolog, meg kell érte dolgozni, nem kapod csak úgy meg a boltokban, mint az alkoholt vagy a drogot. Ezt nem árulják sehol, pénzért nem kapható. Keményen meg kell fegyelmezned magad, hogy elmédben elkezdjen pislákolni a láng. De határozottan állíthatom, hogy megéri. Nyilván egy ideig szenvedsz majd, ahogy én is tettem, amikor egyik napról a másikra úgy döntöttem, nincs több nyugtató. Sőt, az is előfordulhat, hogy időről időre visszaesel. Mégis, ha már eljutottál oda, hogy megpróbálod, hatalmas lépést tettél a forrás felé vezető úton. A lényeg, hogy amikor elbuksz, igyekezz tanulni belőle, és ahelyett, hogy bántanád érte magad, nyerj erőt a gyengeségedből, ez majd átsegít, és legközelebb már tovább fogod bírni. Míg egy szép napon arra ébredsz, hogy egyre ritkábban buksz el, egyre kevesebbszer esel bele a pocsolyába, egyre ritkábban lesz sáros a gúnyád. Majd egyszer csak célba fogsz érni, én mondom, sikerülni fog. Tudod miért? Mert eljutottál oda, hogy megérezted a hiányt, eljutottál oda, hogy keresd a fényt, és ha ez megtörtént, akkor igenis benned is ott az erő, amiről eddig fecsegtem. Ha ott van, akkor pedig képes vagy rá! Ez ilyen egyszerű. Hinned kell magadban, hiába a külvilág, aki megvetően néz rád, ne tévesszen ez meg, pláne ne bátortalanítson el, mert te sokkal különb és erősebb vagy, mint ők! Higgy nekem. Csak adj esélyt és higgy magadban, ennyi a titok. No és a kitartás és az önfegyelem! Ezek nélkül nem fog menni.

– Én is kiválasztottalak – szólt közbe Viktor –, és ideje tenned a dolgodat. Állati jó és elgondolkodtató, amit az imént mondtál a függőségben szenvedőkről. Tetszeni fog nekik, ha meghallják. A te szemszögedből nézve tényleg lehetséges, hogy a gyengeségükből erényt kovácsoljanak. Csupán más szemszögből kell szemlélni a dolgokat. Nekem tényleg bejön. De beszéljünk a férjedről, mi történt, hogy halt meg?

– Sokat járt Franciaországba az ottani családjához. Útközben a sztrádán frontálisan a másik oldalról beleszállt egy autó. Szörnyű érzés még most is felidézni, mert akármennyire boldogtalan is volt a házasságunk, én szerettem őt, és az utolsó pillanatig reméltem, hogy egyszer eltűnik a hályog a szeméről. Sajnos nem történt meg, vagy épp a baleset volt az, ami valóban felnyitotta a szemét. Hisz' odafentről már tisztán láthatta, hogy én sosem akartam neki rosszat. Ő volt az, aki rossznak akart látni engem, hogy legyen kit hibáztatnia az elrontott élete miatt. Pedig mennyire odavoltam érte, élhettünk volna akár boldogan is. De lapozzunk, többet nem is akarok erről beszélni.

– Baszki, ennek meg mekkora az esélye, hogy az ellenkező sávból átrepül egy autó?

– Mint annak, hogy két vadkan a másik oldalról a rámpán átugorva kijön eléd.

– Most ez valami vicc, vagy megtörtént?

– De meg ám! Az első házasságom idején történt, hat hónapos terhesen. Félúton elvesztettem az eszméletemet, az autó pörgött a levegőben, ha jól emlékszem, vagy háromszor. A férjem észnél maradt, ő mesélte, majd az autó a szántóföld közepén landolt fejre állva. Akkor tértem csak magamhoz, amikor valaki kinyitotta az ajtót és megkérdezte, jól vagyok-e. És jól voltam, egy karcolás sem volt egyikünkön sem. Ugyan az autó totálkár lett, de mi ép bőrrel megúsztuk. A kislányomnak sem esett semmi baja. A jelenlévők azt mondták, egész biztos, hogy az angyalok vigyáztak ránk. Ez nem is kérdés, gondoltam.

– Hú, elég nyomasztó volt hallgatni a második házasságod történetét. Kibontok egy jó vörösbort, megmasszíroznám kezdésnek a talpadat, ha nem bánod, megérdemled.

– Azt hiszem, elfogadom az ajánlatát, kedves uram.

A masszázs pontosan olyan volt, ahogy szerette, erős. Jó volt érezni a férfi magabiztosságát, határozott mozdulatait, áradt belőle az erő. Érezte, hogy felizgult, miközben masszírozta a lábát. Lábfetisiszta volt, ezt már korábban elmondta neki, és ettől még izgatóbb volt az egész estés kényeztetés. Végre egy férfi, aki jobban élvezi a lábmasszást, mint ő! Hálából a nadrágjához nyomta a talpát, és finoman ellenőrizte duzzadó férfiasságát. Egy percig sem volt kétséges, hogy fizetni fog a szolgáltatásért.

– Gombold ki a nadrágodat – mondta.

– Mit szeretnél, te kis huncut?

– Gombold ki.

– Kérése számomra parancs.

Óriási farka csak úgy ágaskodott, szinte fájt távol tartania magát tőle, de nem akarta elkapkodni. Csodálni akarta, élvezni a látványt. Majd két talpa közé vette, és elkezdte fel-alá húzogatni. Viktor nyögött, mert számára egy nőn a láb volt a legizgatóbb dolog. Nagyon fontos szempont volt, hogy milyenek a nő lábujjai. A második lábujjnak nem szabadott nagyobbnak lenni az elsőnél, ha hosszabb volt, akkor már nem izgatta fel a látvány, sőt inkább kiábrándítónak találta. De Tamara lába tökéletes volt.

– Feküdj hanyatt – mondta a férfinak.

– Mit szeretnél? – ment bele a játékba Viktor.

– Szeretni semmit, akarok.

– Mit akarsz?

– A nagylábujjamat feldugni a seggedbe.

– Óriási ötlet, csináld, de előtte benyálazod, ugye?

– Ez magától értetődik – majd belenyúlt a bugyijába, és lucskos puncijának nedvével bekente az ujját.

– Ez megfelel?

– Óriási vagy, mindjárt el is durranok.

– Jól fel akarlak húzni, ne siess.

– Kérése parancs, hölgyem, uralom a helyzetet. Isteni, amit csinálsz, ez valami kibaszott jó, megbaszod a seggem az ujjaddal, a hétszentségit, ez az! Most már kapd be, mert nagyon kívánom a gyönyörű szádat, bele akarok élvezni. Szét akarom kúrni a szádat. Kész, nem bírom tovább! A picsába!

Viktor ájultan terült el a szőnyegen, azt sem tudta hol van. Tamara, mint aki jól végezte dolgát, felállt és kiment a mosdóba rendbe szedni magát.

– Most meg hová mész? Én is kényeztetném a puncikádat.

– Köszi, de most nem akarom.

– Na, ne már, nincs nő, aki ezek után ne akarná.

– De én nem akarom, nincs kedvem hozzá. Ez így volt jó, ahogy volt, ne rontsd el.

– Úgy kinyalnálak.

– Igen, nem akarom, hogy kinyalj. Elárulom neked a nagy titkom: nem szeretem, ha nyalnak. Pont. Téma lezárva. Borozzunk és kóstoljuk meg a sajtokat, amiket hoztam. Elvileg mennyeiek.

– Fura nő vagy te, hallod, a legfurább, akivel eddigi életemben találkoztam, pedig voltak már néhányan, nekem elhiheted.

– Kétségem sincs efelől – majd belekezdett jól megszokott monológjába.

– Sóvárogsz éjt nappallá téve, észre sem veszed, de a sóvárgás irányítja az életedet. Sóvárogsz már kicsiny gyermekkorod óta. Sóvárogsz anyád csecse után, sóvárogsz az ételért, sóvárogsz egy érintésért, sóvárogsz egy jó szóért. Sóvárogsz reggeltől estig, még álmodban is képes vagy sóvárogni. A sóvárgás olyan, mint a métely: elárasztja, szétrágja, megbetegíti a lelked. A sóvárgás, mint a mocsok, beszennyezi tested, s ha túl sokáig hagyod magadon, bűzleni kezdesz. Hát csak sóvárogj, ember.

– Ez meg mi a faszom volt, édes? Te aztán tudod, hogy miként kell lehűteni egy férfit.

– Csupán elmerengtem, mi a gond ezzel? Ha zavar, henteregj üresfejű némberekkel. Pontosan tudod, hogy más vagyok, mint a legtöbb ember, egészen más.

– Pontosan tudom. Számomra te magad vagy az inspiráció, a lelki és szellemi tetteim mozgatórugója. Gondolataid által teremtő erőre tettem szert. Elképzelni sem tudod, hogy mi mindenen töröm manapság a fejem.

– Ne csigázz!

– Nem foglak, mert szigorúan bizalmas, és egyelőre még nem bízom benned. De ha idővel rászolgálsz, mondtam, a jobbkezem lehetsz.

– Ezért találkozgatsz manapság a miniszterrel?

– Ezt mégis honnan veszed?

– Ha neked titkaid vannak, nekem miért ne lehetnének? Tudom, amit tudok, és kész.

– Asszony, mégis mi a fene van ma este veled?

– Mi végre ez az élet? Újra és újra odaállsz a rajthoz, újra és újra elindulsz, időnként már ott vagy a cél közelében, aztán feladod. Feladod, mert gyakorlatilag képtelenség beérni a célba.

Aztán ismét nekiveselkedsz, mert a lelked mélyén hajt valami. Ha elég kitartó vagy, az egész életed erről a csiki-csuki játékról fog szólni. Hisz' talán minden milliomodik embernek ha sikerül végigfutni az élet maratonját. A többiek már az elején elbuknak, a lelkesek a közepe felé, az igen erősek és kitartóak pedig a cél előtt rogynak össze. Mennyire elegem van már ebből a sok szarságból, ami körülvesz, a családnak nevezett mázsás teherből, melyet születésedtől fogva csak cipelhetsz, mert a szüleid, nagyszüleid azt gondolják, hogy amit ők tudnak, tovább kell adniuk... és bizony, tovább is adják, ahogy nekik is továbbadták az őseik.

Én meg akarom szakítani ezt a láncolatot, nem akarom továbbvinni a sok beteges dolgot, amit a felmenőim örökségül hordoznak magukban, és amit kötelességüknek éreznek továbbadni. Meggyőződésem, hogy ebből a csónakból gyorsan ki kell ugrani, és bátran neki kell vágni a végtelen tengernek. Csak és kizárólag akkor lehet saját egyéniséged, csak és kizárólag akkor alkothatod meg magad, csak és kizárólag akkor fogod megtudni, hogy ki is vagy valójában, ha elhagyod ezt a süllyedő hajót.

De a balga ember mit tesz? Hagyja magát beoltani, hagyja magát vezetni, továbbviszi a rengeteg felesleges terhet, amit a szülei és azok szülei is évszázadok óta cipelnek. Jómagam már rég kiszálltam ebből a csónakból, a baj csak az, hogy mindenki körülötted még benne ül és elvárja, hogy vele maradj, sőt mi több, nem elég, hogy cipeled az őseid szarságait, még hozzácsapják a párod családjának a terheit is. Na, ez már maga a rémálom, véged van, ha így élsz. Ez egy ördögi körforgás, amiből, ha nem szállsz ki, véged van. Soha nem fogod megtalálni önmagad. Esélyed nincs. Ha ezt az utat választod, bizony egy időre magad maradsz, de saját életemből merítve, akkor is egyedül vagy, ha éppen van valaki melletted. Társas magányban élsz. Akkor már sokkal jobb az egyedüllét, hisz' akkor legalább van esélyed megtalálni magad. Nincs, aki lehúzzon, visszahúzzon, hátráltasson, mert bizony azt tesszük a másikkal, nem elég, hogy szívatjuk magunkat, még a másikat is belevesszük ebbe a játékba. Mi a végső megoldás? Annyi filozófus, író és költő keresi erre a

kérdésre a választ. Nyilván mindenkinek más jelenti a megol-
dást, ahhoz mérten, hogy az adott lélek mely testében éldegél-
get, és éppen hol tart a fejlődésben. Én úgy vélem, hogy a végső
megoldást Buddha találta meg, mert bármennyire is harcolunk
ellene, de a teljes lemondás, az elszakadás jelenti a lélek számá-
ra a megváltást. De mivel ahány ember, annyi sors és előző élet,
így teljességgel képtelenség elvárni, hogy ezt az elvet kozmikus
tudattá tegyük. Egyszerűen lehetetlen küldetés. Így maradnak
az önsegítő könyvek a rengeteg lehetőséggel, amik közül min-
denki kiválaszthatja a számára legmegfelelőbbet. Nekem egyik
sem vált be, mindegyikben megláttam az embert, az elveszett
lelket, aki keresi a maga fényességét.

A magáét, ami sosem lehet az enyém. Sosem akartam átla-
gos és hétköznapi lenni. Sosem vonzott a csordaszellem. Beteg
az egész világ, fertőző betegségben szenved, ami csúnya fekély-
lyel borítja be tested, lelked. Ha ezt felismered és meg akarsz
gyógyulni, nagy bajban vagy, résen kell lenned. Hisz' igen ha-
mar az elmegyógyintézetbe zárnak majd be. Így jól teszed, ha
csendben csak figyelsz, mert a rejtőzködés az egyetlen fegyve-
red. Hallgass, és válj megfigyelővé. Ez az egyetlen lehetőség,
hogy életben maradj és fejlődhess. Ha szerencséd van, rálel-
hetsz hasonszőrűekre, de valójában vajmi kevés rá az esélyed.
Egyedül vagy, és ez a lényeg! Mindenki egyedül van, igen ritka,
hogy valóban megtaláld azt az embert, akinek a segítségével
közösen megnyerheted ezt a háborút. Ahogy megérted, hogy
az egyedüllétre vagy predesztinálva, mindjárt könnyebb lesz.
Megkönnyebbülsz. Milyen beteg dolog, hogy mástól várjuk a
boldogságot? Teljes képtelenség. Ne várd soha senkitől, hogy
majd boldoggá tesz, egyedül csak magadtól, és majd akkor ké-
pessé válsz boldoggá tenni más embereket is. Magadban keresd
a boldogságot, belül keresd, ne a külvilágtól várd. Ott csak ha-
mis illúzió vár rád, nem az igazság. Te csak áradj, adj, de ne várj
vissza semmit. Ez a kulcs a boldogság felé vezető ajtó zárjába.
Egyedül jössz és egyedül is mész, nincs mese. Még az ikrek is
pár perc különbséggel érkeznek. Ha ezt végre megérted, sínen
vagy. Van esélyed, hogy megtaláld a saját fényességed. De amíg

mástól várod, kívülről várod a megoldást és a boldogságot, elveszett ember vagy.

MEGY AZ EMBER, NEM FÉL AZ EMBER – mondta anno a kétéves Alexander fiam.

– A mindenit, hallod-e, asszony, kezdesz sok lenni. Félelmetes, amikor így ömlik belőled ez a sok szarság. Ugyanakkor talán nem is tudod, de belőled merítek ihletet a kutatómunkámhoz. Olyan dolgokról tudsz beszélni, ami valójában eszébe sem jut az embernek. Te mindig elindítasz bennem valamit. Ötletelek melletted. Végtelenül örülök neki, hogy megismertelek. Igaz, időnként kicsit megrémítesz. Elképesztő, hogy ilyen rendhagyó módon éled az életed. Ismeretlen idegennek neveznélek, földönkívülinek, akit nem is anya szült. Van is benned valami hihetetlen módon izgató, valami megfoghatatlan, megmagyarázhatatlan erő, amitől totál begerjedek. Nézd meg a farkam, mindjárt szétrobban tőled, pedig nem is csináltál velem semmit. Betegesen vonzódom hozzád. Gyere ide, meg kell, hogy basszalak. Csak úgy egyszerűen magamévá akarlak tenni. Igen, tudom már, mi ez a beteges érzés: a tudat, hogy sosem voltál és sosem leszel az enyém, hogy soha nem tudlak birtokolni, mint a többi nőt. Igen, ez az, ami úgy izgat, az elérhetetlenséged, az egyediséged, a titokzatosságod, hogy egyetlen és megismételhetetlen vagy, hogy más vagy, mint a többi nő.

Amikor baszlak, szinte fáj, hogy nem birtokolhatlak, hajt a vágy, hogy szétbasszam a pinád, hogy legalább arra a kis időre az enyém légy, megcsinállak, megbaszlak, és közben ahelyett, hogy azt érezném, hogy közelebb kerültem hozzád, érzem, látom, ahogy egyre távolodsz.

Soha egyetlen nőnél sem éreztem még ilyet, mert azok a nők akkor és ott odaadták magukat. Te pedig nem ezt teszed. Olyan ez, mint egy varázslat, mint egy délibáb, mintha nem is történne meg, csak álmodnám. Igen, ez a lényeg, hogy sosem érzem valóságnak a veled töltött intim pillanatokat. Te egyszerűen nem létezel. Nagyon beteg, amit most mondtam?

– Nem, pontosan leírtál, én is ezt érzem. Még sosem öntötte szavakba egyetlen férfi sem ily módon az érzéseit. Nyilván, mert el sem jutott idáig, hogy ezen elgondolkozzon, ehhez azért komoly intellektus szükséges.

– Felizgattál ezzel a kis monológoddal az álombeli vágyakozásról.

– Nézd, milyen nedves lettem. Azt akarom, hogy egyszerűen, ahogy előbb mondtad, basszál meg, hátulról, ahogy a csődör hágja meg a kancát. Engedd szabadon az ősi ösztöneidet. Gyere és csináld!

– Igen, ez az, micsoda hátsó, ennél szebbet nemigen láttam még, és a duzzadó puncikád, ha nem bánod, megvizsgálom belülről a vaginád, érezni akarom, ahogy a nedved csordogál, érezni akarom, ahogy lüktet és akar a pinád. Ó, igen, nagyon hívogat már. Nesze, itt van a farkam, ezt akartad, gyönyörű kancám, most jól megháglak!

– Istenem, ez valami csoda, érezni duzzadó férfiasságod, érezni az energiádat, ami árad belém. Basszál, én telivérem!

Az aktus után ürességet érzett, birtokolni akarta a férfit, szüksége volt az energiájára. Elszívta, kiszívta a férfiból a magját, mint egy vámpír az áldozatából a vért. Meggyőződéssel vallotta, hogy a nők ezt teszik a férfiakkal, nem véletlen, hogy egy nő tele lesz energiával aktív szex után, erőt merít a férfiból, míg a férfi kifekszik, megadja magát, elernyed. A nőt arra teremtette az Isten, hogy uralkodjon. A férfit arra, hogy szolgálja a nőt, testével és nedvével egyaránt.

– Tudod, mi vagy te? Egy fekete özvegy, egy méhkirálynő, szó szerint elpusztulnak melletted a dolgozók. Sosem éreztem magam, ennyire erőtlennek szex után, mint melletted. Te elszívod az energiám, félelmetes vagy. De ettől megint felállt a farkam, beszarás. Azt hiszem, beteg vagyok, gerjedek erre a fajta áldozati szerepre. Tölteni az én vámpírbarátnőmet, táplálni őt.

Persze hogy tetszett Viktornak ez a játék, hisz' pszichopata volt. Szerette az embereket kínozni, bántalmazni, megalázni. Valahol neki is meg kellett élnie az áldozat szerepét. Kezdetben meggyőződéssel vallotta, hogy ő a vadász és Tamara a vad, de ma már közel sem volt ebben olyan biztos, mert ha lassan is, de fordulni látszott a kocka.

12. FEJEZET

Közel sem rontottad úgy el az életed, ahogy gondolod. A lányod a saját sorsának a kovácsa. Ne ostorozd magad és ne hidd azt, hogy jobb, vagy szebb lett volna az élete, ha te bármit is másként tettél volna. Nézd csak meg magadat: nehéz, kemény gyerekkorod volt, de te mégis meggyógyítottad a lelked, szelíd vizekre eveztél. Ő is megtehette volna, mégsem élt a lehetőséggel. Egyszerűbb másokat hibáztatni, másokat okolni a félresiklott életünk miatt. Sokan csinálják. Vegyük csak az erkölcsi normákat, ez az, ami hiányzik az emberek többségének a cselekedeteiből. Amikor a saját boldogságodra gondolsz, vajon figyelembe veszed, hogy hány embert teszel általa boldogtalanná? Ha a boldogságod nyomában szomorúság és könny fakad, miként lehetséges azt felhőtlen idillnek megélni? Csakis úgy, ha önző vagy, és nem lépett még működésbe az önnön erkölcsi rendszered, mert ez az állapot nem más, mint ördögi ármány. Boldogság az, amit mindenki örömmel fogad, és áldás kíséri.

Tamara felébredt. Lánya az ágya mellett üldögélt, egy könyvet olvasott.

– Mi történt?

Az éjszakából nappal lett, a sötétségből világosság, télből tavasz, bábból pillangó, magzatból újszülött, sírásból nevetés, sivatagból vízesés, rabságból szabadság, részegségből kijózanodás, tompaságból éberség, káoszból rend, kábulatból felébredés, betegségből egészség, bizonytalanságból bizonyosság, gyengeségből erő, éhínségből bőség, borúból derű és boldogság, gyávaságból bátorság, háborúból béke, bűnösből szent.

– Magadhoz tértél végre, Mama? Egy éve már, hogy kómába estél.

– Kómába? Mi történt?

– Baleseted volt, szerencsénkre te túlélted.

– Miért, nem egyedül voltam?

– A férfit – pontosabban, azt az embert, akivel utaztál – nem sikerült azonosítani. Szénné égett, még az sem biztos, hogy hímnemű volt. Te kirepültél a kocsiból, vigyáztak rád az angyalok.

Tamara kétségbeesett, semmit sem értett, rengeteg gondolat kavargott a fejében, de valójában semmire sem emlékezett.

– Részleges amnéziád van, ami egy életen át elkísérhet. De mi már annak is örülünk, ha minket megismersz.

– Szeretnék most egyedül maradni, kérlek, ne haragudj, de sokkolt ez a sok információ. Adj néhány percet, hogy magamhoz térjek.

– Persze, semmi gond, lemegyek, megiszom egy kávét.

Tamara kezdett pszichésen szétesni. Az emlékei... az álmai... Ha a fele igaz, akkor igen nagy bajban van.

Az a sok szörnyűség. Vajon valóban megtörténtek? Kitől kérdezhetem meg? Egyáltalán tudni akarom az igazságot? Ki vagyok, ki voltam korábban? Atyaég, vajon hány gyerekem van, három vagy négy? Édes Istenem, add, hogy négy legyen. Az nem lehet, hogy feláldoztam az egyik fiamat, az nem lehet, hogy fogyatékos embereket adtam el donornak, az nem lehet, hogy Viktor létezett, mert akkor eladtam a lelkemet az ördögnek. Kiráz a hideg, ha mindebbe belegondolok. Add, Uram, hogy csupán az élénk fantáziám játéka legyen az a sok rémség. Részleges amnézia, így mégis hogyan fogom kideríteni, hogy mi az igazság? Kitől kérdezhetném meg? Ha kérdezősködöm, azzal csak bajba sodrom magam. Nyilván az a valaki, aki velem volt, biztos segíthetett volna. Volna, ha az a *volna* ott nem lett volna. Talán az sem véletlen, hogy balesetünk volt? Valójában mindkettőnknek halottnak kellene lennie. Menten megőrülök, vajon biztosan tudni akarom az igazságot? Egyelőre jobban teszem, ha az

amnéziámra hivatkozva játszom a hülyét, most az amnézia a
legjobb alibim.

Tamara fejében csak úgy záporoztak a kérdések, kavarogtak a
gondolatok, úgy érezte, hogy ez maga a téboly.

Egyedül volt, elméje fogságában találta magát. Árgus sze-
mekkel figyelte a filmet, a sok mocsokkal átszőtt történetet,
mely ott pergett a szürkeállományának mozivásznán. No és az
a rengeteg, töméntelen szex, amiben része volt, ha csak a fele
igaz, akkor nem unatkozott a vaginája. Kétség sem fér hozzá,
hogy több ízben is megszegte Isten törvényeit. Vallotta, hogy
a Bibliát a tömegek számára, a pórnépnek írták. Vajon létezett
valaha is olyan társadalom, ahol betartották a tízparancsola-
tot? Jézus betartotta, és mégis mire ment vele? Kínok közt vé-
gezte. Szopás az egész élet mindenkinek. Talán a nőknek és a
melegeknek könnyebb, mert ők szeretnek szopni.

– Mam, bejöhetek már?
– Persze, drágám, gyere. Ne haragudj, amiért egyedül szeret-
tem volna lenni, de olyan érzésem volt, mintha egy zacskót a fe-
jemre húztak volna, és levegő után kapkodnék. Rengeteg minden
kavarog a fejemben, és fogalmam nincs róla, hogy ezek álmok,
emlékek vagy a fantáziám szüleményei, nem tudom eldönteni,
hogy mi a valóság. Nagyon rémisztő. Nyilván furcsa lesz, amit
most kérdezni fogok, de élnek a fiúk, és hány gyerekem van?
– Mama, veled meg mi van? Megijesztesz.
– Élnek?
– Ketten még élnek. Amúgy legjobb tudomásom szerint, en-
gem is beszámítva, négy gyereked van, pontosabban volt.
– Volt?
– Igen, Igor egy évvel ezelőtt meghalt.
– Meghalt?
– Igen, de szerintem ez nem a legalkalmasabb időpont, hogy
részletezzük.
– És te jól vagy, kincsem? Mutasd a mellkasod!
– Mama, komolyan, mi történt? Jól vagyok, kutyabajom.

– Egyedül éltem, létezik az életemben egy Viktor nevű illető?

– Megyek, szólok az orvosnak. Mindjárt jövök.

– Viktor, azt hiszem, meg kellene vizsgálnod a Mamát, öszszevissza beszél, valahogy nincs képben, össze van zavarodva, nem tudja, hogy mi történt, nem tudja, hogy együtt éltek, nem igazán értem, hogy mi zajlik most le a fejében. Gondolom, az amnézia miatt van.

– Semmi gond, ne aggódj, ez előfordul ilyen hosszú kóma után. Megyek, megnézem.

– Szervusz, Tamara.

– Viktor, tehát létezel? Nem pusztán a képzeletem szülötte vagy.

– Miért lennék az, kedvesem?

– Nem is tudom, most minden olyan keszekusza, úgy vélem, hogy pihennem kellene. Túl sok emlék kavarog a fejemben, aminek a többségét nem tudom beilleszteni a valóságba. Gondolom, ez a kóma miatt van.

– Valószínűleg, de igazán elmondhatnád, hogy mi az, amit nem értesz.

– Most nem megy, egyedül szeretnék maradni, fáradt vagyok. Pihennem kell, ne haragudj.

Tél volt, az ablaknál állva merengtem a félhomályban. Néztem a vidéket, a mindent beborító vakító fehérséget. Érintetlen volt még a táj, senki és semmi sem gyalázta még meg eme tisztaságát a természetnek. A hó vakítóan csillogott, úgy éreztem, hogy tisztasága belém hatol és átjárja minden sejtemet eme ártatlanság. Mintha csak most születtem volna meg. Békét és nyugalmat adott, csendet, s mennyei áhítatot. Csak álltam megrészegülve, belémeredtem a végtelenbe. Elvesztem, egy pillanatra még lélegzetet sem vettem. Csak álltam, és eggyé váltam ezzel a mámoros vággyal. A vággyal, hogy Föld Anyám ölébe hajthassam fejem, és fáradt testem oltalmazó karjai közt megpihenhessen.

– Szia, Borisz.

– Hahó, Viktor, mi újság? Hallom, magához tért Tamara.

– Igen, és túl sok gondolat kavarog a fejében, amit nem tud
hova tenni, ami számunkra nem jó hír. Reméltem, hogy teljes
emlékezetvesztésben fog szenvedni, de úgy tűnik, hogy bizo-
nyos dolgok még bevillannak neki.

– Hihetetlen, öregem, hogy túlélte azt a balesetet, kemény,
szívós nő. Pláne hogy így, egy év után még fel is ébredt. Ez nem a
te napod. Még jó, hogy a haverod, William meghalt. Ha ő is túl-
élte volna a balesetet, akkor most igazán nagy szarban lennénk.

– Fejezd már be, Borisz, a károgás! Hamarosan kihallgat-
ják, ha ott előadja a fantáziadús emlékképeit, az FBI elkezd
majd nyomozni.

– Miféle emlékképeit?

– Faszom tudja, mi van a fejében, nem akarja elmondani.
Most már nem is árthatok neki, túl egyértelmű lenne. A büdös,
kurva életbe! Biztos voltam benne, hogy a fiával majd sarokba
szorítom, de nem sikerült. Vágod? Ugyanakkor mindent tud a
vállalkozásunkról, elvileg. Persze már ebben sem vagyok biztos.
Elbizonytalanodtam, azt pedig kurvára nem szeretem. William-
mel túlságosan megkedvelték egymást, biztos, hogy mindent el-
mondott neki, ezért meg kellett halnia annak a féregnek. Mégis
mit képzelt, szövetkezik a nőmmel a hátam mögött?

– Ez valóban szar ügy. Én miben tudnék segíteni?

– Talán a bizalmába férkőzhetnél, beszélgethetnél vele, tu-
dom is én, pszichiáter vagy te is, talán neked kellene kezelned.
Én nem kezelhetem, hisz' hozzátartozóm. Lehet, hogy nem is-
mer fel, egyszer találkoztatok, hátha kiesett ez az emlékkép a
fejéből. Befesthetnéd a hajad, felvehetnél egy szemüveget, úgy
biztos, hogy nem fog emlékezni rád. Ha mégis, majd azt mon-
dod, hasonlítasz az illetőre, de nem te vagy.

– Rendben, barátom, ez a legkevesebb, amit megtehetek ér-
ted. Nekem sem jönne jól, ha kiborulna a bili.

– Akkor holnap gyere be, és mint a pszichiátere vedd keze-
lésbe. Pár napig még nem engedem a közelébe a nyomozókat.
Hátha addig megtudsz valamit.

– Meglesz, ne aggódj, addig megdolgozom Tamarát!

–Alice, drágám.

– Igen, mama.

– Tudom, zavaros dolgokat mondok, de ezt az elmúlt egy évet igen intenzíven éltem meg.

– Intenzíven? De hát kómában feküdtél, Mam.

– Ez nem ilyen egyszerű. Tudod olyan volt, mintha folyamatosan benne lettem volna egy fantasy regényben, egy általam gyártott valóságban, aminek egy része talán fikció volt, ami keveredett az álommal.

– Aliz csodaországban, a nyúl ürege, Mátrix?

– Igen, valami olyasmi volt. Zagyvaságnak tűnik az egész, tudom, és nagyon nehéz beszélni is róla. Kérlek, ne ijedj meg, ha marhaságokat beszélek vagy kérdezek, de sajnos nem tudom, hogy mi a valóság és mi az, ami a fantázia szülte ökörség. Ezért kérdezlek téged, mert benned megbízom, nem szeretnék diliházba kerülni. Kérlek, ne beszélj erről senkinek, szeretnék rendet rakni az agyamban. Ugye segítesz?

– Persze, Mam, mire vagy kíváncsi?

– Viktor egész pontosan, kicsoda nekem?

– Együtt éltek.

– Együtt élünk?

– Igen, mielőtt a baleseted volt, már két éve együtt éltetek.

– Jesszusom.

– Mama, ezt most miért mondod?

Tamara agya lázasan dolgozni kezdett. Pontosan tudta, hogy bajban van. Senkiben sem bízott már, a lányában sem. Hisz' ha egy fedél alatt éltek, akkor elképzelhető, hogy Viktor jó kapcsolatban van a lányával. Nyilván Alice majd mindent elmond neki, merő jóindulatból, hisz' nem tudja, amit ő tud. A végén pedig elmebetegnek fogják tartani, akinek a pszichiátrián van a helye, begyógyszerezve, elkábítva. Viktor ezt simán megteheti, és meg is fogja, hogy mentse az irháját. Jesszusom, senkiben sem bízhat, most mi lesz? Az lesz a legjobb, ha nem beszél, nem kérdezősködik. De az biztos, hogy veszélyben az élete, hisz' Viktor attól fog tartani, hogy visszatérnek az emlékei. Talán a baleset sem baleset volt: meg akarta ölni, amiért nem működött együtt vele, amiért nem hagyta, hogy a sérült fogyatékosok szerveit eladja a transzplantációs piacon. Hát persze! Ezért a klinika, hogy mindent a törvényes kereteken belül működtessen, hogy mindent zavartalanul, zökkenőmentesen tudjon irányítani. Vele is ezt akarta, most már értette, mi ez a sok beteg emlék. Ezek nem álomképek, ezek mind megtörténtek. Édes Istenem, bajban vagyok, de nem csak én, hanem a családom is – gondolta. – Csak idő kérdése, hogy ez a pszichopata mikor fog ismét megfenyegetni. Meg kell játszanom, hogy semmire sem emlékszem, közben talán megtalálom azt az embert, akiben bízhatom. Le kell leplezni ezt az őrültet. De ha benne van már az egész kormány, esélyem sincs. Jobb lenne, ha törölném az emlékeimet, mert ebből a csatából csak vesztesen kerülhetek ki. De akkor most továbbra is együtt kell élnem ezzel a bolonddal, ezzel a gyilkossal? Az képtelenség, a szerelmet nem tudom megjátszani. Valójában semmit sem tudok megjátszani, mindig kimondom, amit igaznak vélek, nem tudok alakoskodni. Pedig most egy ideig kénytelen leszek. Ha csapdába akarom csalni Viktort, ha én akarok a vadász lenni, és nem a vad, bizony össze kell szednem magam. A krokodilfarm is, hát persze, most esett csak le, oda viszi a holttesteket, emberekkel eteti az állatokat. Ez tiszta horror!

Emlékszem, talán 10 éves lehettem, amikor fertőző májgyulladással kórházba kerültem. Bő egy hónapig nyomtam az ágyat. Az egyik nővérkét, aki korából kifolyólag inkább nővér volt már – még a nevére is emlékszem, pedig az nem az erősségem –, tehát Olga néni nagyon keményen és szigorúan bánt velünk. Mindenki utálta. Egyik este kedvenc nővérkénket vártuk, amikor kiderült, hogy lebetegedett, és helyette Olga néni fog jönni. Mindenki zúgolódott, haragudott, hisz' így az esti tévézésnek búcsút inthettünk. Megjött Olga néni és megkérdezte, hogy „na, gyerekek, örültök, hogy ma én leszek?", mindenki egytől egyig azt mondta, hogy igen, csak én, hogy nem. Olga néni szúrós tekintetét rám szegezte és megkérdezte: mit mondtál? Mondtam, hogy nem örülünk, és igazán nem értem, hogy a többiek miért mondják azt, hogy igen. Olga néni aznap este megbüntetett, ágyba küldött. Jól emlékszem, hogy mekkora törést okozott a lelkemben, az egész éjszakát átsírtam, mert nem igazán értettem a helyzetet. Legközelebb, amikor ismét ő jött éjszakára, belépve a kórterembe azt mondta, senki sem tévézhet, mindenki megy aludni. „Tamara, te gyere velem." Attól fogva én voltam a kedvence, bármit megtehettem, a többieket pedig folyamatosan büntette. Akkor és ott megértettem, hogy mindig vállalnom kell a tetteimért a felelősséget, ki kell állnom az igazamért, még akkor is, ha pillanatnyilag helytelennek tűnik.

Milyen végtelenül unalmas az életnek nevezett szarság. Teszel-veszel, minden nap szinte ugyanaz, és a rutin körforgásában telik el az élet. Nyilván akadnak izgalmasabb, érdekesebb, pörgősebb élethelyzetek is, de akkor is, nagy általánosságban mindenki ugyanazt érzi: egyfajta ürességet. Valami hiányféle árnyékolja be a mindennapjaidat. Ha kicsit mélyebb, spirituálisabb beállítottságú vagy, bizony felteszed a kérdést magadnak: tényleg csak ennyi? Ez az élet? De vajon mi ez a hiány? Vajon minden embernél ugyanazt jelenti? Netán létezik egy egyetemes igazság, vagy ez képtelenség, hisz' ahány ember, annyiféle hiány és annyifajta válasz? Egy biztos: a *hiány* holmi hétköznapi módon nem orvosolható. A *hiány*, ha megjelenik az életedben, és ezt képes vagy megfogalmazni magadban, ergo nyakon tudod csípni, az már egy lehetőség egy örömtelibb, értékesebb, tartalmasabb élet felé. A *hiány* nem más, mint maga a végtelen *űr*! Úgy vélem, hogy a *hiány* és az *űr* szoros kapcsolatban állnak egymással. A *hiány* az *út*, ami hazavezet, az *űrb*e, a *végtelenbe*. Ha megszületett már benned, ha nevén tudtad nevezni. A *hiány* nem más, mint az *üresség*, ami véleményem szerint egyet jelent a *lélekkel*! Nyakon csípted, megértetted, megérezted, *végre jelen* vagy. Az *űr* pedig nem más, mint a nagy *egész*, a végtelen, az otthonunk, ahová vágyunk, ahova tartunk, ahová szüntelen vágyakozunk. Minél többször érzed ezt a *hiányt*, annál közelebb vagy a megoldáshoz. Légy felfedező, merj keresni, kutatni, akard megismerni a lelked, ne ijedj meg a *hiány* érzetétől, mert az jót jelent, az azt jelenti, hogy *felébredtél*! Ehelyett mit csináltok? Pótszerekhez nyúltok, függővé váltok, és ahelyett, hogy közelebb kerülnétek magatokhoz, megcsonkított lelkekké váltok

Egy biztos: a *halál* az egyetlen biztos pont az életben, mert az emberek többsége még sosem élt, viszont ők is meg fognak halni. Amikor már ébredezne, és végre megérzi a *hiányt*, újra álomba ringatja magát különböző pótszerekkel és drogokkal. Így még mélyebbre taszítja magát.

Nincsenek gondolataim, nem vagyok jelen, nincs testtudatom. Mindez katartikus, ám egyben félelmetes érzés. Egyszerűen megsemmisülök, semmivé válok. *Ez a valóság!* Olyan ez, mint a morfium, altatás előtt érzi ezt az ember.

Szeretnék örökre ebben az édes, varázslatos kábulatban maradni, de a mindennapi rutin mellett képtelenség megőrizni ezt az állapotot.

Lebegsz boldogan, önfeledten a víz felszínén, majd hirtelen az élet adta gondok és bajok lerántanak a mélybe. Lebegsz, csak úgy vagy, miközben az élet monoton zakatol körülötted. Élvezni szeretnéd a csendet, még maradnál, de nem hagyják. Kínok közt térsz vissza ebbe a zajos, beteg, hazugságokkal teli világba.

Valójában örülnöm kellene, hogy időnként megmerítkezhetem ebben a mesés, földöntúli állapotban. Ezek azok a pillanatok, melyek erőt és reményt adnak a hétköznapokban, hogy egyszer végleg részese lehetek ennek az *áldott állapotnak*!

Haragszom, harag és csalódottság van bennem. Időnként, amikor csak úgy elnézem a fiaimat, ahogy botorkálnak, ahogy ki vannak szolgáltatva az egész világnak, majd' megszakad a szívem. Valóban mit számít az a néhány megcsonkított lélek, akikre Viktornak fáj a foga? Cserébe legalább az egyik fiam teljes életet élhetne. Úristen, mégis miket beszélek, hisz' most már nem is álmodom! Vagy mégis?

Nos, akkor mi a megoldás? A válasz egyértelműen az, ha megölöm, vagy inkább leleplezem. Nekem kell megtennem, mielőtt ő próbálja meg újra. De mi van, ha minden emlékem csupán csak fikció? Hogy tudom kideríteni? Remélem, hogy lesz valami bizonyíték. Valami, ami segít majd tisztán látni, különben paranoidnak fognak bélyegezni. Talán be is csavarodom. Mi van akkor, ha ez az egész az én beteg elmém kivetülése? Mielőbb haza kell mennem, fel kell hívnom a barátaimat, átnéznem a naplómat, az intézetbe is be kell mennem, össze kell szednem a gondolataimat. Egy biztos: nagyon félek, mert érzem, tudom, hogy a háttérben valami sötét titok lappang.

VÉGSZÓ

– Emlékszel egyszer azt mondtad, hogy megölted a feleséged, és azt a jó szívét eltetted emlékbe, ez tényleg igaz?

– Talán igen, talán nem.

– Látom, szereted ezt a szófordulatot használni.

– Szeretem, mert kétértelmű. Mégis mi a célod, talán bekapcsoltad a telefonodon a felvétel gombot?

– Paranoiás vagy?

– Talán igen, talán nem.

– Most ezt fogod játszani?

– Mégis mit?

– Játszod a hülyét?

– Vigyázz, mert kezdesz a türelmem határának mezsgyéjére lépni.

– Félnem kellene?

– Talán igen, talán nem. Hol a telefonod? Mutasd!

– Nincs nálam.

– Valóban? Hozd ide a táskád.

– Elég volt ebből a viselkedésből, Viktor, mégis mit képzelsz magadról?

– Hozd ide a táskádat, utoljára szóltam. Vedd ki a telefonodat. Nocsak, nem tévedtem, be van kapcsolva a mikrofon. Ez meg hogy lehet? Ne mondj most semmit, úgyis hülyeség lenne. Nagyon felkúrtad most az agyam, gyorsan találd ki, hogy miként hűthetnél le. Nyomozót játszol? Nem áll jól. Ez nem a te szerepköröd. Nyomorultak megmentője vagy, ennyi, semmi egyéb. A világ rothadásnak indult, fogd fel, és fogadd végre már el! Jót akarok neked, komolyan, ne harcolj, mert felesleges, a csatát én nyertem. Nyugodj le, csendesedj el, és hagyd, hogy a dolgok megtörténjenek, nem tudsz már megállítani. Mondtam már, nincs ellenfelem. Az emberek lettek a zsoldosaim, ennél hűségesebb hadseregről nem is álmodhattam. Saját sírjukat ássák. Nekem csak annyi a dolgom, hogy a megfelelő játékszereket a kezükbe adjam. Ne agyalj annyit, mert a diliházban fogsz kikötni. Ezt pedig nem akarhatod. A te szerető Istened semmit sem fog tenni, nem fogja megakadályozni a végső pusztulást, és tudod miért nem? Mert belezuhant a saját csapdájába. Ugyanis a szabad akarat jelenti a világvégét. Azért ez elég szürreális, nem? Nekem baromira tetszik, beszarok a röhögéstől menten. Egy szó, mint száz, csendesedj le, meditálj, vagy a faszom tudja mit csinálj, de maradj veszteg. Jobban jársz, hidd el. A vég napját úgyis láttad, tehát meglepetés nem fog érni. Nincs más dolgod, mint türelmesen kivárni. Amúgy meg hol vagytok, egyre ritkábban találkozom a fajtáddal, úgy látom, az *öreg* már nem küld angyalokat erre a kurva bolygóra. Gondolom belátta már, hogy felesleges.

Az a baj, hogy az emberekben nem találom örömöm, olyan egyszerűen működnek, semmi kihívás. Baromira unatkozom. Veled jól elszórakoztam, de most már te sem vagy ellenfél. Amióta volt a baleseted, szegénykém, szárnyadat szegted. Látom, hogy vergődsz, ne aggódj, jó szemem van az ilyesmihez. Azt is tudom, hogy keresed a társaidat. Pechedre a Vén Bolond jól szétszórt benneteket a nagyvilágban, nem gondolta, hogy egyszer még szükségetek lesz egymásra. Pedig együtt még az is lehet, hogy megmenthetnétek a világot. Így viszont csupán gyertyalángként pislákoltok, az pedig nem több, mint tű a szénakazalban. Kitörő vulkánra volna szükség ahhoz, hogy engem elpusztítsatok.

RÉSZLETEK TAMARA NAPLÓJÁBÓL

SÓVÁRGÁS

Sóvárogsz éjt nappallá téve, észre sem veszed, de a sóvárgás irányítja az életedet.

Sóvárogsz már kicsiny gyermekkorod óta.

Sóvárogsz anyád csecse után, sóvárogsz az ételért, sóvárogsz egy érintésért, sóvárogsz egy jó szóért.

Sóvárogsz reggeltől estig, még álmodban is képes vagy sóvárogni.

A sóvárgás olyan, mint a métely: elárasztja, szétrágja, megbetegíti a lelked.

A sóvárgás, mint a mocsok, beszennyezi tested, s ha túl sokáig hagyod magadon, bűzleni kezdesz.

Hát csak sóvárogj, ember.

VAJON KI VOLTÁL?

Próbáltam megismerni Őt, de sosem sikerült.

Próbáltam a közelébe kerülni, de sosem sikerült.

Próbáltam megfejteni Őt, de sosem sikerült.

Próbáltam nagyon szeretni, de sosem hagyta. Megpróbáltam, de mindhiába!

Hosszú éveket szántam arra, hogy megfejtsem a keresztrejtvényt, melyet lénye alkotott, de nem sikerült.

Megfejthetetlen labirintus maradt lelke számomra.

Amikor megismertem, azt reméltem, végre megtaláltam a férfit, akire mindig is vágytam.

Talán becsaptam magam, hisz' annyira vágytam már a másik felem után!

Ma már felteszem a kérdést, létezik ő egyáltalán?

Ha igen, vajon merre vagy? Igaz, egyszer álmomban már láttalak.

Eleinte nehezen alakultak a dolgok, hisz' lelkét marcangolta megannyi keserűség és fájdalom.

Amit én merő kíváncsiságból érdeklődve fogadtam és kihívásnak tekintettem.

Hisz' amióta kis szemem kitártam e nagyvilágra, úgy gondoltam, MÁS vagyok, mint a többi ember, kiválasztott vagyok, gyengék és elesettek megmentője.

Aztán jött ő, és én segíteni akartam, meg akartam gyógyítani sajgó lelkét.

Minden nappal egyre jobban és jobban szerettem, noha ő minduntalan megbántott és megpróbált eltaszítani magától.

De én szerettem a kihívásokat, hittem magamban és az erőben, mellyel felruháztak az Égiek.

Hittem és reméltem, hogy megadhatom neki azt a boldogságot, amit nagy szerelme elvett tőle.

Rodini idomokkal megáldott test, férfiassága kedvemre való volt.

Csodáltam tökéletesre szabott testét, mellyel a természet megajándékozta.

Soha életemben nem láttam még ilyen szép férfitestet.

De hiába ez a csodás test és gyönyörű hímtag, hisz' használni csak ritkán tudta. Milyen kár, gondoltam, milyen kár, hogy mellettem hál ez a csoda, s nem tehet kedvemre szinte soha!

Pedig mennyire tudtam volna szeretni!

Igaz, nekem sem volt okom panaszra, s szemem lesütni, hisz' a Jóisten, amikor engem alkotott, jókedvében volt nagyon. Testem minden egyes porcikáját, arcocskámat, dombocskámat igyekezett úgy festővásznára pingálni, hogy abban férfiember hibát ne tudjon találni.

De minden hiába, hiszen úgy mérte végig testem, mintha csak egy szobor lenne.

Boldoggá akartam tenni, a világ legboldogabb férfijává.

De hogy is remélhettem, hogy tervem sikerre vihetem, hisz' a szerelem egy nagy társasjáték.

S ezt a játékot csak én akartam igazán, ő csak úgy volt, elvolt, sodródott az árral.

S bezárkózott a saját kis világába.

Aztán szép lassan mintha megnyílt volna felém, mintha meglátott volna, mintha akart volna, mintha szerelmes lett volna. Mintha.

Sosem tudhatom meg, hogy mi lett volna, ha az a *volna* ott nem lett volna.

De a *volna* egy tavaszi napon bizony megfogant, és ahogy létét tudtára adtam, a fa, melynek levelei zöldbe borultak, sárgulni kezdtek, majd szép lassan lehullajtotta lombkoronáját.

Ismét beköszöntött a zord, hideg tél, és szerelmünk cseperedő fája ismét szürke köntösét rántotta magára.

Minden fagyossá vált körülöttünk és tudtam, hogy a kis élet, mely valamiért megtalált minket, a boldogságot, melyet annyira kerestem, egy szempillantás alatt velem elfeledtette.

Hisz' a kis *volna* ahogy jött, ő úgy változott.

A szerelmem, kit felruháztam minden értékkel, felnéztem rá és becsültem, a kis *volna* hírére szememben pillanatok alatt értéktelenné lett.

Hisz' oly dolgokat tett és mondott, mellyel dicsőített Cézárom egy faragatlan emberré lett.

Félt és rettegett, félt, hogy a kis *volna* tönkreteszi a jól felépített életét, félt és rettegett, mert nem tudta, hogy minden, ami velünk történik, okkal történik és fejlődésünket szolgálja.

Félt és rettegett, mert egy ismeretlen terepre tévedt.

Félt és rettegett, s félelmében megbántott ezerszer engemet.

Félt és rettegett, mert minden, amit 52 év alatt felépített, most elporladt és köddé vált hirtelen.

Félt és rettegett, mert először életében úgy érezte, lehet, hogy most elveszett.

Félt és rettegett, mert egész életében győztesnek született.

Félt és rettegett, mert jött a kis *volna*, aki mindent, mit eddig hitt magáról, a földbe tiporta.

Félt és rettegett, mert ő, aki győztesnek született, a kis *volna* hallatán gyáva ember lett hirtelen.

Félt és rettegett, mert a kis *volna* felnyitotta a szelencét, a szelencét, mely megmutatta neki, hogy amit eddig igazságnak vélt, talán nem is létezett soha.

A kis *volna* jött, és az embert, aki győztesnek hitte magát, egyszeriben megsemmisítette.

Azt remélte, hogy a kis *volna* egy szép napon eltűnik majd a méhemből.

De én pontosan tudtam, hogy a kis *volna* mit szeretne.

Pontosan tudtam, hogy a kis *volna* Isten áldása.

Én tudtam, hogy tanítani jött, de ő átoknak vélte, és ezért napról napra egyre távolabb kerültem tőle.

Fájt látnom, ahogy egyre távolodik, de mivel senkit sem menthetünk meg a sorsától, így egy szép napon én is feladtam a harcot.

Hagytam, hogy élete tutaja elhajózzon.

Szeretett volna mellettünk maradni, de a program, mely tudatában szüntelenül futott, egyszerűen nem engedte, hogy maradjon.

Az ember, ki mindig erősnek hitte magát, most gyengének bizonyult.

Képtelen volt megbékélni egy olyan élettel, mely nem a látó emberek világa. Képtelen volt megbirkózni a tudattal, hogy a kis *volna* világtalanul is az életet és a fényt hordozza.

Akarta, szerette volna, de nem tudta, mert félt a sötéttől.

A sötéttől, mely lelkében ott bujdosott.

Pontosan tudta, hogy az ő lelkének is van egy kútja, melynek mélységes bugyráról fogalma nem vala.

Csak tudta, sejtette, hogy ez a hely bizony nem fantázia.

S nagyon is félt ettől a helytől, hisz' ott lent a sötétben olyan démonok laktak, kiket az elméje be nem fogadhat, hisz', ha ők életre kelnek, meg kell látnia valódi énjét, melyet oly kínosan igyekezett elrejteni mindenki elől.

Félt, mert tudta, ha egyszer álarcát leveszi s meglátja magát a tükörben, elméje meghasadhat.

Ahogy teltek, s múltak az évek, teljesen elfordult tőlem, már nem látott nőnek. Megszűntem a szemében nőnek lenni.

Hibáztatott és bántott mindenért, s időnként olyan arcát mutatta felém, mely rémisztő és kiábrándító volt.

Szép lassan elvesztett mindent, méltóságát, büszkeségét és férfiasságát egyaránt.

Fájt látnom, hisz' nem ez volt a célom.

Fel akartam emelni, dicsőséget, szerelmet és boldogságot akartam adni neki, ehelyett letaszítottam a mélybe.

Fájt látnom, mert szerettem és akartam őt.

De ő már hosszú évek óta nem akarta közelségem.

Egyik része akart, a másik gyűlölt, ahogy a kis *volnát* is egyszer szerette, máskor meg gyűlölte.

Meghasonlott, talán már saját magát sem ismerte fel a tükörben.

Többször próbáltam a közelébe férkőzni, s a fájdalmát, félelmét feloldani, de próbálkozásaimat kudarc követte.

Képtelenség volt, egyszerűen mintha nem is egy nyelvet beszéltünk volna.

Néztem őt, és annyira, de annyira szerettem, de a szeretetemmel a várudvar hídján maradtam, kinn rekedtem, mert azon túl, a várba bejárásom nem vala.

Sokáig álltam, s vártam, dörömböltem, s kiabáltam, aztán egy szép napon sarkon fordultam.

Majd rájöttem, hogy a szerelmet, melyet úgy vártam, valójában a kis *volná*ban megtaláltam!

Ő volt az, kit mindig is kerestem, s benne nem csalódhatom, ő tanít, s mesterem vagyon!

Sajnálom kedvesem, amiért szemét hályog fedi, és így képtelen meglátni a fényt, mely a kis *volna* körül ragyog!

Pedig ő is tanulhatna tőle!

Talán majd egyszer, mert én, mint harcos, sosem adom fel.

Talán majd egyszer, egy szép reggelen úgy ébred, hogy tudni fogja, mi azért voltunk, hogy az életét bearanyozzuk, mert nem sár volt az, mi kezére tapadt, hanem gyógyító agyag!

Elég lett volna, ha szívére teszi, és sajgó lelkét vele felvértezi.

De tudatlanságáért reá nem haragudhatom, pusztán csak szánhatom.

Talán, majd egyszer, az utolsó nagy napon, amikor számot
vet életéről, rájön, hogy kik is voltunk.

Talán majd a nagy utazáskor szívébe beenged minket és hagy-
ja, hogy fényünkkel azt beragyogjuk.

Talán, majd egyszer.

ÉBREDÉS

Az egész világ, mit valónak véltem, csupán illúzió.

Kiről azt gondoltam, ismerem, kiderült, hogy idegen,

Belenézek a tükörbe és azt kérdem magamtól, ugyan mondd,
ki vagy te?

Csend és félhomály, rezzenéstelen a táj, behunyom a sze-
mem, csak most ébredezem.

Keresel, kutatsz, szenvedsz, pedig a megoldás ott van benned.

Amikor elfogadod sorsod, megtörténik a csoda, békére lelsz,
nem zajongsz tovább, csendben leszel.

Lassan kinyitod a szemed, és végre újra látsz, milyen rég volt már!

Anyád méhében csendben voltál és láttál.

Majd ahogy kis tested világra jött, szádat nagyra nyitottad
és szemedet végleg behunytad.

Azóta pörögsz az anyag szirénhangú vonzásában, szeretnél
kilépni belőle, de nem tudod, miként tedd.

Megszálltál, szívemben háltál, testembe élveztél, lelkemben
menedékre találtál.

Hagytam, hogy megpihenj bennem, mert láttam, hogy nem
találod helyed.

Pihenj meg hát, vándor, lelj bennem megnyugvásra, aludj
csak, én majd vigyázom álmodat.

Fáj látnom, hogy megrekedtél, de nem segíthetek, mert ezt
az utat egyedül kell bejárnod, én csupán fészked lehetek, hol
időnként megpihenhetsz és erőt meríthetsz.

A Nap felkelt, pirkad, a testem leszületőben, egy újabb lehető-
ség, hogy megleljem Istent.

A Nap nyugodni tér, az éj lassan leszáll, a lelkem búcsúzni
készül, tovaillant, már messze jár.

Derengő félhomályban állva látom közeledő árnyam, az ár-
nyat, mely amióta megszülettem, követi testem.

Most viszont búcsút veszünk egymástól, hisz' ez a váz töb-
bé már nem menhelyem, időközben ugyanis szabaddá lettem.

Szabad vagyok, szárnyalok, a végtelenben vágtatok, végre
hazatértem.

TÉL

Tél volt, az ablaknál állva merengtem a félhomályban. Néztem
a vidéket, a mindent beborító vakító fehérséget. Érintetlen volt
még a táj, senki és semmi sem gyalázta még meg eme tisztasá-
gát a Természetnek. A hó vakítóan csillogott, s szó szerint be-
lém hatolt, s átjárta minden sejtemet eme ártatlanság. Mintha
csak most születtem volna meg, mintha. Békét és nyugalmat
adott, csendet, s mennyei áhítatot. Csak álltam megrészegülve,
s belémeredtem a végtelenbe. Elvesztem, egy pillanatra még lé-
legzetet sem vettem. Csak álltam, és eggyé váltam ezzel a má-
moros vággyal. A vággyal, hogy Föld Anyám ölébe hajthassam
fejem, s fáradt testem oltalmazó karjai közt megpihenhessen.

HA AKARTAD VOLNA

Ha akartad volna, én lettem volna melletted a világ legszerelme-
sebb asszonya, de nem akartad.

Ha akartad volna, magasztaltalak volna, s az egekbe emelte-
lek volna, de nem akartad.

Ha akartad volna, mindenemet odaadtam volna, de nem akartad.

Te voltál számomra a tökéletes férfi, minden, ami számomra fontos volt, benned megtaláltam.

Csodáltam atletikus, görög istenekhez hasonlatos tested.

Intellektusod előtt leborultam, felnéztem rád, mert számomra te voltál a FÉRFI.

Ha akartad volna, de nem akartad.

Máglyára küldted a nőt, aki egykor voltam.

Ott álltál, s láttad, hallottad, hogy sikítva vonaglom, szenvedek, de nem mentettél meg engem.

Tudom, akartál, tudom, hogy ez nem te voltál.

Tudom, hogy az élet teremtett belőled ilyen szörnyszülöttet, ki képtelen volt meglátni a szépet.

Ha tudnád, hogy milyen nagyon szerettelek, mindent megadtam volna neked, amire csak egy szerelmes férfi vágyhat, mindent.

Helyette összetörted a szívem, meggyaláztad a lelkem.

Elvesztem, kétségbeestem, hajótörött lettem egy lakatlan szigeten.

A lakatlan sziget pedig te magad voltál, kietlen, sivár, termőtlen sziget.

Én pedig reményteljesen magot hintettem a Földbe, remélve, hogy egy nap majd élet sarjad ki belőle.

Vártam nap nap után, míg egyszer arra ébredtem, hogy időközben magam is meddővé lettem.

Hosszú évek múltán ráeszméltem, hogy termőföldedet már más tönkretette, s abba élet többet nem fejlődhetik.

Pedig azt reméltem, hogy megművelhetem, azt reméltem, mit az élet vihara lerombolt, felépíthetem.

Akartam, úgy, mint soha semmi mást, de kevésnek bizonyultam. Ha nehezen is, de rá kellett jönnöm, halott vidék ez, nem embernek való.

Ma sem tudom feledni, eltemetni, elásni magamban, hogy te voltál a kincs, melyet egész életemen át kerestem. A kincs, lelkem vágya, reménysége, életem egének esthajnalcsillaga te voltál, kedvesem.

Nekem te voltál, de én nem voltam az neked.

Szíved boldogsággal teli ládikáját másnak adtad, olyannak, ki nem becsülte.

Telnek, múlnak az évek, és miközben neheztelek rád, amiért nem tudtál szerelmes asszonyodként szívedbe fogadni, szánlak, hisz' látom, ahogy minden egyes napodat szenvedve, kínlódva tengeted.

Látlak, ahogy a végtelen kékségben kapálózva, kétségbeesve próbálod magad a víz felszínén tartani, mert félsz az ismeretlen, feneketlen mélységtől.

Én pedig hagyom, hagyom, hogy újra és újra a mélybe ránts magaddal.

Hagyom, és újra és újra kiemellek a habokból, mert azt akarom, hogy tudd, milyen csodás dolog a repülés.

Miért nem akartál velem együtt szárnyalni? Miért kellett másnak hagynod, hogy szerelemmel teli bugyrod kiürítse?

Miért nem hagytál nekem is legalább egy kortyot, hisz' úgy szomjaztam.

Most itt van előttem életed serlege üresen, felborítva szerelmes szívem oltárán.

Fáj látnom, hogy nem kellek, fáj látnom, hogy sosem láttál meg engem.

De talán ez is a játék része. Talán csak beteljesíted a sorsot, a végzetem, hogy ebben az életemben szerelmes sose lehessek.

Hisz' vélhetőleg nem érdemlem meg.

Ebben az életemben bizonyosan nem.

Szenvedni jöttem, alázatot tanulni, szolgálni, nem pedig boldogság habjai közt elmerülni.

Te csak tetted a dolgod, meg kellett, hogy fossz királynői trónomtól, az volt a dolgod, hogy a porba leránts.

Legyőztél, kedvesem, munkádat jól végezted, célod, miért találkoznunk kellett, beteljesítetted.

De hogy ne csak rosszról szóljak, ne csak panaszkodjam, meg kell említsem, hogy legkisebb gyermekem, ki egyben legbecsesebb kincsem, bizony tőled kaptam.

Igaz, igen nagy árat fizettem érte, hisz' mindenemet odaadtam, mindent, mit fontosnak tartottam és véltem.

Vaskos bőrkötésű könyv ez, nehéz olvasmány, amit csak merész, kötélidegzetű emberek olvashatnak.

Én, ki fényűző lakomákhoz voltam szokva, most koldusként tengetem melletted életem.

Én, ki finom borokkal oltottam szomjamat, most be kell érjem csupán egy kupa vízzel.

De épp általad jöttem rá, hogy testem nem ezek táplálják, hanem a könnyek, a kín és a szenvedés. Tanítasz keményen minden percben.

Az első pár év nehezen telt, látványosan szenvedtem, sajnáltam magam.

Hiányzott, hogy nincs, ki hiúságom torzszülöttére aranyköntöst szabjon. Lecsupaszítottad testem, gyolcsruhámban csupán egy koldus voltam az út porában, ki kenyérért és vízért könyörgött.

Te néha megszántál, és ennem, innom adtál.

Idővel aztán a nagy nélkülözés közepette rájöttem, hogy a kenyér édes manna, és a víz az élet maga.

Megtanítottál rá, hogy a lényeget ne a külcsín mögött keresgéljem.

Megtanítottál rá, hogy szívem smaragdkövekkel kirakott kapuját szélesre kell kitárnom ahhoz, hogy befogadhassam a nagyvilágot.

Koldussá kellett lennem, hogy valódi király lehessek.

Micsoda mesterem voltál és vagy, te ember!

Hisz' ha férfiként szerettél volna, sosem válok azzá, aki ma vagyok.

Csak hálával tartozom, mert ha nehezen is, de megtanultam a leckét.

Ezért jöttél, hogy taníts, és én azért voltam, hogy magamba szívjam a tudást.

Gyermekkorom óta kapom a tanításokat.

A tanításokat, melyek lelkemben éles késsel okozott, mélyen nedvedző sebeket jelentenek.

Mély vágások ezek, melyet az Élet tövisekkel teli ösvényén szereztem.

Testem minden részét hegek borítják.

Hegek, melyeket megpróbálok elfedni, mert nem akarok velük senkit sem megijeszteni, mert az emberek – látva tömérdek sérülésemet – megrémülnek.

Megjártam már a Nagy Háborút, és győztesként tértem haza.

Számtalan tanítóm volt életem során, de a mester te voltál.

Köszönök minden könnyemet, bánatomat, szomorúságomat, mert ezek nélkül megrekedtem volna.

Köszönöm, mesterem!

FÉLELEM

Amióta megismerted, féltél tőle.

Akárhányszor is találkoztál vele, valami megmagyarázhatatlan görcsös feszülés költözött a testedbe.

Próbáltad megfejteni eme különös jelenséget, de nem sikerült.

Aztán próbáltál megbarátkozni vele, hagytad, hogy magával rántson egy olyan világba, ahol semmi keresnivalód nem volt. Ismét megpróbáltad megérteni, de nem sikerült.

Aztán egy szép tavaszi napon megértetted, megfejtetted a titkos kódot.

Rájöttél, hogy a félelem, mit közelében éreztél, nem másból fakadt, mint a gyengeségéből, mit jelleme hordozott.

A gyengesége, bizonytalansága, s félelmeinek gazdag tárháza, melyet akarva-akaratlan, unos-untalan rád zúdított.

Ellenségednek tartottad, miközben csupán sebezhetőségét palástolta.

Ezen a szép tavaszi napon fellibbent a fátyol, s megláttad reszkető, remegő, földön vonagló szerencsétlen testét.

S ebben a pillanatban nyoma sem volt a félelemnek, melyet korábban közelében éreztél.

Szántad, megszántad, sajnáltad, és láttad, mily picinyke ő.

Hozzád képest csupán egy porszem, melyet ha cseppnyi eső hullik a földre, rögtön elmossa.

Senki, és mégis valaki.

Félelmeid, fájdalmaid tükörképe volt ő, félelmeid, fájdalmaid tárta eléd ő, nem is tőle féltél, hanem a benned lakó gyengeségtől.

De a felismeréssel most tovaszállt, s vele együtt minden félelmed is köddé vált, s ahogy jő a pirkadat, úgy oszlik el, s lesz a napsugarában apró pici harmatcseppé, mellyel szomjukat oltják a rét színes, pompás pillangói.

Egy félelem, melyre, ha fény derül, eloszlik, akár a nyári felhő.

BIZONYTALANSÁG

Félek tőled, már nem bízom meg benned.

Nincs nap, hogy ne záporoznának a kérdések: miféle ember gondol olyat, hogy a beteg, sérült gyermeket anyjától elszakítsa, ha az élet zűrzavara úgy akarja?

Miféle ember mond olyat, hogy majd elfelejt tégedet, kicsit rossz lesz neki, de majd megszokja hiányodat gyermeked?

Miféle ember az, kinek ily gonosz gondolatok elméjében megfoganhatnak?

Mondd, ki vagy te?

Félek tőled, mert nem tudom, hogy mire vagy képes ellenem.

Ma már látom, hogy ha játékod nem kedved szerint játszom, kegyetlenül megmarod testem, s lelkem egyaránt.

Csak nézlek és már semmit se értek, miként lehet az, hogy most is azt mondod, szeretsz engemet.

Ki szeret, az gaztettet nem forral szerettei ellen.

Ki szeret, az fejét lehajtva távozik, ha a színdarabnak vége.

Ki szeret, az még az utolsó pillanatban is azt nézi, miként segíthet.

Ki szeret, az másik szívében a tőrt meg nem forgatja.

Ki szeret, az bármit is tettél, bosszúért sosem kiállt.

Ki szeret, az csendben, méltósággal viseli sorsát, bármennyire is fáj.

Ki szeret, az meghallja kétségbeesetten síró lelked.

Ki szeret, az érzi, ha fájdalmadban egyedül vagy.

Ki szeret, látja, ha szemedet könny áztatta.

Ki szeret, érzi, hogy ha reszket a lelked.

Ki szeret, szavak nélkül is tudja, mikor kell megmentenie téged.

Ki szeret, az nem hagyja, hogy éjszakánként mással hálj gondolatban.

Ki szeret, az felemel téged magasra, magasabbra, mit ő valaha is magának álmodhatna.

Ki szeret, az csodál s becsül téged, lábad elé borul és szolgál téged.

Ha szeretsz, megszűnsz létezni.

Hisz', ha szerettek, egybeolvadsz kedveseddel. Te szolgálod őt, s ő szolgál téged, míg a halál el nem választ egymástól benneteket.

Számomra ez a szeretet, ez a szerelem, ez a kapcsolat.

Álmomban sem remélhetem, hogy egyszer másik felem meglelhetem, hisz' képtelenség.

Reménytelen.

Úgy hiszem, hogy akiknek ez megadatik, az maga a csoda.

Életem ezen időszaka nem a szerelemről, boldogságról szól, hanem a nehézségek közepette megélt apró kis felismerések orgazmusainak sorozatairól.

Milliónyi apró csodákból, melyek életem végére egy mindent betöltő transzcendentális kéjjé válnak majd.

Úgy vélem, hogy akkor fogok csak rájönni, hogy valójában mindent megkaptam ahhoz, hogy sorsomat végig élvezhessem.

Akkor kijelenthetem, hogy az Univerzum folyamatosan mást sem tett, mint magáévá tett, akkor elmondhatom, hogy a Végtelen egész életemben csak pajzánkodott velem. Akkor elmondhatom, hogy olyan mindent betöltő élvezetben volt részem, amit földi halandó sosem adhat meg!

Szeretem a csendet, szeretek csak úgy lenni.

A csend az én titkos szeretőm.

A csendben lelheted meg az élet apró titkaira a válaszokat.

Számomra a csend a legszebb, legszentebb pillanat.

A csendben lelkem táncra kél, s én alázattal meghajolok Uram előtt.

A csend mindig váratlanul kopogtat be hozzám, s én örömmel nyitok ajtót neki.

A csend olyan vendég, kit örökre szeretnél házadban tartani.

De nem lehet, hisz' akkor nem sóvárognál nap mint nap utána.

A csend számomra maga a szentség és áldás.

A csendben szertefoszlanak a gondolataim, köddé válnak az érzéseim, megszűnők létezni.

A csenddel hálni olyan megfoghatatlan élmény, amit szavakkal lehetetlen leírni. Mondanám, hogy akkor csak úgy vagy, de ez sem igaz, hisz' akkor jelen vagy. Márpedig olyankor a csenddel eggyé válsz, és beleolvadsz a végtelenbe, nincs tested, sem pedig tudatod.

Kitárod magad, megszűnnek a gátlásaid, a félelmeid, a gyarlóságaid.

Eggyé váltok, te és a csend, nincs te, nincs mi, csak ő.

Csak az egy létezik.

A csend tudja, hogy mi kell egy nőnek.

A csend sosem hagyja, hogy magányos legyen a lényed.

A csendben egész életeden át megbízhatsz, hisz' hűséges társad, nem pedig holmi csapodár szerető.

S ha hallásod kifinomult vagyon, pontosan tudni fogod, hogy miről kántálgatok.

Hisz' hányan mondhatjátok el magatokról, hogy kivel együtt éltek, lelki társatok vagyon?

FÉLTELEK

Féltelek, nem látlak, nem ismerlek, sosem ismertelek, de látom, bajban vagy.

Féltelek, mert úgy érzem, fuldokolsz, úgy érzem, nem találod a helyed.

Féltelek, mert pár éve olyan terepre tévedtél, mely számodra merőben szokatlan és ismeretlen.

Féltelek, mert életed ezen színtere csapdákkal van most tele.

Féltelek, mert tudom nem érted, Isten miért bánt most így
el veled.

Féltelek, mert nem látom szemedben csillogni a fényt.

Féltelek, mert ez egy más világ, ez egy olyan világ, hova fej-
lődni jöttél, ez egy olyan világ, hol szárnyadat szegték, ez egy
olyan világ, hol meg kell tanulnod újra repülni.

Sokat láttál már, úgy hiszed, de én tudom, hogy még nem
eleget.

Én csak tettem a dolgom, tettem, mit megkövetelt a végze-
tünk, hálátlan feladat ez, hisz' haragod azóta sem tud csilla-
podni irányomban.

Hálátlan feladat, mert azt hihetted, jobb is lehetett volna.

De tévedsz, sosem lehetett volna jobb, mert most növeked-
ned kell, meg kell változnod, mert ha nem teszed, belehalhatsz.

Eljött az idő, hogy újjászülethess, eljött, hiába a véget nem
érő lázadásod és ellenállásod.

Hisz' odafent sokkal jobban tudják, hogy mire van szüksé-
ged ahhoz, hogy egyszer valóban megtudd, mit is jelent a sza-
badság és a boldogság.

Féltelek, mert szeretlek.

Féltelek, mert helyetted nem láthatok, féltelek, mert helyet-
ted nem járhatom be ezt a sötét világot.

Pedig szívesen segítenék, hisz' számomra ismerős ez a hely.

Féltelek, mert látom, nem hiszed, hogy az út végén vár a fé-
nyességes végtelen.

Ott majd megtudod, mit is jelent szabadon, gondtalanul, szár-
nyadat újra kibontva repülni a határtalan szeretetben.

Higgy nekem, hisz' tudom, miről beszélek!

Még nem tudod, mi is a CSEND, melyben életre kelhet való-
di, igazi, isteni lényed.

Isteni lényed, akit oly régóta keresel, hisz' gyermekkorod
folytán valódi arcodat sosem láthattad meg ama bizonyos tü-
körben, de őt keresed szüntelen, mert az a kicsi fiú ott kupo-
rog a sötétben lent.

Menj, keresd meg, nyújtsd kezed és hozd fel őt a napsütésbe,
mutasd meg neki, hogy milyen szép is ez az élet!

Mutasd meg az apró csodákat neki, melyből kimaradt!

Kimaradt, mert nem hagyták, hogy gyermeki része játszhasson.

Szüless újjá, keresd meg azt a kisfiút, ki hosszú évtizedeken
át, könnyeit hullajtva vár rád.

Keresd meg, és olvadjatok eggyé. S ha ez megtörténik, min-
dent megértesz, s jelenlegi sorsodat majd ÁLDÁSNAK éled!

Menj, szaladj, hozd fel őt a sötétből!

FÁJDALOM

Fájsz és vágysz, s reméled, hogy egyszer majd hazatalálsz.

S ha mégsem sikerül, nem érted, hogy hol rontottad el.

Vak voltál és süket, de tudatlanságod folytán erre rá nem
jöhettél.

Fájsz és vágysz, s reméled, hogy egyszer majd hazatalálsz,
de tudatlanságod folytán erre esélyed sem volt.

Fájsz és vágysz, s remélted, hogy hazatalálsz. Remélted, de
szemed előtt fátyol volt, és akit vaknak véltél, jobban látta ná-
lad a világot.

A szerető ember sosem ítélkezik.

A szerető ember, ha koldus kezét nyújtja, nem hagyja tét-
len, nem kezdi el magában mondani, biztos alkoholra kell neki.

Hisz’ ki vagy te, hogy ítélkezz felette? Ki vagy te, hogy meg-
mondd, mit tegyen, vagy mit ne?

Ki vagy te, hogy megítéld őt?

Hisz’ lehet, egyetlen bűne csupán jó szíve volt, amit egy ar-
cátlan asszony kihasználhatott.

Mit tudhatod, hogy miként került a földre, s lett földönfu-
tó, hontalan csavargó belőle? Honnan tudhatod, hogy veled ez
sosem eshet egyszer meg?

Szánjuk, sajnáljuk a vakot, miközben a világtalanok mi ma-
gunk vagyunk.

Hisz’ épp ő az, kinek szívét Isten fényessége beragyogja,
épp ő az, ki valóban látja a lényeget, s hallja az angyali éneket.

Szánjuk a süketet és vakot, miközben a betegek mi vagyunk.

Azt hiszed, Isten ítélkezik feletted.

Ez vagyon minden ember legnagyobb tévedése, hisz' te leszel saját magad bírája és ítélőszéke.

Bizony mondom néked, hogy te leszel, hisz' akkor és ott te magad is Isten vagy.

Így képességed vagyon ahhoz, hogy átláthass minden gyarlóságodon.

Ki azt hiszi, hogy a szeretet élhet önző ember szívében, az nagyot tévedett, mert a szeretet és az önzés teljes mértékben inkompatibilis egymással.

A szeretet önzetlen cselekedetek láncolatából ered. Ki önző életet él, az még sosem szeretett.

De mi is a szeretet?

Félek, a választ csak kevesen tudják, pedig azért jöttünk e világra, hogy megleljük, átadjuk és továbbvigyük, akár az olimpiai lángot.

Küldetésünk, hogy fussuk vele körbe az egész világot, adjuk át kézről kézre.

Legyen a szeretet olyan, mint egy fertőző betegség, legyen belőle járvány!

Légy vírushordozó, áraszd magadból a kórokozót, fertőzz meg vele minél több embert, adjátok át egymásnak ezt a betegséget!

Mi a szeretet? Ha duzzad a péniszed és lüktet a vaginád? Aligha.

A baj csak az, hogy mindezt oly sokan megírták már, és mégsem értjük, nem értjük, mert szükségünk van vérre és verítékre, szükségünk van a kínra és szenvedésre.

Szükségünk van a fájdalomra, szükségünk van rá, szinte szomjazzuk a bánatot.

Szükségünk van rá, mert nélküle képtelenek vagyunk megérteni, hogy a szeretet az egyetlen létező, állandó, biztos dolog ezen a Föld nevű bolygón. Ha tragédia ér, Istent vonod kérdőre, holott csak magadat hibáztathatod.

Isten időnként hallat magáról, Isten időnként megmutatja a sötétségből kivezető utat, de miként is láthatnád, hisz' VILÁGTALAN vagy!

ÖRDÖG

Az ördög megérkezett, hatökrös szekér helyett hat bika volt fogata.

Hat bika, melyek szeme lángvörös volt, és tüzes leheletük mindent porrá égetett, ami csak útjukba került.

Az ördög megérkezett, harci pompájához foghatót még sosem láttam.

Büszkén vonult be életem színpadára. Elégedett volt, mert egyetlen egészséges gyermekem sikerült elragadnia.

Jól tudta, hogy most előtte térdre rogyom,

Jól tudta, hogy most megsemmisülök,

Jól tudta, hogy szívemből most egy darabot kitépett,

Jól tudta, hogy szenvedek,

Jól tudta, hogy elgyengültem,

Jól tudta, hogy egy részem haldoklott,

Remélte, hogy most megfogott engem.

Remélte, hogy szolgája leszek,

Remélte, hogy fejem ismét igába hajtom, és ahogy egykoron tettem, Istenemet megtagadom.

Kegyetlen, nyugtalanító napok következtek, végtelenül fájt látnom, hogy szeretett gyermekem beteg lett.

Féltem, reszkettem, s Istenem kérdőre vontam: mit akarsz még tőlem?

Mit szeretnél még?

Sajnálom, ha csalódást kell okoznom, de több terhet én el nem viselhetek.

Egy pillanatra elbizonytalanodtam, úgy éreztem, erőm elfogyott.

Az ördög pedig csak ott állt, s vérfagyasztó, baljós kacaja betöltötte egész eddigi életem.

Minden szép és jó, miben egykor hittem, szertefoszlott és semmivé lett.

Úgy éreztem, egyedül vagyok, és ebben nem is tévedtem olyan nagyot, hisz' sokszor ecseteltem már, hogy mindannyian egyedül vagyunk.

Ugyan miért lenne ez most másként?

Ott álltam szemtől szemben a Sötétség Fejedelmével, ki épp eljött begyűjteni engem.

A tiszta forrás, mi táplált, elapadni látszott.

Torkom kiszáradt, s egy cseppnyi reményért könyörögtem, mely olthatta volna szomjas lelkem templomát.

Erőtlen lettem.

Fuldokoltam.

A pokolfajzat meg csak ott állt, és nevetett rajtam.

S akkor az Úr szólt hozzám.

Üres kelyhem megtöltötte a remény elixírével, s én e serleget fenékig ürítettem.

S akkor, azon a szép napon, a sátánfajzat felült kordéjára és elhajtott.

Utoljára még odakiáltotta: Enyém vagy, asszony, még nem végeztünk, visszajövök érted!

A szerző

Onódy-Boda Krisztina 1969-ben született Budapesten. Örök lázadó, kereső, gondolkodó, filozófus, zeneszerző, dalszövegíró, és négy gyermekes édesanya. Első nagysikerű alkotása magyarul és angolul is megjelent: Földanya dala – Psalm of Mother Earth, melynek zeneszerzője és dalszövegírója is. Orosz rulett című regénye az elmúlt 50 év alatt szerzett keserédes gondolatok és tapasztalatok igencsak gazdag tárházából született. Feltett célja, hogy kizökkentse az embereket a napi rutinból és megbotránkoztassa őket a gondolataival. Feltett célja, hogy olyan emberek elméjébe is beférkőzhessen, akik a múlt században máglyára küldték volna. Mindenkihez akar szólni, mindenkit meg akar érinteni, mindenkire hatást akar gyakorolni. Az akarni szót tudatosan használja, és nem véletlenül.

A kiadó

Aki feladja,
hogy jobbá váljon,
feladta,
hogy jobb legyen!

E mottó alapján a novum publishing kiadó célja az új kéziratok felkutatása, megjelentetése, és szerzőik hosszútávú segítése. Az 1997-ben alapított, többszörösen kitüntetett kiadó az egyik legjelentősebb, újdonsült szerzőkre specializálódott kiadónak számít többek között Ausztriában, Németországban és Svájcban.

Valamennyi új kézirat rövid időn belül egy ingyenes, kötelezettségek nélküli kiadói véleményezésen esik át.

További információkat a kiadóról és
a könyvekről az alábbi oldalon talál:

www.novumpublishing.hu